KB006220

원스 모어

원스 모어

초판 1쇄 찍은 날 | 2015년 7월 24일
초판 1쇄 펴낸 날 | 2015년 7월 31일

지은이 | 수현
펴낸이 | 예경원

편집 | 유경화

펴낸곳 | 예원북스
등록번호 | 제396-2012-000132호
등록일자 | 2012. 7. 25
YRN | 제1-0111호

주소 | 경기도 고양시 일산동구 무궁화로 8-28 삼성메르헨하우스 1118호 (우) 410-837
전화 | 031-819-9431 팩스 | 031-817-9432
http://cafe.naver.com/yewonromance
E-mail | yewonbooks@naver.com

ⓒ 수현, 2015

ISBN 979-11-5845-006-9 03810

수현 장편 소설

원스 모어

YEWONBOOKS ROMANCE STORY

YEWON BOOKS
예원북스

C · O · N · T · E · N · T · S

프롤로그 ································· 7

1 · 17 | 에필로그 하나 · 54

2 · 58 | 에필로그 둘 · 106

3 · 110 | 에필로그 셋 · 153

4 · 157 | 에필로그 넷 · 209

5 · 215 | 에필로그 다섯 · 263

6 · 267 | 에필로그 여섯 · 325

7 · 331 | 에필로그 일곱 · 372

프롤로그

봄비가 장마처럼 내리는 날이었다.

그것도 예고 없이 쏟아진 갑작스런 소나기였다. 눈앞 3미터도 구분하기 어려운 거센 비가 줄기차게 쏟아지는 날. 이런 날 하필이면 이연의 면접 인터뷰가 잡혔다. 출근이 거의 확정된 것이나 다름없었지만, 마지막으로 과장과의 단독 인터뷰가 남아 있었다.

집을 나설 때만 해도 화창하게 맑아 미처 우산을 준비하지 못했다. 하지만 버스 정류장에 도착하기가 무섭게 엄청난 폭우가 쏟아졌다.

찰나의 순간이었다. 조금만 늦었어도 그녀는 비에 그대로 노출이 되었을 것이다. 버스 정류장 안에 있어 다행히 아직 이연의 옷은 무사했다. 들이치는 빗발로 봐선 그도 얼마 가지 못할 듯싶었다.

'하필이면 오늘 같은 날 비가 올 게 뭐람.'

첫인상이 좋아야 사람에 대한 인식이 좋게 박히는데 이러다 물에 빠진 생쥐 꼴이 되는 건 아닌지 걱정스러웠다. 걱정이 현실이 되려는지 비를 피하려고 몰려든 사람들에게서 떨어진 빗방울이 이연에게 튀고 있었다. 게다가 비좁은 정류장에 많은 인파가 들어서다 보니 힘에 밀려 이연은 점점 바깥으로 밀려나는 중이었다.

"후우."

한숨이 절로 나왔다. 안간힘을 써서 견디면 떨어지지 않고 버틸 수 있을까? 그러자면 또 사람들과 더 부대껴야 했다. 그냥 튕겨 나가면 비에 젖게 되고 이러나저러나 엉망이 되긴 마찬가지였다. 그러니 선택을 한다는 것 자체가 부질없는 짓이었다.

"우산을 사야 하나?"

건너편 편의점을 바라보는 이연의 미간이 살짝 구겨졌다. 우왕좌왕 몰려든 인파로 복잡한 편의점에선 때아닌 우산 쟁탈전이 벌어지고 있었다. 비를 맞는 것을 감수하고 뛰어간다고 해도 우산을 살 수 있을 것 같지 않았다. 그전에 먼저 우산이 동이 나지 싶었다.

'이대로 버스를 타면 괜찮을지도 몰라. 목적지에 도착할 때쯤엔 비가 그칠 수도 있잖아. 아니면 택시를 탈까?'

이연의 눈이 도로 위를 재빨리 훑었다. 너 나 할 것 없이 택시를 잡기 위해 혈안이 되어 있었다. 이런 상황에 택시를 탄다는 건 어림도 없는 소리였다.

"아. 이런. 죄송합니다."

고민에 빠져 있던 이연의 어깨를 누군가 치고 지나갔다. 마침 버스 정류장으로 들어서던 남자가 그런 것이다. 고의는 아니었지만, 그 때문에 이연의 상의가 조금 젖어버렸다.

이연과 밀착되다시피 나란히 붙어 선 남자의 머리와 옷에서 여전히 빗물이 떨어지고 있었다. 이연이 남자를 돌아보자 정말 미안했던지 다시 한 번 고개를 숙여 보였다.

"저 때문에 옷이 젖으신 것 같은데. 정말 죄송합니다."

"괜찮아요. 이 비에 안 젖는 게 더 이상하죠."

이연이 아무렇지 않게 말하며 정면으로 고개를 돌렸다. 맞는 말이었다. 남자가 아니라 해도 이연의 옷과 머리와 힐은 얼마 못 가 비에 젖고 말 것이다.

시크하게 말하고 고개를 돌린 이연은 어깨에 묻은 물기를 털어 낼 생각도 하지 않았다. 부질없는 짓은 하지 않겠단 확고한 의지가 엿보였다. 그런 이연을 남자가 가만히 바라보았다. 그의 시선이 느껴졌지만 이연은 꼿꼿이 정면을 주시했다.

"이해해 주셔서 감사합니다."

사르르 남자의 입가에 미소가 번졌다. 나지막한 울림이 있는 목소리가 이연의 귓가를 물들였다. 듣기 좋은 목소리였다. 어쩐지 비와 잘 어울린다는 생각을 하며 이연이 멀리 다가오는 버스를 응시했다.

차도는 이미 빗물에 잠겨 있었다. 그로 인해 튀는 빗물이 마치 파도처럼 거칠게 밀려들었다. 그것을 이연이 멍하니 바라보았다.

승용차가 뿌리는 비와 버스가 뿌리는 것은 많은 차이가 있었다. 육중한 기체의 차이였다. 달려오던 버스가 앞에 멈추면 그 여파로 지금보다 더 많은 빗물이 들이칠 것이다.

그렇다고 그것을 피해 뒤로 물러날 수도 없었다. 콩나물시루처럼 빼곡하게 들어선 사람들이 그런 틈을 내어주지 않았다.

타이밍도 절묘하게 난감해하고 있는 이연의 등을 누군가 밀었다. 뒤를 돌아보려 했지만 또다시 몸이 밀렸다. 버스를 타기 위해 앞으로 나서는 사람들로 인해 정류장은 엉망이 되어 있었다.

"아."

짧은 비명. 누군가 귀담아듣지 않으면 들리지 않을 소리를 내며 이연이 휘청거렸다. 인도 아래로 넘어질 듯 위태로운 발이 갈피를 못 잡고 흔들렸다.

"한 번 더 죄송하겠습니다."

목소리가 들림과 동시에 누군가 이연을 감싸 안았다. 이연의 얼굴 옆으로 가방이 바짝 다가왔다. 얼굴을 가려주기 위한 용도였다. 정류장 간이 벽에 부딪칠 뻔한 이연의 몸은 안전하게 보호되고 있었다.

제 몸을 감싼 남자의 단단한 팔과 가슴이 이연에게 조금씩 현실 감 있게 다가왔다. 그리고 정면으로 마주한 남자의 얼굴이 자신의 얼굴과 불과 5센티도 떨어져 있지 않다는 것에 이연은 깜짝 놀랐다.

비에 젖어 이마 위로 내려온 남자의 머리에서 비가 뚝뚝 떨어지고 있었다. 그 빗방울 중 하나가 이연의 눈 위로 떨어져 이연이 눈을 감았다. 빗방울이 또르르 굴러 그녀의 볼을 타고 흘렀다. 이연의 눈꺼풀이 천천히 위로 떠올랐다. 밝아지는 이연의 시야 안으로 남자의 얼굴이 보였다.

시선이 마주치자 남자가 부드럽게 입술을 끌어 올렸다. 그리곤 이내 그녀의 몸을 바로 세우고 가방을 내려 뒤를 돌아봤다. 버스가 출발하며 문을 닫고 있었다.

"이제 뒤로 조금 들어가셔도 될 것 같습니다."

"……네."

남자의 말에 뒤를 돌아본 이연이 그제야 뒤쪽에 여유가 생긴 것을 알아챘다. 이연이 안전하게 뒤로 물러서자, 남자가 싱그럽게 웃으며 젖은 머리를 손으로 탈탈 털곤 자연스럽게 뒤로 쓸어 넘겼다. 그로 인해 미소만큼이나 상큼하고 매력적인 남자의 얼굴이 훤히 드러났다.

이연이 아직 속눈썹에 그대로 남아 있는 빗방울을 떨쳐 내려는 듯 눈을 빠르게 깜빡거렸다. 곧 이연의 눈동자에 남자의 모습이 선명하게 맺혔다.

'장현준.'

그녀의 입안에서 차마 내뱉지 못한 이름이 어른거렸다. 현준은 웃음을 잃지 않은 채 젖은 옷을 인도 바깥쪽에서 흔들어 털었다. 턴다고 털릴 정도의 것이 아니었다.

흙탕물이 등 쪽을 덮치다시피 했다. 깔끔한 슈트 위에 걸친 외투는 이미 색이 바랜 것처럼 흙빛으로 물들어 있었다. 외투가 가리지 못한 무릎 아래 바지와 구두도 더러워지긴 마찬가지였다.

"빨리 그치면 좋을 텐데. 하늘에 꼭 구멍이 뚫린 것 같네."

편한 혼잣말.

그가 혹여 이연에게 제 흙탕물이 튈까 적당한 거리를 두고 섰다. 그리곤 회생이 불가능해 보이는 외투를 벗어 팔에 걸쳤다. 혹여 다른 사람에게 피해가 갈까 흙탕물이 튄 쪽을 안쪽으로 말아 접었다. 배려가 몸에 배인 사람 같았다.

이연의 눈꼬리가 긴장으로 파르르 떨렸다.

장현준은 강이연을 기억하지 못한다.

하긴 7년이란 세월이 흘렀으니 그럴 만도 했다. 그동안 이연은 참 많이 변했다. 오래 만난 사이도 아니었고, 살가운 관계도 아니었다. 단 한 번의 만남. 그와 얼굴을 마주했던 건 그게 처음이자 마지막이었다. 어쩌면 기억하지 못하는 게 당연한 것일 수도 있었다.

이연은 턱을 들고 등을 곧게 세웠다. 하지만 떨리는 손은 감추지 못해 꽉 움켜쥐었다.

현준과 이연은 집안끼리 맺은 인연으로 결혼 직전까지 갔던 사이다. 각자 공부에 바빠 서로에 대해 제대로 알지도 못했고 만난 건 약혼하기 전 고작 반나절이 전부였다. 그 당시 이연은 결혼에 그다지 많은 의미를 두지 않았다. 상대가 같은 의사라는 것에 그저 편하겠다는 생각만 했었다.

아무리 그래도 대화 한번 나누지 않고 결혼해 한 이불을 덮고 자는 건 너무한 거 아니냐는 엄마의 말에 나간 자리였다. 하지만 현준은 그 잠깐의 시간마저도 이연을 위해 할애하지 않았다. 그녀를 제대로 봐주지도 않았다.

이연은 국시가 얼마 남지 않았다며 책을 펼쳐 들던 그를 장장 4시간 동안 혼자 바라만 봤다. 그러다 병원에 들어가야 할 시간이라며 현준이 양해를 구하기에 흔쾌히 그렇게 하라며 헤어졌다.

그러니 현준이 이연의 얼굴을 기억할 리가 없었다. 뭘 제대로 봤어야 어렴풋이 기억이라도 할 텐데 그럴 기회가 없었다. 그때나 지금이나 떨리고 긴장되는 건 이연 혼자였다.

'같은 일 하시니까. 이해해 주실 수 있으시죠?'

싱긋이 웃으며 잠깐 고개를 들어 이연을 마주한 것이 그가 그녀를 본 전부였다.

한국대 종합병원 소아청소년과 전공의 4년 차. 현준은 이연과는 세 살 차가 났다. 그때 이연은 동인병원에서 갓 전공의 생활을 시작했을 무렵이었다.

그를 지칭하는 수식어는 많았다. 수능 만점에 빛나는 한국대 의예과 수석 입학. 수석 졸업. 이연이 근무하던 동인병원 소아청소년과에도 소문이 자자할 만큼 그는 뛰어난 재능과 두뇌를 지녔었다. 물론, 외모도 이기적이라고 할 만큼 완벽했다.

사람들이 그에 대해 말할 때마다 이연은 아닌 척하면서도 어깨가 으쓱했었다. 그 사람이 내 남편이 될 거라는 자만심에 취해서.

하지만 그 단 한 번의 만남이 마지막이 될 줄은 그땐 미처 몰랐다.

갑작스런 사고로 인해 돌아가신 부모님. 그 후에 벌어진 이연으로서는 감당하기 어려웠던 일들. 부모님이 맡고 있던 동인병원 이사장과 병원장 자리는 순식간에 다른 사람의 손으로 넘어갔다. 그녀가 정신을 차렸을 때는 이미 부모님의 집도 재산도 모두 사라지고 없었다.

작은아버지와 고모가 각자 들어본 적도 없는 차용증으로 그것들을 빼앗아갔다는 것도 후에 알았다.

현준으로부터는 아무런 연락도 받지 못했다. 그가 일에만 전념하고 싶어한다는 그쪽 어머니의 일방적인 통보만 받았을 뿐이다. 그땐 그 소리도 제대로 귀에 들어오지 않았다. 남자를 만나고 결혼을 준비할 정신이 이연에겐 없었다. 그렇게 그와는 해프닝처럼 단 한 번의 만남과 이별 아닌 이별을 했다.

그런 현준을 여기서 다시 만날 줄이야.

"몇 번 버스 기다리십니까?"

현준의 물음에 혼자만의 생각에서 벗어난 이연이 정류장으로 들어선 버스를 응시했다. 그녀가 타야 하는 버스였다. 이연이 대답 없이 고개만 숙여 보인 채 먼저 버스에 올랐다. 우연을 핑계 삼은 이런 인연은 그다지 유쾌하지 않았다.

그를 처음 보았을 때 설레었던 그 짧았던 시간은 오롯이 그녀의 몫이었다. 현준의 기억 속에 그녀는 존재하지 않았다.

그것으로 끝.

오늘의 만남도 그저 우연한 스침으로 묻어야만 했다. 그게 옳았다.

"인연이 참 묘한 것 같습니다."

자신의 옆자리에 조심스럽게 앉는 현준의 목소리에 이연이 놀라 그를 돌아보았다. 정면을 응시하고 있는 그의 입매가 부드러운 곡선을 그리고 있었다.

이연이 버스 안을 휘둘러봤다. 빈자리는 찾아볼 수 없었다. 그녀가 창가 쪽이었고 현준이 바깥쪽이었다. 억지로 일어나 다른 자리 옆에 서는 것도 우스웠다.

이연이 고개를 돌려 창 쪽을 응시했다. 그런 이연을 현준이 물끄러미 돌아보고 있는 것이 창을 통해 보였다.

두근두근.

뛰어선 안 될 심장이 뛰기 시작했다.

1

병원 앞에 도착하자마자 이연은 도망치듯 차에서 뛰어내렸다. 내리기 두 코스 전부터 이연은 출구 쪽에 서 있었다. 내린 후엔 뒤도 돌아보지 않았다. 그 뒤로 현준이 어디로 갔는지 이연은 알지 못했다. 그에 대해 더 이상은 신경 쓰고 싶지 않았다. 지금은 현실 속 자신의 일이 더 중요했다.

병원 로비로 들어서자마자 이연은 화장실부터 찾았다. 거울을 보며 옷매무새를 가다듬고 서둘러 화장을 고쳤다. 바람에 날리고 젖은 머리카락도 단정히 하고 얼굴에 묻은 물기도 닦아냈다. 힐에 튄 흙탕물의 잔해를 털어낼 때까지만 해도 그녀는 오직 오늘 인터뷰를 잘 끝내야 한다는 생각만 했었다.

오늘 하게 될 인터뷰는 그저 형식적인 것에 지나지 않았다. 이미 비어 있는 자리는 이연으로 결정이 났고 과장이 궁금한 것이 있어 몇 가지 질문만 할 거라는 연락을 받은 터였다. 그럼에도 이연은 이상하게 긴장이 되었다.

인터뷰가 있을 거라는 말을 듣기 전까진 소아청소년과 과장이 누군지에 대해서 전혀 궁금해하지 않았다. 통보를 받은 이후 어제 저녁까지 이연은 많은 갈등을 했었다. 과장이 어떤 사람인지에 대해 미리 자세히 알아둘 것인지 말 것인지.

몇 번이나 인터넷 검색창에 동인병원 소아청소년과를 쳤다가 지웠다가를 반복했다. 물론 사전에 자신의 상사에 대한 정보를 캐치하고 철저히 준비를 한다면 좋은 점수를 받을 수도 있었다. 하지만 그러다 혹여 설레발을 쳐서 오히려 일이 어그러질까 겁이 났다.

그냥 몇 마디만 간단히 나누면 되는 일이었다. 쓸데없이 고민하며 머리 아파할 일이 아니었다.

"후우우."

이연은 크게 심호흡을 하며 마음을 가다듬었다. 인천에서 서울로 올라오는 건 그야말로 하늘의 별 따기였다. 그것도 동인병원이었다. 그 사실을 떠올리자 새삼 마음이 들떴다.

감회가 새로웠다. 지방에서 서울. 그것도 가장 핫한 곳에 들어간다는 건 흔하지 않은 케이스였다. 이곳으로 오기 위해 이연은 피나는 노력을 기울였다. 힘겨웠던 지난 시간들이 주마등처럼 머릿속을 스쳐 지나갔다.

꼭 동인병원 소아청소년과여야만 했다. 다른 곳의 콜은 필요치 않았다. 동인은 부모님의 오랜 꿈과 노고가 고스란히 담겨 있는 곳이었다. 동인병원이 지금의 명성을 얻은 데에는 그녀 부모님의 헌신적인 노력이 밑바탕이 되었다고 해도 과언이 아니었다.

잃은 것을 되찾겠다는 욕심은 없었다. 다만, 부모님의 뜻을 이어 이곳을 최고의 병원으로 만드는 데 일조하겠다는 생각뿐이었다.

크게 심호흡을 한 이연이 거울 속 자신을 향해 파이팅을 외쳤다. 화장실을 나서 소아청소년과가 있는 곳을 갔다. 과장의 진료실 앞에 도착하자 기다리고 있던 안내 직원이 그녀를 맞았다.

안내 직원으로부터 과장이 10분 정도 늦을 거라는 메시지를 전달받았다. 알겠다, 고개를 끄덕이며 마음을 다잡고 들어선 소아청소년과 과장의 진료실은 생각보다 깨끗하고 모던한 분위기였다.

그녀는 얌전히 소파에 앉아 과장이 오기를 기다렸다. 초조한 시간이 흐르고 드디어 문을 열고 과장이 들어섰다.

"늦어서 죄송합니다."

등 뒤에서 중저음의 듣기 좋은 목소리가 들려왔다.

"아닙니다. 괜찮습니다."

"이해해 주셔서 감사합니다."

꽤 딱딱한 인사말이 오고 갔다. 그사이 안으로 들어선 과장이 책상 쪽으로 걸어가는 소리가 들렸다.

"처음 뵙겠습니다. 강이연이라고 합니다."

자리에서 일어나 허리를 숙여 인사를 한 이연이 고개를 들었을 때 그녀의 눈은 단박에 커졌다. 자신의 책상 위에서 서류를 찾아 소파로 걸어오는 현준의 입술이 매끄럽게 올라가 있었다. 어쩐지 목소리가 귀에 익은 것 같다는 생각은 했었다. 하지만 그것을 현준과 연관 짓지는 못했다.

설마, 이런 우연이 하루에 몇 번씩이나 겹치리라고 누가 생각이나 해봤을까. 이연이 멍한 시선으로 현준이 다가오는 것을 지켜봤다.

"우리 처음은 아니지 않습니까? 강이연 선생님?"

꿀꺽.

이연의 목으로 저도 모르게 마른침이 넘어갔다. 목이 뻣뻣하게 굳어가는 것 같았다. 이연의 맞은편에 앉으며 현준이 그녀에게 앉으라는 손짓을 해 보였다. 이연이 주춤거리며 자리에 앉았다. 그녀는 놀란 티를 내지 않고 차분해 보이려고 애썼다.

'침착하자, 강이연. 이건 일이야. 일.'

현준을 면접에서 마주한 건 갑작스럽게 닥친 소나기보다 더 당황스러운 일이었다. 이연은 평정심을 유지하기 위해 노력했다. 그녀가 숨을 고르기 위해 현준 몰래 심호흡을 했다. 현준이 그런 이연을 부드럽게 응시했다. 태연한 척하고 있지만 긴장한 것이 보였다.

그가 시선을 옮겨 들고 있던 서류를 펼쳤다. 거기엔 이연이 인천 세종병원에서 근무한 이력과 병원장의 추천서가 들어 있었다.

현준이 서류를 훑어 내리는 동안 이연은 숨을 죽인 채 그를 지켜보았다. 그가 가운 주머니에서 볼펜을 뽑아 입술을 가볍게 툭툭 두드렸다. 너무 붉지도 옅지도 않은 적당한 색채의 입술이 이연의 시야를 붙잡았다.

그는 공부를 할 때도 뭔가 생각할 것이 있으면 볼펜으로 입술을 두드리곤 했다. 아마도 저건 현준의 버릇인 모양이었다. 새삼 그날의 기억이 어제 일처럼 선명하게 떠올랐다.

"인천 세종병원에서 5년 근무하셨군요."

"네."

"소아청소년과를 혼자 전담하셨네요."

"종합병원이라 해도 중소형 병원 수준이었습니다. 혼자서도 충분히 커버가 가능한 곳이었습니다."

"위험부담이 컸을 텐데요. 응급상황이 발생했을 때 별다른 문제는 없었나요?"

"큰 수술이 필요한 환자는 외과에 트랜스퍼(Transfer:병원 간의 환자이송, 병원 내 과 간의 이동)했고, 아직까지 별다른 문제는 없었습니다."

현준의 손이 멈췄다. 그의 입술을 떠난 볼펜이 손안에서 뒹굴거렸다. 볼펜의 궤도를 따라 이연의 시선도 불안하게 움직였다. 그러다 현준이 서류를 덮고 이연을 똑바로 응시했다. 그의 얼굴에서 미소가 사라졌다. 그에 이연의 얼굴도 긴장으로 굳었다. 현준이 다소 딱딱한 어조로 물었다.

"그럼 앞으로는 있을 수도 있다는 말입니까?"

"아닙니다."

어떤 답을 할지 떠보기 위한 다분히 의도적인 질문이었다. 선한 웃음을 띠고 사람을 느슨하게 만들어놓고는 불시에 치고 들어온다. 순하고 착하지만은 않은 날카롭고 냉철한 현준의 일면을 엿볼 수 있었다.

그로 인해 그가 젊은 나이에 괜히 과장 자리에 앉은 게 아니란 걸 알 수 있었다. 현준에게서 흘러나오는 범상치 않은 카리스마에 이연은 크게 숨을 들이켰다.

그가 이연을 뚫어져라 직시한 채 차분하게 입을 열었다.

"질문에 대한 답을 명확하게 하셔야 합니다. 다시 묻겠습니다. 강이연 씨, 당신의 손에 아이의 생명을 맡겨도 되겠습니까?"

생명에 대한 장담은 어느 누구도 할 수 없었다. 저승사자도 실수를 하는 세상이다. 죽었다 살아난 이도 있고 기껏 살려놓았는데 돌연사 하는 경우도 있었다. 하지만 이연은 현준의 질문에 머뭇거리며 고심하지 않았다.

"신과 맞짱을 뜨는 한이 있더라도 최선을 다해 지켜낼 겁니다."

그녀의 대답에 현준의 눈썹이 꿈틀거렸다. 의외의 대답이었다. 얌전해 보이는 이연이 주먹까지 불끈 쥐어 보이며 결의를 다지는 모습은 전혀 예상 밖의 행동이었다.

현준이 말없이 이연을 응시했다. 그의 길고 섬세한 손이 턱을 쓸고 올라가 입술에 머물렀다. 이연은 그의 시선이 닿은 자신의 주먹을 보곤 흠칫 놀라며 얌전히 내렸다.

저도 모르게 나온 행동이었던 모양이다. 무릎 위에 올린 그녀의 손이 다소곳이 겹쳐졌다. 이지적이고 차갑게 보이는 첫인상과 달리 그녀는 약간의 엉뚱함을 겸비하고 있었다. 그것이 현준의 입가에 엷은 미소를 떠올리게 만들었다.

7년의 세월이 흐르는 동안 외모만 변한 게 아니었다. 그녀의 성격도 많이 변했다. 새침하고 고상한 아가씨에서 생계형의 당차고 완벽한 적응력의 분위기 순응녀로 거듭났다. 살아남기 위해선 아무리 험악한 세상이라도 견디고 이겨낼 자신이 있었다.

"좋습니다. 그 정신으로 앞으로 열심히 환자들을 지켜내길 바랍니다."

현준이 명쾌하게 고개를 끄덕이며 손을 내밀었다.

"네. 명심하겠습니다."

현준의 손을 이연이 조심스럽게 잡았다. 겹쳐진 손을 현준이 살짝 잡았다가 놓았다. 지그시 전해지는 손의 압력이 묘한 여운을 남겼다. 이연은 어색하지 않게 손을 내리며 숨을 한껏 들이켰다.

"그럼 내일부터 진료 시작하실 수 있겠습니까?"

"네. 가능합니다."

"회진 시간까지 30분 정도 여유가 있는데. 가시죠. 진료실 안내해 드리겠습니다."

"아닙니다. 제가 알아서 둘러보겠습니다."

회진 전에 갖는 잠깐의 휴식 시간을 그녀가 빼앗을 수는 없었다. 그 정도면 가볍게 차라도 한잔 마시면서 하루 일과를 준비하기 딱 좋은 시간이었다.

그리고 굳이 그가 나서 안내를 해줄 필요도 없었다. 이연의 진료실이야 밖으로 나가 안내데스크에 물어보면 그만이었다. 나머지는 차차 익히면 되는 것이라 당장 알 필요는 없었다.

그보다 지금 이연은 현준과 함께 있는 것이 무척 부담스러웠다. 뜻하지 않은 재회였다. 그것도 이연 혼자만 알아챈. 자신의 생각과 마음을 정리할 시간이 그녀에겐 필요했다.

"부담은 갖지 않으셔도 됩니다. 가는 길에 동행하는 거니까."

"……네."

저렇게까지 얘기하는데 또 거절하면 일부러 그를 피하는 것이 되어버린다. 첫인상부터 까칠한 이미지를 남길 필요는 없었다. 이연이 마지못해 답하며 고개를 작게 끄덕였다.

자리에서 일어선 현준이 먼저 문을 나섰다. 그 뒤를 이연이 조금 떨어져 뒤따랐다. 이연은 그의 뒷모습을 보며 하얀 가운이 현준에게 꽤 잘 어울린다고 생각했다.

'등이 참 넓구나.'

그래서 버스 정류장에서 이연을 안았을 때 그녀의 몸에 흙탕물이 하나도 튀지 않았던 모양이다. 걷는 동안 이연은 그의 등을 보며 많은 생각들을 했다. 앞서 외래 병동으로 이동하던 그가 우뚝 걸음을 멈췄다.

현준이 이연을 돌아봤다. 이연도 걸음을 멈추고 그를 올려다보았다. 그가 고갯짓으로 제 옆을 가리켰다.

무슨 의미인지 알 수가 없었다. 이연이 눈을 깜빡이며 고개를 기울이자 그가 손을 들어 제 옆자리를 톡톡 가리켰다.

"전 스토커 알레르기가 있어서 감시받는 거 별로 안 좋아합니다."

"그게 아니라."

"뒤에 졸졸 따라붙는 건 회진 때로 족하니까. 옆으로 오시죠."

"네."

현준의 미간이 좁아지는 걸 보며 이연이 얼른 그의 옆으로 다가섰다. 그제야 현준이 다시 걷기 시작했다. 나란히 보조를 맞춰 걸으며 이연이 힐끔 현준을 곁눈질했다. 반듯하게 잘 자란 엄친아의 좋은 예시가 바로 장현준이었다. 이 사람과 결혼했으면 어땠을까.

문득 자신이 너무 많은 것을 생각하고 있다는 기분이 들어 이연이 피식 웃었다. 씁쓸하게 고개를 저으며 숨을 한껏 들이켜는 이연을 현준이 기척 없이 내려 보았다. 그의 입가에 모호한 미소가 떠올랐다.

이연이 한숨을 깊게 내쉬며 눈동자를 굴렸다. 그에 현준이 태연히 정면을 주시했다. 현준의 옆얼굴로 이연의 조심스러운 시선이 살짝살짝 닿았다 멀어졌다.

인생에서 한 번 일어날까 말까 한 해프닝. 둘의 과거는 그런 것의 일종이었다. 둘에게만 특별했던 것이 아니라, 누구에게나 일어날 수 있는 일 중에 하나였다. 또 그렇게 생각하고 넘겨야 할 일이기도 했다.

모른 척 그저 소아청소년과 과장과 전문의 그 이상도 이하도 아닌 관계로 시작하는 게 좋았다. 둘 모두에게.

이연의 진료실은 현준의 진료실 맞은편 두 번째에 있었다. 그 가까운 거리를 현준은 병동 끝까지 걸었다 다시 돌아왔다. 제3진료실 앞에 멈춰 태연하게 여기가 이연 씨가 맡을 곳이라고 했을 때 이연의 머릿속은 멍해졌다. 그의 옆에 서서 생각 없이 걸었던 자신이 참 바보같이 느껴졌다.

'시간이 남아서 이왕이면 층을 다 둘러보는 게 좋을 것 같아 한 바퀴 돌았습니다.'

그가 부연 설명을 하고 내일 보자는 인사를 남긴 채 터벅터벅 걸어 맞은편 사선 방향에 있는 자신의 진료실로 들어섰다. 그를 바라보는 이연의 눈이 덧없이 깜빡거렸다.

무거운 마음으로 병원을 나서는데 이연의 휴대폰이 울렸다. 이연이 핸드백을 뒤져 휴대폰을 꺼냈다. 발신인이 서경이었다. 서경은 고등학교 동창으로 유일하게 이연이 아직까지 연락을 하며 지내는 친구였다. 인천의 원룸을 정리하고 올라와 당장 집을 구하기 힘들어 서경에게 당분간 신세를 지고 있었다.

"어, 서경아."

[인터뷰는 잘됐어?]

급한 성격답게 서경이 전화를 받자 다짜고짜 물었다. 후우. 가벼운 숨을 내쉰 이연이 그제야 긴장을 풀고 엷은 웃음을 지었다. 이연은 한결 가벼워진 발걸음으로 병원 정문으로 이어진 길을 또각또각 걸어 내려갔다.

어느새 비는 그쳐 있었다. 바닥은 여전히 물기가 흥건했지만 이연은 개의치 않았다. 중요한 일은 끝났다. 힐이 더러워지건 말건 이젠 상관없었다.

"괜찮았어. 내일부터 일 시작하래."

[바로? 며칠 여유도 안 줘?]

"오히려 이게 나아. 익숙해지려면 하루라도 빨리하는 게 좋지."

[그런가? 아 참. 비 많이 오던데 안 젖었어? 완전 양동이로 퍼붓는 것 같더라. 우산을 써도 소용이 없어요. 무용지물이야. 나 홀딱 젖었잖아.]

"난 많이 안 젖었어. 구두만 살짝."

[용하다. 어떻게 피했데? 뭐 비 사이로 막 피해가는 신기술이라도 터득하셨나? 그거 나중에 나한테도 좀 전수해 주라. 쿡쿡.]

자기가 말해놓고 자기가 우스웠던지 서경이 키득거렸다.

정문 바로 앞에서 이연의 걸음이 우뚝 멈췄다. 그녀가 고개를 돌려 병원 건물을 바라보았다. 이연의 눈이 층수를 세며 올라갔다. 그녀의 시선이 3층에서 멈춰 옆으로 이동했다.

어림잡아 저쯤이었던가?

소아청소년과 병동 안쪽에 현준의 진료실이 있었다. 현준은 다른 과 과장들과 달리 연구실을 따로 마련해 두지 않았다. 모든 것을 소아청소년과 병동 안에서 해결했다.

지금 현준은 어디에 있을까를 가늠하며 이연이 낮은 한숨을 내쉬었다.

서경의 말에 문득 버스 정류장에서의 일이 떠올랐다. 그가 온몸으로 막아주지 않았으면 아마 그녀는 머리끝부터 발끝까지 빗물에 흠뻑 젖었을 것이다. 그녀 대신 현준이 그 신세가 되었다. 현준이 약속 시간에 10분 늦은 건 더러워진 옷을 갈아입기 위해서였다.

세탁이라도 해주겠다고 할 걸 그랬나?

그는 그녀에게 죄송하다는 말을 두 번이나 했었다. 빗방울이 조금 튄 것 정도로. 반면 이연은 경황이 없다는 이유로 감사 인사도 제대로 하지 못했다. 자신을 보호하느라 그의 옷이 온통 흙탕물에 젖어버렸는데 말이다. 혹시 예의라고는 눈곱만큼도 없는 여자라고 생각하지 않았을까. 은근히 걱정이 되었다.

[야, 강이연. 너 내 말 듣고 있어? 또 멍 때리고 있는 거 아니지?]

"아, 미안. 무슨 얘기했지?"

[너 말하다가 갑자기 먹통 되면 상대방이 얼마나 벙찌는지 내가 누누이 얘기했지.]

"미안해. 누가 부르는 것 같아서 그랬어."

[불렀어? 누가?]

"착각. 바람 소릴 잘못 들었나 봐."

[하여튼. 각설하고 오늘 축하주 한잔하자.]

"무슨 축하주?"

이연이 발길을 돌렸다. 이미 기회는 놓쳐 버렸다. 다시 돌아가 '그 옷 저 주세요. 제가 세탁해 드릴게요.' 라고 말하는 것도 이상했다. 갑자기 생각이 났다며 손을 내밀면 잘 보이고 싶어 대놓고 수작을 부리는 것으로 오해할 수도 있었다. 기회가 오면 우연히

29

생각난 듯 지나는 투로 자연스럽게 말을 꺼내는 게 나을 듯싶었다.

[서울 입성 축하 겸. 컴백 동인 축하. 어때?]

촌스러운 감성 따위 예전에 다 버렸다고 생각했었는데 이연은 서경의 말에 어쩐지 가슴이 뭉클해졌다. 돌아올 수 없을 거라고. 아니, 돌아오지 않을 거라고 이를 갈며 떠난 곳이었다. 2년을 방황하며 죽은 사람처럼 지냈다. 아픔만 가득하다고 생각했었다. 하지만 시간이 지날수록 오히려 이곳이 못내 그리워졌다.

생명 존중이라는 부모님의 뜻을 이어받고 싶은 마음이 들면서 이연은 서울로 돌아오기 위해. 다시 동인의 사람이 되기 위해 모든 노력을 아끼지 않았다. 처음부터 다시 시작하는 마음으로 세종병원에서 5년을 죽어라 일만 했다. 마침내 오늘 그녀의 오랜 염원이 이루어졌다.

"일 끝나려면 멀었잖아."

[일찍 끝내지 뭐. 원래 비 온 뒤엔 손님도 별로 없어.]

"그래도 나 때문에 그러는 거면."

[야, 너 때문에 좀 그러자.]

"응?"

[친구 때문에 문도 닫고 분위기도 좀 띄우고 그래 보자고. 네가 얼마나 소중한 친군데. 좀 그래도 돼.]

"서경아."

[나중에 우리 애들 공짜로 접종시켜 주고 그럼 되는 거지. 뭘 이런 걸로 부담을 가지고 그러실까? 우리 강 닥터께서?]

서경이 너스레를 떨며 조건을 내걸었다. 그에 이연이 눈을 가늘게 내려뜨곤 짐짓 심각한 투로 물었다.

"너 애 열 명 낳는 게 소원이라고 하지 않았어?"

[능력되면 더 낳을 수도 있고.]

"그럼 이 정도론 안 되지. 이후로 몇 년은 더 얻어먹어도 되겠다."

[아 또. 셈이 그렇게 되나?]

버스 정류장에 도착한 이연이 낮게 웃었다. 능청스러운 서경의 목소리를 들으니 기분이 한결 나아졌다. 말은 저렇게 해도 서경은 아직 남자친구도 하나 없는 자의적 노처녀였다. 그러니 언제 남자를 만나 애를 낳을진 알 수 없는 일이었다. 서경은 오빠인 한경과 함께 어묵 카페를 운영 중이었다.

필요한 어묵은 인천에 있는 본가에서 생선을 공수해 직접 만들었다. 입소문이 나 제법 장사도 잘되는 편이었다. 비 오는 날 따뜻한 국물이 그리워지는 건 사람들의 평균적인 심리였다.

비가 오면 감성이 짙어진다. 어묵 카페는 그런 사람들의 욕구를 충족시키기에 안성맞춤인 곳이었다. 어묵탕에 소주 한잔을 곁들이면 천국이 따로 없다고 서경이 늘 예찬을 했었다.

그러니 서경의 말은 거짓이었다. 오늘은 다른 날에 비해 장사가 더 잘될 가능성이 농후했다.

"문 닫지 말고 있어. 나 용돈 벌이 좀 하게."

[아이고. 아서라. 메스 잡는 고귀한 손으로 어묵이나 나르고 그러면 못 쓴다고 했지.]

"내 손이나 네 손이나 다 생명 살리는 건 똑 같아. 인간의 궁극적인 삶의 목표는 먹는 것에 있다고 네가 그랬잖아. 그러니 똑같은 거지."

마침 버스가 도착했다. 버스를 타고 서경의 가게로 가는 내내 수다는 끊이지 않았다. 서경의 쾌활한 성격 덕분에 어느새 이연도 수다쟁이가 되어가고 있었다.

"앞이야. 끊어."

긴 통화로 달아오른 휴대폰 때문에 이연의 귀와 볼이 다 뜨거워질 지경이었다. 이연이 휴대폰을 핸드백에 넣으며 '오! 땡! 달구지'의 문을 열었다.

"왔냐. 친구."

이연이 들어서기 무섭게 서경이 팔을 활짝 펼치며 와락 그녀를 끌어안았다. 격한 반김에 이연의 몸이 휘청거렸다.

"살살해라. 그러다 이연이 허리 똑 부러지겠다."

"아이고, 걱정 마셔. 애 허리가 보통 허리가 아니야. 가냘파 보여도 완전 통뼈라니까."

"다 자기 같은 줄 알지. 그게 어떻게 통뼈야. 가늘어서 바람에도 이리저리 휘청거리겠구만."

남의 허리를 두고 남매간의 갑론을박이 벌어졌다. 듣고 있자니 민망해 이연이 핸드백으로 은근슬쩍 허리를 감췄다.

"장사 준비는 다 됐어?"

이연이 말머리를 돌리며 서경의 품에서 벗어났다. 서경이 순순히 놓아주며 어깨를 으쓱했다.

"늘 하던 건데 뭐. 오늘은 비가 왔으니 바닥 건조에 심혈을 기울여야 한다는 게 관건이지."

"바닥 건조는 어떻게 해?"

"그야 간단하지. 내 뜨거운 열정을 불태워서 후끈 달아오르게 만들면 돼."

서경이 양손에 파이어 볼이라도 쥔 듯 허공을 향해 펼쳐 보였다. 과도한 액션을 선보이는 서경을 두고 이연이 그녀의 오빠 한경에게 다가섰다. 의자를 내리던 한경이 고개를 절레절레 흔들며 눈을 굴렸다. 구제불능이란 뜻이었다.

이연이 엷게 웃으며 한경을 도왔다. 남매간의 아웅다웅하는 모습이 이연은 참 부러웠다. 자신에게도 이런 오빠와 동생이 있었으면 어땠을까? 피붙이 하나 없는 이연은 가끔 그런 생각을 할 때가 있었다.

눈치 빠른 한경이 친오빠라고 생각하고 편하게 대하란 말을 해 줬을 때는 정말 눈물이 날 것 같았다. 울컥해 있는 이연에게 별로 추천하고 싶지 않지만 굳이 버린다면 너한테 버려주겠다고 서경이 농담을 던지기도 했었다. 이들은 이연에게 가족처럼 소중한 사람들이었다.

　이연의 예상대로 밤이 되자 가게는 손님들로 북적거렸다. 분주하게 가게 안을 오가며 서빙을 하다 보니 시간이 훌쩍 지나갔다. 새벽 2시가 가까운 시간이 되어서야 가게 문을 닫을 수 있었다. 서경이 미안해 죽을 것 같은 얼굴로 이연 앞에 앉았다.

　"내일 일하러 가야 할 애를 꼬드겨서 이렇게 막 부려먹었으니. 내가 죄인이다, 죄인."

　"무슨 소리야. 내가 하겠다고 팔 걷어붙이고 나선 건데."

　"그래, 오늘 이연이 너무 고생 많았다."

　한경이 냉장고에서 소주를 꺼내오며 진심으로 고마워했다. 함께 내온 어묵탕을 앞에 두고 소주를 각자의 잔에 따랐다.

　"우리 어여쁜 이연이의 화려한 복귀를 축하하며. 한 잔 걸치고."

　"앞으로도 쭉 화려한 날만 계속되길 원추하며. 두 잔 걸치고."

　"우리들의 보금자리 오! 땡! 달구지의 무궁한 발전을 위하여. 세 잔 걸치고."

　잔을 부딪치며 경쾌하게 외친 셋이 동시에 잔을 비워냈다. 그들의 말처럼 한 잔이 두 잔이 되고, 세 잔이 되는 건 순식간이었다. 각자 네 잔씩만 마시고 파하자던 자리는 꽤 길어졌다.

보기보다 술에 약한 서경이 먼저 꾸벅거리다 탁자에 머리를 박았다. 코를 골며 곯아떨어진 서경의 모습에 한경이 혀를 찼다.

"만날 지가 먼저 술 마시자고 해놓고 제일 먼저 뻗지. 술도 못 마시는 게 술타령은."

"방에 눕혀야겠어요."

"아무래도 그래야겠다. 너도 여기서 자고 갈래? 나는 찜질방 가서 자면 되는데."

혹여 이연이 자신이 같이 있는 걸 부담스러워할까 봐 한경이 먼저 찜질방을 거론했다. 그에 이연이 손사래를 쳤다.

"아니에요. 옷도 갈아입어야 하고 전 집에 가서 잘게요."

"그럼 조금만 기다려 서경이 눕혀놓고 바로 나올게."

한경이 신신당부를 하고 서경을 팔에 안은 채 돌아섰다. 가게 안에는 한경이 쓰는 작은 방이 딸려 있었다. 서경과 한경은 어릴 때부터 엎치락뒤치락 형제처럼 자란 터라 한 방에서 자는 게 전혀 어색하지 않았다. 오늘 침대는 아마도 서경의 차지가 될 것이다. 덕분에 한경은 그 아래 바닥에 이불을 깔고 자야 하는 신세가 되었다.

서경을 차에 태워 이연과 함께 원룸에 가서 재울 수도 있었지만, 이동이 만만치 않았다. 서경의 술주정은 예고도 없이 시작되어 주변 사람들이 기진맥진 상태가 되어서야 끝나곤 했다. 그러니 어디로 이동하는 것보다 그냥 숙면을 취하게 두는 게 좋았다.

홀로 남은 이연이 소주병을 들어 흔들어 보았다. 바닥에 찰랑이는 것이 한 잔은 못 돼도 반잔은 될 것 같았다. 이연이 빈 잔에 소주를 따랐다. 반쯤 채워진 잔을 들어 손안에서 빙글빙글 돌렸다. 잔 속에서 현준의 모습이 일렁거렸다.

이연은 오늘 현준을 만난 사실을 서경에게 말하지 못했다. 오롯이 이연 혼자서 속에 담아두어야 하는 일이었다. 서경이 안다고 해서 달라질 것도 없었다.

시작조차 하지 못하고 끝난 사이. 애매모호한 그것이 오늘따라 이연의 마음을 침울하게 만들었다. 이연은 가만히 잔을 기울였다.

"비 때문이야. 비가 와서 너무 감상적이 된 거야. 그게 맞아."

혼잣소리를 웅얼거리다 마저 잔을 비웠다. 깨끗이 비워낸 잔처럼 이제 이연의 마음에서 현준에 대해 모든 것을 지워내야 했다. 둘 사이엔 과거에도 지금도 앞으로도 아무 일도 없었고, 없을 것이다.

"그래, 그거면 된 거야."

오늘따라 혼잣소리가 많은 걸 보니 술이 많이 되었나 보다. 이연은 자조적인 웃음을 머금었다.

이른 아침 버스 정류장에 도착한 이연은 저도 모르게 주변을 두리번거렸다. 어제보다 한 시간 빠른 출근이었다. 현준과 마주친 시간과도 한 시간이 빨랐다. 그걸 알면서도 이연은 혹여 그가 자신이 서 있는 곳으로 또 뛰어들어 오진 않을까 하는 어리석은 생각을 했다.

버스가 도착하고 차에 오르며 이연은 쓰게 웃었다.

대체 뭘 기대한 거야.

아무 인연도 아니라고 본인 입으로 말해놓고 혹시나 하는 기대를 하다니. 이런 이율배반적인 일이 또 있을까. 헛웃음이 나왔다.

출근해 자신의 진료실로 들어선 이연은 우선 대충의 업무 파악부터 시작했다. 환자를 보는 것 말고도 의사가 해야 하는 일은 차고 넘쳤다. 책상 위에 올려진 환자의 차트를 숙지하고 있는데 갑자기 노크 소리가 들렸다.

"네."

이연이 고개를 들어 문을 바라봤다. 문이 조심스럽게 열리며 누군가 안으로 얼굴을 내밀었다.

"선생님, 잠시 실례해도 되겠습니까?"

"네. 들어오세요."

처음 보는 얼굴이었다. 말끔하게 생긴 젊은 남자가 가운을 걸치고 안으로 쑥 들어섰다. 희한하게 게처럼 옆으로 걸어 들어선 그가 문을 닫고는 이연을 마주 보고 해맑게 웃었다. 이연이 고개를 갸웃거리자 남자가 제 가운에 적힌 이름표를 쓱 들어 보였다.

"김은결입니다."

"……네. 그러네요."

분명 이름표엔 그렇게 적혀 있었다. 이연의 시선이 이름 앞에 적힌 글자로 옮겨졌다. 소아청소년과. 이연의 눈이 깜빡거렸다. 은결을 올려보자 그가 어깨를 으쓱하며 히죽 웃었다. 그리곤 엄지를 옆으로 펼쳐 쿡쿡 허공을 찔러댔다.

"바로 옆방에 세 들어 있습니다."

"아."

동인에는 소아청소년과 의사가 과장인 현준을 비롯해 이연까지 총 세 명이 있었다. 그 밑으로 전공의와 인턴이 열 명 정도 되었다. 외래 진료는 세 명이 함께 보고 중요한 수술은 셋이 함께하는 시스템이었다. 다른 일들은 전공의와 인턴들이 그들의 지시에 따라 진행했다.

대학병원이 아니었기에 그렇게 많은 의료진이 상주하고 있지는 않았다. 그럼에도 동인병원이 환자들 사이에서 명성이 자자한 건 주 의료진들의 실력이 뛰어나서였다. 소아청소년과 세 명의 전문의 중 남은 한 명이 바로 은결이었다.

"죄송해요. 제가 먼저 인사를 드렸어야 하는데."

"어휴. 아닙니다. 이건 성격 급한 사람이 먼저 하는 겁니다."

"네?"

"제 성격이 급해서 달려온 거라고요. 반갑습니다, 강이연 선생님."

성큼성큼 다가선 은결이 이연의 면전에 척하니 손을 내밀었다. 그 손을 멀뚱히 바라보던 이연이 손을 내밀기 무섭게 은결이 덥석 잡아 흔들었다. 반가움을 몸소 보여주려는 듯 너무 힘차게 흔드는 바람에 이연의 몸이 들썩거렸다. 팔이 빠지는 건 아닌지 걱정스러울 정도였다.

"격한 반가움의 표현은 여기까지. 그리고 이건 제 환영 선물입니다."

이연의 팔이 빠지기 직전 다행스럽게 손을 놓은 은결이 등 뒤에서 뭔가를 꺼내 그녀에게 내밀었다. 쇼핑백이었다. 이연이 아린 손을 쥐었다 펴며 그것을 받아 들었다.

쇼핑백을 열자 안에서 새하얀 가운이 나왔다. 가운을 내려 보는 이연의 미간이 살짝 찌푸려졌다. 위쪽 주머니에 새겨진 자신의 이름표 때문이었다.

소아청소년과 전문의 강이연.

거기까지는 좋았다. 이연이 고개를 들어 바라보자 은결이 친절하게 검지를 뻗어 이름표의 끝부분에 새겨진 새빨간 장미를 가리켰다. 그리곤 뿌듯하게 말했다.

"이건 특별 서비스. 우리 소아청소년과에 유일한 홍일점 강이연 선생님을 환영한다는 의미랍니다. 어때요? 예쁘죠?"

"……그러네요."

달리 할 말이 없었다. 유치하고 촌스러운 새빨간 장미가 자신의 이름 뒤에 붙어 있다는 게 꺼림칙했지만 은결의 환히 웃는 얼굴을 보고는 차마 싫은 걸 내색할 수가 없었다. 이걸 지울 수도 없고 어떻게 해야 하지?

저도 모르게 이연이 고민을 담아 아랫입술을 잘근 깨물었다. 그 입술을 가만히 바라보던 은결이 가운 주머니에 손을 찔러 넣으며 고개를 모로 기울였다.

"왜요? 마음에 안 드세요?"

어느새 은결의 말투는 친근함이 묻어나는 것으로 바뀌어 있었다. 은결을 마주한 이연이 고개를 천천히 흔들었다. 말을 하기 전 그녀는 마른침을 삼켰다. 거짓말을 하려니 뭔가 어색했다.

"아니요."

"그럼 마음에 드시는 거죠?"

"……네."

어색한 미소가 이연의 입가에 떠올랐다. 그를 진심으로 받아들인 은결이 한쪽 가슴에 손을 올리고 크게 숨을 내쉬었다. 그리곤 이마의 땀을 닦는 시늉을 했다.

"다행이다. 혹시나 마음에 안 들면 어쩌나 엄청 걱정했거든요."

"신경 써주셔서 감사해요."

더 이상 신경을 쓰지 않았으면 좋겠다는 말을 덧붙이고 싶어 이연의 입이 간질거렸다. 그런 그녀의 마음에 은결이 웃으며 돌을 던졌다.

"좋았어. 가운 총 두 벌 나오는데 나머지도 그렇게 해달라고 부탁해야겠어요."

"저기, 김 선생님. 그럴 필요는."

이연이 다급하게 손을 뻗으며 그를 만류하려 했다. 하지만 은결이 그보다 더 빨리 그녀의 입에 검지를 대며 고개를 절레절레 흔들었다.

"괜찮아요. 이런 일 정돈 동료로서 그냥 해줄 수 있어요. 이왕하는 거 이것보다 더 크게 박아달라고 말해놓을게요."

이연의 눈에 절망의 빛이 서렸다. 그를 보지 못한 듯 은결이 즐거운 얼굴로 문을 향해 걸어갔다. 문을 열고 밖으로 나서기 직전그가 이연을 돌아보며 장난스럽게 거수경례를 했다.

"기대하고 계세요. 완전 예쁘게 만들어 올 테니까."

은결이 문을 닫고 나갔다. 문밖에서 휘파람 소리가 들리는 것같았다. 멍하니 닫힌 문을 응시하고 있던 이연이 시선을 내려 가운을 쳐다봤다. 이름표에서 유독 장미만 크게 확대되어 보였다.

"아, 망했다."

여자는 다 장미를 좋아할 거란 남자들의 착각이 만들어낸 만행이었다. 그들의 생각과 달리 장미를 싫어하는 여자들이 세상엔 훨씬 많았다. 왜 하필 장미일까. 아니, 굳이 왜 이런 걸 새겨 넣었을까. 은결의 과한 환영이 신성한 의사 가운을 장난스럽게 만들어놓았다.

이연은 가운을 입고 다닐 생각만으로도 머리가 지끈거렸다.

❖

오전 진료는 대체로 한가했다. 주로 과장을 찾는 환자 보호자들이 많았고 다음으로 은결의 전담 환자들이 있었다. 새로 온 의사에게 진료를 맡기는 환자와 보호자는 그리 많지 않았다. 아직 이연의 실력에 믿음을 가지지 못해 그런 것이다.

특히나, 소아청소년과의 경우 다정다감하고 친절하게 아이들에게 다가서는 의사를 좋아했다. 서글서글하고 장난기 많아 보이는 은결과 부드러운 이미지의 현준에 비해 이연은 도도하고 차가운인상이 강했다. 아이들이고 어른이고 그녀보다는 현준과 은결을더 좋아했다.

호기롭게 시작한 오전 진료가 맥없이 끝나 버리자 이연의 어깨가 축 늘어졌다. 점심시간이 되어 모두 식사를 위해 자리를 비웠다. 이연은 간호사들을 먼저 보내고 홀로 진료실에 남았다. 병원구내식당을 가려니 조금 망설여졌다. 혹시나 현준과 마주치게 될까 봐. 그래서 괜히 자신이 그를 어색하게 대하게 될까 봐. 걱정되어 차마 발걸음이 떨어지지 않았다.

아침에 인사를 갔어야 했는데 그러지 못했다. 은결 때문에 혼이쏙 빠져 멍하니 앉아 있다 그만 진료 시간이 되어버렸다. 인생엔 타이밍이 중요한데 그 결정적인 타이밍을 놓쳐 버렸다. 간단하게 목례라도 나눴다면 덜 어색할 수 있을 텐데.

아침도 제대로 챙겨 먹지 못하고 나왔다. 점심까지 굶으면 힘들 것 같은데 어떻게 하는 게 좋을까 이연은 심각하게 고민했다.

이연이 힘없이 책상에 이마를 대고 눈을 감았다. 조금 더 참아 보다 안 되면 내려가자 그렇게 생각하며 주린 배를 양팔로 감쌌다. 그리곤 자꾸만 꼬르륵거리는 배를 꾹 눌렀다. 마치 질식시켜 조용히 만들기라도 하려는 듯 있는 힘껏 눌러댔다.

똑똑.

문을 두드리는 노크 소리치곤 너무 가깝게 들린다 생각하며 이연이 이마를 들어 책상에 턱을 괬다. 그녀의 시야로 손 하나가 들어왔다. 문이 아니라 자신의 책상을 두드리는 소리였다. 이연이 번쩍 고개를 들다 흠칫 멈췄다.

자신의 얼굴 바로 위에 현준의 얼굴이 머물러 있었다. 이연의 눈이 덧없이 깜빡거렸다. 그녀의 목으로 마른침이 꿀꺽 넘어갔다. 그의 얼굴이 너무 가까이 있어 마음대로 움직일 수가 없었다.

현준이 고개를 살짝 옆으로 기울였다. 그 작은 움직임에 턱의 각도가 절묘하게 틀어졌다. 현준의 날카로운 턱 선과 남성미가 물씬 풍기는 목이 이연의 시야를 붙잡았다.

"무슨 생각을 그렇게 깊게 하고 있습니까? 사람 들어오는 것도 모르고."

"아, 죄송합니다."

현준의 입술이 달싹이는 것을 물끄러미 바라보던 이연이 화들짝 놀라 급히 사과를 했다. 현준이 책상을 두드리기 위해 숙였던 상체를 들며 어깨를 으쓱했다.

"죄송할 일은 아닙니다."

"네."

"식사는 하셨습니까?"

"아니요."

"왜 안 하십니까? 여기 주방 이모님들이 마음에 안 드십니까?"

"네?"

그의 입에서 주방 이모라는 말이 나오자 이연의 눈이 동그래졌다. 그와 전혀 어울리지 않는 말이었다. 현준이 등 뒤쪽 문을 고갯짓으로 가리키며 말했다.

"동인병원 주방 이모님들 음식 솜씨는 의료진들의 실력만큼이나 정평이 자자하게 나 있는데. 그 소문은 아직 못 들으셨나 봅니다."

"……."

"가죠. 일도 다 먹고살자고 하는 건데. 밥은 먹어야죠."

"전 괜찮습니다."

현준과 마주치지 않으려고 일부러 식당에 가지 않았는데 오히려 그와 마주 앉아 밥을 먹게 생겼다. 이연이 고개를 저으며 거부하자 현준의 미간이 살짝 구겨졌다. 그가 근엄한 목소리로 말했다.

"허기져서 맥 빠진 얼굴로 환자들 얼굴 보면 환자들이 기운이 나겠습니까? 이건 엄연한 직무유기입니다."

"그건."

"직접 일어나시겠습니까. 아니면, 제가 일으켜 드릴까요? 의료진들을 챙기는 건 제 소관입니다. 참고로. 전 직무유기 하는 걸 엄청 싫어합니다."

다소 억지스러운 말이었다. 하지만 뭐라 반론을 제기할 여지를 주지 않는 말이기도 했다. 이연이 더 버티는 건 안 되겠다 싶어 자리에서 일어섰다. 이연이 책상을 돌아 나오기를 기다렸다가 현준이 먼저 입구로 걸어가 문을 열었다.

"빨강 장미 먼저."

현준이 그녀의 가운을 눈으로 쓱 훑더니 아무렇지 않게 말했다. 이연이 손으로 이름표를 가렸다. 그녀의 얼굴에 살짝 홍조가 깃들었다. 재빨리 문을 빠져나가는 그녀를 보며 현준이 엷게 웃었다.

이연이 오기 전부터 은결은 몹시 들떠 있었다. 드디어 우리 과에 아리따운 여신이 강림한다며 은결이 호들갑을 떨었다. 은결이 급기야 가운에 이름표 새길 때 기념으로 마지막에 사랑의 상징인 장미를 새겨주겠노라고 선언했다. 그때만 해도 현준은 그게 그저 은결의 장난인 줄로만 알았다.

설마, 그런 짓을 하겠나 싶었다. 아무리 그래도 그게 받는 사람을 당혹스럽게 만들 선물이란 걸 모르진 않겠거니 쉽게 생각했다.

오늘 아침 이연의 방에서 나와 룰루랄라 휘파람을 불며 신나게 제 방으로 들어서는 은결을 봤을 때에야 아차! 싶었다. 원래 은결에게 사차원적 기질이 다분히 있음을 간과했다.

은결은 현준의 바로 아래 기수로 직속 후배였다. 대학 입학 후 이상하게 현준에게 필이 꽂혀 그만 졸졸 따라다녔다. 처음엔 스토커적 기질 때문에 이상한 놈이라고 오해도 했지만, 은결은 제 감정에 지나치게 충실한 순수 괴짜였다. 달리 말하면 장난꾸러기 남동생 같은 캐릭터랄까?

덕분에 현준과는 아주 격 없이 지내는 사이가 되었다. 그의 제의에 한 치의 망설임 없이 동인으로 온 고마운 녀석이기도 했다.

그런 녀석의 최대 단점이 바로 너무 자기감정에 충실한 나머지 제 딴에는 좋은 의도에서 한 일이 때론 상대를 곤란하게 만들기도 한다는 점이다.

아침에 레지던트와 인턴들을 데리고 곧장 병동을 돌았다. 이연은 아직 담당 환자가 없으니 회진을 돌지 않아도 좋다고 통보했다. 그녀에 대한 소개는 일이 끝난 후 따로 자리를 마련해 할 예정이었다.

소화기 내과와 합동 수술이 한 건 있었고, 점심시간 전까지 외래를 보느라 정신이 없었다. 겨우 한숨 돌리며 식당으로 내려간 현준의 눈에 이연의 모습이 보이지 않았다. 식당 안을 세밀하게 살폈지만 역시 이연은 없었다.

현준이 이연의 진료실 간호사에게 걸어가 그녀가 어디에 있는지 물었다. 점심 생각이 없다며 아직 진료실에 이연이 있다는 말을 듣자마자 3층으로 다시 올라왔다. 문을 두드려도 인기척이 없었다. 현준이 초조한 심경으로 조심히 문을 열었다.

이연이 책상에 이마를 대고 엎드려 있었다. 가까이 다가가 앞에 섰을 때도 이연은 그의 존재를 알아채지 못했다. 현준이 책상을 두드렸다. 그녀가 잘 들을 수 있도록 또렷하고 크게. 그제야 이연이 고개를 들었다. 그러다 얼굴이 맞닿을 거리에서 흠칫 놀라며 멈췄다.

솔직히 그 순간 현준도 움찔했었다. 급작스럽게 이연이 고개를 들어 미처 피할 사이가 없었다. 자칫 얼굴이 부딪혔을 수도 있는 상황이었다. 아슬아슬하게 멈춘 이연의 얼굴에서 현준은 이상하게 시선을 뗄 수가 없었다.

그래서인지 몰라도 현준은 그대로 상체를 세우지 않고 살짝 고개를 틀었다. 다른 각도에서 보는 이연의 얼굴이 어떤지 궁금해서였다. 그게 왜 궁금했을까. 너무 즉흥적으로 떠오른 생각이라 현준도 의도를 알 수 없었다.

"골고루 먹는 게 좋습니다."

이연이 채소 위주로만 조금씩 식판에 담자 현준이 직접 고기볶음을 담아주며 말했다. 그냥 보기엔 무척 다정다감한 배려였다. 하지만 이연은 보이지 않는 강요를 느끼고 있었다.

"소아청소년과 전문의가 편식을 한다는 게 말이 안 되잖습니까."

"네."

이연의 예상대로 현준은 그녀의 맞은편에 앉는 대신 바로 옆에 착석했다. 이연은 고개도 제대로 돌리지 못하고 묵묵히 밥을 떠 입에 넣으며 차라리 마주 앉는 게 낫겠다는 생각을 했다. 현준이 앞에 앉더라도 이연이 고개를 숙이고 식사에만 열중하면 되는데 옆자리는 고개를 숙여도 그가 보였다.

"고기 전담 이모님 솜씨가 제일 죽여줍니다. 먹어보세요."

현준이 살짝 이연 쪽으로 고개를 기울였다. 사람들로 시끄러운 식당에서 더 잘 들리게 하기 위한 방법이겠지만 그 때문에 이연의 신경이 자꾸만 예민해졌다. 이연이 크게 심호흡을 하며 고기를 집어 입으로 가져갔다. 그것을 입에 넣고 오물거리는 이연을 현준이 물끄러미 바라보았다.

"꼭꼭 천천히 30번."

"네."

또다시 귓속을 파고드는 현준의 감미로운 목소리에 이연이 고개를 끄덕이며 열심히 고기를 씹었다. 그와 가까이 있는 이연의 귓불과 목이 연분홍빛으로 물들었다. 가까스로 고기를 삼킨 그녀를 빤히 바라보며 현준이 물었다.

"맛있습니까?"

"네."

이연이 고개를 끄덕이며 말하자 그제야 현준이 숟가락을 들었다. 그가 국을 떠 입에 넣는 모습을 이연이 힐끔거렸다. 소리 없이 깔끔하게 국을 삼키는 현준의 모습이 무척 고상해 보였다. 문득 이연은 자신은 어떻게 먹고 있었나 곰곰이 떠올렸다. 그리 추하지는 않았을 거라 생각하며 이연이 막 국을 떠 입으로 가져갔다.

"봄에 걸맞은 냉잇국입니다. 향이 좋습니다."

현준의 말대로 냉이가 품은 봄 향기가 입안으로 사르르 번졌다. 이연이 국을 한술 더 떠서 입에 머금었다.

"이런 식사 계속하고 싶지 않습니까?"

"네. 그러고 싶어요."

진심이었다. 이연은 오래토록 동인병원의 식당에서 식사를 하고 싶었다. 그런 이연의 속내를 간파한 듯 그가 밥을 뜨며 무심히 스치는 투로 말했다.

"나랑 같이."

"큽."

현준의 말에 놀라 하마터면 사레가 들릴 뻔했다. 그의 말이 선명하게 이연의 귓속을 파고들었다. 이연이 고개를 돌려 그를 빤히 쳐다봤다. 그가 숟가락을 든 채로 태연히 그녀를 돌아보았다. 그녀가 눈을 깜빡이며 살짝 미간을 찌푸렸다. 자신이 방금 들은 말의 의미를 분석하는 중인 듯 보였다.

나랑 같이란 말이 감시의 의미인지, 그냥 직원 관리 차원에서 하는 말인지 아리송했다. 현준이 숟가락을 내리고 그녀를 향해 돌아앉았다. 의아한 이연의 시선을 마주하고 현준이 아무렇지 않게 툭 던지듯 말했다.

"다시 시작합시다."

"……."

"강이연 씨."

"네?"

"이번엔 나랑 연애부터 먼저 시작합시다."

이연의 동공이 정처 없이 흔들리다 눈이 커졌다. 그 눈을 올곧게 마주 보고 현준이 입가를 매끄럽게 쓸어 올렸다. 그가 차분히 자신이 한 말에 대해 설명했다.

"강이연 씨는 어땠는지 몰라도, 난 다른 사람에 의해서 내 결혼이 결정지어지는 게 그리 썩 유쾌하지 않았습니다. 그런 의미에서 예전처럼 결혼으로 곧장 진행되는 방식 말고 다른 사람들처럼 연애부터 다시 제대로 차근차근 시작해 보는 게 어떠냐고 묻는 겁니다. 제 말에 동의하십니까?"

현준을 바라보는 이연의 눈이 이번엔 다른 의미로 미세하게 흔들렸다. 그녀가 믿지 못하겠다는 눈빛으로 그를 응시했다. 자신이 지금 생각하고 있는 게 맞는지도 의심스러웠다. 이연이 확인하듯 조심스럽게 물었다.

"혹시 다 알고 있었어요?"

망연자실해 나온 그녀의 말에 현준이 어깨를 으쓱했다.

"처음 본 날 내 얼굴이 당신 뜨거운 시선 때문에 뚫릴 뻔했는데 기억 못한다면 그게 오히려 이상한 일 아닙니까?"

현준의 말에 이연이 허 하고 입을 벌렸다. 현준은 그녀의 존재를 몰랐던 게 아니었다. 뻔히 알고 있으면서 모른 척한 것이다. 묘한 배신감이 스멀스멀 피어올랐다. 알고 있었으면서 모른 척했다는 게 너무 기가 막혔다.

게다가, 이 판국에 연애를 하잔다. 그건 둘 사이에 나올 수 있는 말이 아니었다. 그럼에도 불구하고 자신만만하게 곡선을 그리며 올라간 현준의 부드러운 입술을 바라보며 이연이 차게 입을 열었다.

"싫습니다."

현준의 눈썹이 꿈틀거렸다. 이연의 매몰찬 거절에 당황한 듯 보였다. 이연이 이러리란 걸 전혀 예상하지 못한 눈치였다. 현준은 아마도 자신이 손을 내밀면 이연이 그 손을 덥석 잡고 좋아할 거라 생각했던 모양이다.

"왜입니까?"

충격에서 벗어나 어느 정도 정신을 차린 듯 그가 물었다. 이연이 담담히 말했다.

"그냥 싫습니다."

달리 할 말이 없었다. 명백한 이유가 있다고 생각했는데 그걸 콕 집어 입 밖으로 낼 수가 없었다. 우린 인연이 아니란 말은 통하지 않을 걸 알기에. 어쩌면 자신이 흔들릴지도 모른다는 일말의 불안감 때문에.

구차하게 이유를 대는 것보단 딱 잘라 거절하는 것이 나을 거라 생각했다. 그로 인해 자신의 마음속 일말의 기대감도 싹을 피우지 못하게 도려내려 했다.

"그냥, 그냥이라."

그가 테이블에 한쪽 팔을 올려 그 위에 턱을 괬다. 그리곤 혼잣소리처럼 그녀의 말 중 한 단어만 골라 중얼거렸다. 그리곤 또 곰곰이 뭔가를 생각하듯 한참을 말이 없었다.

톡톡. 입술을 검지로 두드리던 현준이 이윽고 이연을 주시했다. 그의 눈꼬리가 야릇한 각도로 올라갔다. 현준의 눈이 의미심장하게 빛났다. 그를 바라보는 이연의 미간이 의아함을 담아 꿈틀거렸다.

그가 간단명료하게 결론을 내렸다.

"그럼 그냥 좋아지도록 노력하면 되겠습니다."

혼자 답을 찾은 현준이 다시 식사 모드로 돌아가 숟가락을 들었다. 그 모습을 이연이 멍하니 바라보았다. 그가 그녀의 눈빛을 담담히 받아내며 태연히 밥을 떠 입에 넣었다.

이연이 몰랐던 현준의 또 다른 모습에 그녀가 고개를 갸웃이 기울였다.

알고 보니 현준에겐 묘하게 고집스러운 부분이 있었다. 이를 테면 지금처럼 자신이 결정한 일에 대해서 막무가내로 밀어붙이고 보는 식의.

한참 동안 현준을 바라보던 이연이 시선을 돌려 수저를 들었다. 그리곤 그와 나란히 밥을 떠 입에 넣었다. 밥만 먹었을 뿐인데 이상하게 입안이 달았다.

현준의 말대로 동인병원의 밥이 너무 맛있어서 앞으로도 계속 먹고 싶어질 것 같았다.

에필로그 하나

그날 아침의 일은 현준이 생각하기에도 참 아이러니했다.

어제까지만 해도 잘 달리던 차가 갑자기 도로 한중간에서 시동이 꺼졌다. 다행히 신호를 받고 서 있던 차여서 큰 사고는 나지 않았다. 다시 시동을 걸어도 차는 반응이 없었다. 출근하던 길이라 도로 사정이 좋지 않았다. 빨리 견인차를 불러 정리를 하는 것이 좋을 것 같았다.

현준은 서둘러 비상등을 켜고 전화를 걸어 견인차가 올 때까지 기다렸다. 다행히 근처에 정비소가 있어 차를 맡겼다. 배터리 문제인 것 같다며 하루 정도면 수리가 될 거라고 했다.

정비소에서 나오는 길에 비를 만났다. 택시를 잡으려 했지만 그도 여의치 않았다. 갑자기 내리는 소나기에 도로와 인도 모두 혼잡해졌다. 5분 정도 도로를 따라 좌측으로 걸어가면 버스 정류장이 나온다는 말에 현준은 차라리 버스를 타는 것을 선택했다. 비가 더 거세지기 전에 정류장 안으로 들어가야 했다.

가방으로 머리를 가리고 뛰어 단숨에 정류장에 도착했다. 정류장 칸막이 안으로 들어서다 하마터면 누군가와 부딪힐 뻔했다. 다행히 크게 상해를 입히진 않았지만 현준이 뛰어드는 바람에 어깨가 닿아 안에 있던 여자의 어깨가 젖었다.

"아, 이런. 죄송합니다."

여자에게 사과하며 고개를 들던 현준이 그대로 굳은 듯 움직임을 멈췄다.

그녀다! 강이연.

심장이 두근거렸다. 마치 오랫동안 헤어졌던 첫사랑을 다시 만난 것처럼 묘하게 들뜨고 설레었다. 현준이 침착함을 가장해 이연의 곁에 나란히 섰다. 비가 들이치는 비좁은 정류장이었다. 불가피하게 둘이 나란히 붙어 있을 수밖에 없는 상황이었다. 현준은 그것이 못내 고마웠다.

아, 이리되려고 차가 고장났나 보다.

그녀를 만나러 가는 길이었다.

인터뷰는 그녀는 모르고 자신만 아는 예견된 만남이었다. 이연이 현준을 올려다보았다. 첫 번째 눈 맞춤에서 이연은 그를 알아

보지 못했다. 또 한 번 사과를 하며 머리를 쓸어 넘겼다. 입가에
머문 미소가 과하지 않게 신경 썼다.

버스가 오고 있었다.

흙탕물로 인공 파도를 만들며 거칠게 달려오고 있었다. 그녀도 걱
정스럽게 미간을 찌푸리며 버스를 보고 있었다. 주어진 기회를 활용
하지 못하는 건 머저리들이나 하는 짓이다. 머저리들에게 남겨지는
건 뒤늦은 후회였다. 예전처럼 현준이 여전히 머저리였다면 아마 똑
같은 실수를 반복했을 것이다. 하지만 지금의 현준은 달랐다.

버스가 그녀를 덮치기 전 현준은 이연을 감싸 제 품에 가뒀다.
그녀에게 더러운 흙탕물이 닿지 않게 제 온몸을 방패막이로 썼다.
부디 그녀가 자신이 느꼈던 설렘을 함께 느끼기를. 그래서 현준이
란 남자를 떠올리기를. 간절한 마음을 담아 그녀를 바라보았다.

그녀의 숨결이 현준의 가슴과 쇄골을 스쳐 목을 지나 입술 언저
리로 흩어졌다. 이연이 천천히 고개를 들어 그를 마주했다. 닿을
듯 아슬아슬한 위치에 두 얼굴이 아찔하게 머물렀다. 그녀의 눈동
자가 흔들렸다.

강이연이 장현준을 알아본 순간이었다.

그녀의 눈 속에 현준의 얼굴이 틀어박혔다. 그녀에게 다가서고
싶은 현준의 마음을 대변하듯 그의 머리카락에서 떨어진 빗방울
이 그녀의 눈 위로 떨어져 속눈썹을 타고 흘렀다.

이연이 현준을 알면서도 모른 척 시치미를 뗐다. 현준이 엷은

미소를 머금고 그녀에게 다음 행로를 물었다. 내가 당신에게 호의를 가지고 있다는 남자로서의 어필이었다. 하지만 이연은 그를 깔끔히 외면했다. 대꾸도 없이 버스에 오른 이연을 그윽하게 바라보다 현준도 버스에 올랐다.

첫 번째는 우연.

두 번째는 한쪽이 만들어낸 우연을 가장한 필연.

"인연이 참 묘한 것 같습니다."

일부러 다른 자리가 차기를 기다려 이연의 옆에 앉았다. 이연은 몰랐다. 그가 이연의 자리에 앉기 위해 다른 사람의 접근을 사전에 차단시켰다는 걸. 옆자리에 앉은 현준을 돌아보는 이연의 귓불이 살짝 붉어졌다. 그를 보지 못한 척 현준이 찰나의 순간 정면으로 고개를 돌렸다. 그녀가 무심한 척 반대편 창을 응시했다.

현준이 그런 그녀를 대놓고 바라보았다. 창에 비친 상대의 모습을 보며 둘은 아주 묘한 감정에 사로잡혔다.

「이연 씨는 몰랐겠지만. 그건 일종의 작업이었습니다. 자칭 여심의 달인이라는 은결의 말을 빌리자면 여자를 꼬시려면 밑밥을 아주 그럴싸하게 깔아야 한답니다. 제 밑밥은 하늘에 계신 그분들이 깔아주신 겁니다. 절 아주 많이 사랑하시거든요.」

—2015년 5월. 이연을 다시 만난 그날 이후 현준의 인터뷰 중.

2

"어젯밤부터 열이 많이 났어요. 기침도 심하게 하구요. 콧물도 탁해요."

아이의 엄마는 연신 증상에 대해 열거하기에 바빴다. 어느 부모 나 아이가 아프면 걱정이 앞서기 마련이었다. 그 마음을 잘 아는 현준이 고개를 끄덕이며 컴퓨터 모니터를 확인했다.

"열이 38도 2부네요. 아이가 많이 힘들어했을 텐데. 언제부터 증상이 있었습니까? 이 정도면 며칠 됐을 것 같은데."

"그제부터요. 그땐 콧물도 맑고 집에 있는 상비약 먹이면 기침 도 좀 멎는 거 같아서……."

"증세가 가벼울 때가 치료하기 제일 좋은 적기입니다. 괜찮은 거 같다고 아무 약이나 먹이시면 안 되고요. 꼭 병원 내원하신 후에 그에 맞는 처치와 처방받으셔야 합니다. 그래야 아이가 덜 힘듭니다. 진료는 의사에게 약은 약사에게 이 말 명심하셔야 합니다."

"전엔 그 약 먹고 금방 괜찮았었거든요……."

엄마는 마치 변명이라도 하듯 말을 잇다 끝을 얼버무렸다. 자신이 너무 무책임했던 것 같아 죄책감이 들어 그런 것이다. 현준은 그 마음을 아주 잘 이해했다. 잘하려고 했던 것이 그리된 것이지 귀찮아 그런 것은 아니었다.

아이의 엄마도 열이 이렇게까지 높이 오를 줄은 몰랐을 것이다. 지금도 아이의 곁에서 어쩔 줄 몰라 하며 불안해했다. 혹여 자신 때문에 아이가 잘못되기라도 할까 겁을 먹어 초조한 기색이 역력했다. 아이를 바라보는 엄마의 눈에서 금방이라도 눈물이 떨어질 것 같았다.

현준이 세심하게 진료대 위에 축 늘어져 누워 있는 아이의 상태를 살폈다. 청진기로 작은 배 곳곳의 소리를 듣고 조심히 등 뒤로도 폐의 상태를 가늠했다.

아이는 수시로 마른기침을 하고 기침을 할 때마다 그르릉거리는 소리가 났다. 목도 쉬었고, 코 막힘으로 인한 호흡곤란의 증상도 동반하고 있었다. 병원으로 오기 전 해열제도 먹였다고 하는데 아직도 몸이 불덩이였다.

"증상으로 봐선 후두염인 것 같은데. 그래도 좀 더 명확하게 살펴볼 필요가 있으니 보다 정밀한 검사를 해보는 것이 좋겠습니다."

"많이 심한가요?"

"열이 높은 게 가장 걱정입니다. 나라가 아직 어리니까 입원 치료를 하시는 걸 권하고 싶습니다. 지금 상태로 봐선 열이 쉽게 내리진 않을 텐데. 나라가 빨리 나을 수 있게 습도 조절도 잘하셔야 하고, 밤새 상태도 자주 체크하셔야 합니다. 그러기 위해선 의료진이 곁에 있는 것이 나라에게도 어머니에게도 좋을 듯합니다만. 선택은 어머님이 하셔야 합니다."

"네."

"일단은 진행 상태부터 보도록 하죠. 정 간호사님, 나라 엑스레이 촬영하시고, 독감검사도 병행해 주세요."

"네, 선생님."

곁에서 보조를 하던 정 간호사에게 지시를 내린 현준이 나라의 엄마를 안심시켰다.

"3, 4일 치료만 잘 받으시면 말끔하게 나을 겁니다. 너무 걱정하지 마세요."

"감사합니다, 선생님."

"그럼, 결과 나오면 다시 뵙도록 하겠습니다."

정 간호사를 따라 나라와 엄마가 진료실을 나간 후 현준은 의자에 기대 짧은 숨을 내쉬었다. 오후 내내 쉴 틈 없이 몰려드는 외래 환자들로 인해 아직 물 한 잔을 제대로 마시지 못했다.

5시 30분. 접수는 여기까지 마감되었고. 나라의 검사 결과가 나오길 기다려 입원 여부를 결정하면 오늘 외래는 이것으로 끝이었다.

검사를 하고 결과가 나오려면 적어도 30분은 기다려야 했다. 그 잠깐의 시간 동안 현준은 마른입을 축일 것을 찾아 티타임을 가지려 했다. 차를 끓이는 수고를 줄이기 위해 자리에서 일어난 현준이 진료실을 나와 휴게실로 향했다. 휴식을 취하던 몇몇 병원 식구들이 그를 보고 인사를 건넸다. 현준도 가벼운 목례를 하며 자판기 앞으로 걸어갔다.

주머니 속 동전을 만지작거리며 자판기를 훑어보던 현준이 한곳에 시선을 멈췄다. 그의 입가가 보일 듯 말 듯 곡선을 그려냈다. 동전을 꺼내 투입구에 넣고 버튼을 눌렀다.

밀크커피.

아이들을 위해 진료실에 사탕을 구비해 두고도 단것을 좋아하지 않아 입에도 대지 않던 그였다. 커피도 깔끔한 아메리카노만 선호했었다. 그런 그가 오늘은 달콤한 것이 마시고 싶어졌다.

처음 만나던 날 이연은 지독하게 단 카라멜 마끼아또를 시켰다.

그녀는 무려 네 시간 동안 그것을 아주 조금씩 나눠 마셨다. 저렇게 단 걸 어떻게 마시지? 여자들은 참 이상하다 그땐 단순히 그렇게 생각했다. 하지만 시간이 흘러 그 장면을 다시 떠올렸을 때. 현준은 어쩌면 이연이 그렇게 지독히 달콤한 것을 마셨기에 그토록 삭막하고 무료한 시간을 견딜 수 있었을 거라 생각했다.

왜, 단 한 시간도 그녀를 위해 내어주지 못했을까. 잠시 책을 덮고 그녀와 마주하고 차를 마시며 간단한 담소를 나눌 수도 있었을 텐데. 지나고 보니 자신이 얼마나 이기적이었던가를 깨달을 수 있었다.

갓 나온 따뜻한 밀크커피를 들고 현준은 의자에 앉는 대신 휴게실 창가로 걸어갔다. 입바람을 불어 커피의 뜨거움을 밀어낸 현준이 종이컵에 살포시 입을 댔다. 입안으로 스며드는 달콤함에 처음엔 미간이 움찔했지만 곧 사르르 미소가 번졌다.

"생각보단 맛있네."

이연과 결혼 이야기가 오가던 시점에 현준은 정신없이 바쁜 나날을 보내고 있었다.

그는 최고의 의사가 되는 일 외엔 다른 것에 그다지 관심이 없었다. 그 무렵 국시를 앞두고 있어 밤낮없이 공부에 매진하는 중이었다. 결혼을 부추기는 어머니의 말에도 시큰둥했던 건 그것을 중요하게 여기지 않아서였다.

놓치기 아까운 혼처가 있다고. 집안이 병원을 하니 네게도 도움이 많이 될 거라며 들떠 밀어붙이는 어머니를 만류하지 못했다. 상대가 같은 소아청소년과 전공의라고 했을 때 현준은 그럼 됐다고 했다. 같은 일을 하니 서로 불편하진 않겠다고 단순하게 생각했다.

선배들을 봐도 조건에 맞춰 선을 보고 결혼하는 케이스가 많았다. 사랑에 목매며 살 거 아니면 그냥 맞춰 사는 것도 괜찮다는 조언도 들었었다. 생각해 보니 그럴듯했다. 연애라는 것엔 별로 관심이 없었다. 그런 것에 시간을 허비하는 게 귀찮기도 했다.

이왕 해야 하는 결혼이라면 어머니 마음에 드는 여자와 하는 게 편하겠다 싶었다. 고부간의 갈등도 없을 테고, 어머니께 대화 상대도 생기니 제게 쏟아지는 잔소리와 간섭이 줄어들지 않을까 하는 일말의 기대감도 있었다. 그래서 어머니 뜻대로 하시라 했다.

사진을 보고 직접 이연을 만난 날. 현준은 평소와 다름없이 책을 펼치며 양해를 구했다. 국시를 앞둔 전공의의 심정을 잘 아는 그녀가 그를 흔쾌히 수락했다. 자신의 예상이 빗나가지 않았음에 만족하며 현준은 쉽게 결론을 내렸다. 치근거리며 귀찮게 하지 않을 여자라면 오케이라고. 이 정도의 깔끔함이 딱 좋다고.

그녀와의 만남 중 현준이 이연에 대해 생각한 시간은 짧았다. 이연이 카라멜 마끼아또를 시킬 때 입맛이 애 같은가 보다 잠시 생각했다. 그 뒤로 한참을 책에 빠져 공부에 열중했다.

그러다 문득 제 얼굴로 쏟아지는 뜨거운 시선을 느끼고 고개를 들었다. 그가 바라보자 아닌 척 시치미를 떼며 이연이 얼른 다른 곳으로 시선을 돌리는 것이 보였다.

붉게 물들어가는 이연의 귓불을 물끄러미 응시하다 현준은 이내 시선을 거뒀다.

책장을 넘길 때, 커피를 마시려 손을 뻗을 때 저만치 언저리에 머문 그녀의 새하얗고 고운 손이 눈에 들어왔다. 오른손 가운뎃손가락 끝에 밴드가 붙여져 있던 게 오래토록 기억에 남았다. 저거 붙일 때 꽤 볼만했겠다. 속으로 웃었던 것 같기도 했다.

그렇게 결혼이 확정난 것으로 알고 있던 어느 날. 당장이라도 결혼식을 올릴 것 같던 어머니가 더 이상 아무 말도 하지 않는 것이 이상해 현준이 먼저 물었었다. 날짜 아직 안 잡혔냐고 남의 일처럼 그렇게 지나치듯 물었다. 그때 신문을 들척이며 차를 마시던 어머니가 무심하게 말했다.

"파혼이니 뭐니 할 것도 없이 그냥 없던 일 됐다. 그쪽에 사정이 생겼지 뭐니. 넌 신경 쓰지 말고 하던 공부에만 열중해."

무슨 일이냐고 자세히 묻지 않았다. 자신이 마음에 들지 않았던가 보다 그렇게 생각했다. 싫으면 어쩔 수 없는 거지. 국시 준비에도 바쁜데 거기에만 몰입하자. 현준은 오히려 시간 낭비할 일 없어 잘됐다고 단순하게 생각했다.

그렇게 몇 달이 흘러 시험을 끝내고 가뿐한 마음으로 찾은 병원에서 현준은 뜻밖의 소식을 전해 들었다. 동인병원의 이사장과 병원장이 졸음 운전자의 과실로 교통사고를 당했으며 그 자리에서 즉사했다는 것과 병원이 타인의 손에 넘어가고 집안도 한순간에 풍비박산이 났다는 것. 그래서 그 외동딸이 한순간에 알거지 신세가 되어 어딘가로 사라졌다고.

사람 운명 참 알 수 없는 거라 혀를 차면서도 가십거리로 삼는 이들의 말에 현준은 썩 기분이 좋지 않았다. 잠깐 스쳐 지나간 인연일 뿐이었는데. 어쩐지 그녀의 이름 석 자가 무심히 흘려보내지지가 않았다.

한 치 앞을 내다볼 수 없는 그 잔인한 운명이 너희들에겐 찾아오지 말란 법 있느냐는 독설로 의국 사람들의 입을 틀어막았다. 뒤늦게 그녀가 현준과 결혼 이야기가 오갔었다는 말이 돌자 모두 쉬쉬하며 그의 눈치를 살폈다. 하지만 한동안은 삼삼오오 모이기만 하면 현준과 이연을 묶어 그가 듣지 못하는 곳에서 입방아를 떨곤 했다.

결국 결혼이 무산됐던 건 이연 부모님의 불행한 사고 때문이기도 했지만, 한순간에 모든 것을 잃고 혼자가 되어버려 아무 소용 없게 된 이연을 현준의 어머니가 또 한 번 내친 것이기도 했다. 미안하고 안됐지만 그녀를 붙잡을 명분이 그에게는 없었다.

결혼 이야기가 오갔던 사이, 단 한 번의 만남. 둘 사이엔 이렇다 할 연애 감정도 없었고, 첫눈에 반하는 기적 같은 일도 일어나지 않았다. 인생의 수많은 해프닝 중 하나. 그게 다였다.

그녀에게 결혼 이야기를 꺼낸다고 한들 귀에 제대로 들어가기나 할까. 그럴 정신이 없겠지. 부모님을 보내고 자신을 추스르는 것도 힘에 부칠 때였다. 이미 동인병원을 떠나 어디에서 무엇을 하는지도 몰랐으니, 현준이 할 수 있는 건 그저 그녀가 하루라도 빨리 편안해지기를 마음으로나마 비는 것뿐이었다.

그 후로도 어머니의 아들 장가보내기 프로젝트는 계속되었다. 그 프로젝트의 가장 핵심은 여자 쪽 부모님의 재력과 권력이었다. 이연의 일이 있고 나서부터는 그 모든 것에 거부감이 일었다.

결혼의 성사 유무를 떠나 현준은 더 이상 자신을 상품으로 내놓고 싶지 않았다. 그로 인해 누군가를 또다시 상처 입히기도 싫었다. 더군다나 아들을 위한다는 명목으로 신부의 서열을 정하는 어머니의 탐욕을 더는 그냥 두고 볼 수가 없었다.

현준의 탓이었다. 그 모두가 자신의 무관심으로 벌어진 일이었다.

자신 하나만 믿고 결혼을 결정한 여자를 위해서라도 결코 그렇게 무책임해서는 안 되는 거였다. 이연과의 일로 인해 현준도 그 후 한층 더 성숙되어 갔다.

그렇게 또 7년이란 세월이 흘렀다.

의료진 충원을 위해 공고를 냈을 때 많은 전문의들이 지원서를 냈다. 주로 수도권 내의 지원자가 많았지만 드물게 지방에서 보낸 것도 있었다. 이력서를 살피다 그 속에서 강이연이란 이름과 사진을 발견했다.

그때 현준은 한참을 그대로 멈춰 있었다. 그녀의 이력서에 시선을 붙박아둔 채 미동조차 하지 않았다. 이미 그의 시야에 다른 이력서는 들어오지 않았다.

"첫 만남에도 떨리지 않던 심장이 그때 뛰더란 말이지. 참 묘하게도."

인연.

돌고 돌아 결국은 만나게 될 운명. 현준은 사진 속 이연을 보며 그런 생각을 했다. 그녀와 자신이 어쩌면 반드시 만나야 할 운명으로 엮인 인연일지도 모른다고. 평소 믿지도 않던 말이 진지하게 다가왔다.

그리고 인터뷰가 있던 날. 또 한 번 운명의 수레바퀴가 맞물렸다.

하필이면 출근길에 차가 고장이 났고 근처 수리 센터에 차를 맡겼다. 택시를 잡기 힘들어 버스를 타기 위해 들어선 정류장. 그곳에서 그녀와 조우할 줄은 몰랐다. 정말 운명처럼 눈앞에 그녀가 나타났다. 그리고 그는 그때 누군가 속삭이는 소리를 들었다.

이 여잘 꽉 붙잡으라고. 다시 놓치면 평생 후회하게 될 거라고.

그래서 용기 내어 건넨 제대로 사귀어보잔 말에 보기 좋게 차이고 말았다. 현준이 7년 전의 그가 아니듯 이연도 많은 것이 변했다. 일에 대해서는 눈치 빠르게 재빨리 습득하고 순응하는 반면 그의 대시에는 단호하게 거절하는 냉정함을 보였다.

유순한 듯하면서 자를 건 단칼에 잘라내는 처신에 능수능란한 여자였다. 도도하고 까칠한 공주님으로 소문이 자자하던 예전의 모습과는 다른 이연의 변화에 살짝 당황하긴 했지만 현준은 이내 평정을 되찾았다.

도끼질도 열 번이 안 되면 백번을 거듭해야 나무를 쓰러트릴 수 있었다. 한 번의 거절에 물러날 거였다면 애초에 시작도 하지 않았을 것이다.

지금부터가 시작이었다.

"과장님, 오늘 환영회 할 거죠?"

말과 동시에 불쑥 얼굴 하나가 나타났다. 언제 다가왔는지 은결이 현준의 면전 가까이 제 얼굴을 들이밀고 있었다. 혼자만의 생각에서 빠져나온 현준이 미간을 꿈틀거렸다. 그가 검지로 은결의 이마를 밀었다.

"거리 유지 확실히 하라고 했지."

"에이, 우리 사이에 무슨 내외를 하고 그래요."

현준의 타박에도 아랑곳 않고 은결은 오히려 더 능글맞게 실실거렸다.

"너 국어공부 제대로 안 했지. 내외는 남녀 사이에 쓰는 말이지 이럴 때 쓰는 말 아니다."

"제가 전에도 말했잖아요. 이과 출신이라 문과에 약하다고요.

매번 말해도 타박이셔."

"너만 이과야? 여기 다들 이과 출신이야. 그리고 너의 그 과도한 애정 표현이 병원 내에 엉뚱한 소문을 양성시킨다고 내가 자제하라고 몇 번이나 경고했지."

현준이 걸음을 옮겨 빈 종이컵을 분리수거통에 넣었다. 그 뒤를 은결이 껌딱지처럼 따라붙었다.

"아아, 우리 남남 커플설이요? 그게 다 남달리 돈독한 우리의 애정을 시기해서 그런 거라니까요. 괜찮아요. 신경 쓰지 마세요. 뭘 그런 사소한 거에 귀 기울이고 그러세요. 바쁜 우리 과장님께서."

"마취 없이 생으로 입 꿰매 버리기 전에 그 입 좀 닫지."

"와우. 끔찍해. 어떻게 그런 말을 그렇게 아무렇지 않게 할 수 있어요? 우리 지금 메디컬 스릴러 찍는 건가?"

휴게실을 나서 복도를 걸어가는 동안 은결의 입은 끊임없이 조잘거렸다. 현준이 걸음을 우뚝 멈추고 그를 시리게 돌아보았다. 은결이 눈이 마주치자 재빨리 입에 지퍼를 채우는 시늉을 하며 씨익 웃었다.

"더 나불거리면 공포물이 될 수도 있어."

경고의 눈빛을 한 번 더 보낸 뒤 돌아서 자신의 진료실로 향하는 현준의 등 뒤로 은결이 소리쳐 물었다.

"환영회는요?"

"약속 없으면 8시에 다들 밥이나 먹자고 해."

현준이 무심하게 툭 던지며 진료실 문을 열고 들어섰다. 그런 현준을 끝까지 지켜보던 은결이 눈꼬리를 살짝 끌어 올렸다. 듣고 싶은 말을 들이 기분이 좋아진 은결이 가운 주머니에 손을 찔러 넣고 흥겹게 발걸음을 옮겼다.

"약속은 무슨. 무조건 콜이지."

자신의 진료실을 지나쳐 의국으로 곧장 걸어가다 방향을 튼 은결이 이연의 진료실 문을 노크했다. 노크와 동시에 문을 연 은결이 통보하듯 말하고 다시 문을 닫았다.

"저녁 8시 환영회 있어요. 빠지면 죽습니다."

말소리는 분명 들렸는데 이연이 고개를 들었을 땐 은결은 이미 사라지고 없었다. 그는 의국을 향해 뛰다시피 걸어가고 있었다. 기쁜 소식을 널리널리 전파하기 위해서.

저녁 8시.

정확히 병원 로비에 모인 이들은 은결의 통솔하에 근처 한식집 으로 향했다. 장소는 이미 현준이 직접 예약을 해놓은 터였다. 이 례적인 일이었다. 보통은 치프에게 맡기거나, 노는 것에 일가견이 있는 은결의 몫이었다. 헌데 오늘은 현준이 말도 없이 장소 섭외를 마쳤다.

"한식집이라니. 상견례 하는 것도 아니고. 고리타분하게 환영
회를 이런 장소에서 하게 될 줄이야."

한식집 이정(怡停) 앞에 서서 은결이 허탈한 듯 한숨을 푹 내쉬
었다. 처음 이름을 듣고는 설마 했었다. 그 이정이 제가 아는 이정
이 아니기를 바랐다.

하지만 설마가 사람을 잡고 뒷목도 잡을 일이 눈앞에 펼쳐졌다.
단 한 번도 이런 고지식한 일면을 보인 적이 없는 현준이었다. 그
가 직접 예약을 했다기에 내심 기대도 했었다. 아주 근사한 곳으
로 가려나 보다 하고.

현준의 방향 지시에 따라 이정에 가까워질수록 은결의 얼굴에
서 미소가 사라졌다. 그 이정이 그 이정임을 확인한 은결이 눈을
게슴츠레하게 떴다.

"밥 먹자고 했잖아. 이보다 더 좋은 장소가 어디 있어. 여기 음
식도 정갈하고 맛좋기로 정평이 자자한 곳이야."

현준이 은결을 지나쳐 먼저 입구로 걸어가며 말했다. 그런 현준
의 등을 불퉁하게 바라보며 은결이 중얼거렸다.

"누가 그걸 모르나요? 다만, 오늘은 정갈하고 싶지 않다는 게
문제지. 난 방종하고 싶다고요. 오늘만큼은 결단코."

그 뒤를 따르는 의국원들의 표정도 은결과 별반 다르지 않았다.
잔뜩 부풀었다가 순식간에 푹 꺼져 버린 풍선처럼 그들은 힘없이

흐느적거리며 이정으로 들어섰다. 하지만 언제나 반전은 있는 법이었다.

이정에서 가장 큰 룸에 입이 떡 벌어지게 차려놓은 진수성찬을 보자 곧 불만이 감쪽같이 사라졌다. 대신 감동이 그 자리를 차지했다. 더불어 곳곳에 놓인 술이 의국원들의 기분을 업시키는 데 단단히 한몫했다.

"야아, 이거 완전 임금님 수라상이 안 부러울 정돕니다. 근사합니다, 과장님!"

"역시 술은 밥과 함께 반주도 들어야 제맛이죠. 빈속에 마시는 술은 독주죠. 독주."

"과장님이 저희 건강을 이렇게 생각해 주시는 줄 미처 몰랐습니다."

다들 감격에 겨워 한마디씩 현준에게 건넬 때 청개구리처럼 반대를 외치는 단 한 명이 있었다. 방종하고 싶다던 은결은 룸으로 들어서서 상을 한번 쭉 훑더니 툴툴거리며 곧 불만을 토해냈다.

"쳇. 나 왔을 때는 작은 호프집에서 대충 때우더니, 뭐야. 이건 완전 접대잖아. 접대. 대놓고 나 좀 잘 봐주십시오, 하는."

당연하다는 듯 자리 중앙에 털썩 주저앉는 은결을 옆으로 밀치며 현준이 이연을 불렀다.

"강이연 선생님, 이쪽으로 오시죠. 오늘 주인공은 강 선생님입니다."

"아니요. 전 여기에 그냥 앉겠습니다."

"이리로 오십시오."

머뭇거리며 상의 가장자리에 선 이연을 향해 현준이 손을 뻗었다. 그 손을 따라 사람들이 조금씩 뒤로 물러났다. 한 사람씩 이연의 뒤로 가서 서다 보니 얼떨결에 떠밀려 현준의 옆까지 오게 되었다.

그 와중에 현준에게 밀침을 당한 은결은 철저하게 무시당하고 있었다. 이연을 곁에 앉히는 현준의 정중한 태도에 은결이 떠억 입을 벌렸다. 그가 엉덩이를 들썩이며 앞으로 다가와 이연 바로 옆에 끼어 앉았다.

"이거 이상하게 왜 차별 대우받는 느낌이 물씬 들죠?"

"차별 중이니까."

대놓고 불평하는 은결의 말을 그대로 받아치며 현준이 이연을 돌아봤다. 시선이 마주친 이연이 어색함에 바로 고개를 돌렸다. 이연을 바라보는 현준의 따스한 시선에 은결이 경악한 얼굴로 눈을 부릅떴다.

"와아, 대놓고 차별한데. 아니, 왜? 왜 갑자기 남녀 차별을 하고 그러시나?"

"입 다물고 밥이나 먹지?"

"입 다물고 어떻게 밥을 먹어요? 입을 벌려야 밥을 먹지."

유난을 떨며 나불거리는 은결을 현준이 엄하게 쏘아보았다. 그러자 은결이 내밀었던 입을 쏙 집어넣곤 제 앞에 놓인 숟가락을 들었다. 그리곤 주섬주섬 음식을 입에 넣었다. 음식으로라도 입을 틀어막아야지 아니면 제 의지와 상관없이 입이 끝도 없이 떠들어 댈 게 분명했다.

그렇게 한바탕 은결의 질투 어린 투정이 끝나고 나서야 제대로 된 식사를 할 수 있었다.

현준이 이연 앞에 놓인 수저 싸개를 들어 풀었다. 이연이 만류하려 손을 뻗었다가 멈칫거렸다. 그에게서 수저 싸개를 뺏으려면 손이 닿아야만 했다.

"저도 손 있어요. 제가 하겠습니다."

이연이 정중히 하지만 제 의사를 확실히 밝히며 그의 친절을 사양했다. 그대로 뒀다간 음식까지 떠먹여 줄 것 같았다. 물론 모두가 보는 앞에서 그렇게까지 오버를 하진 않을 테지만 느낌이 그랬다.

"여기 손 없는 사람 없습니다."

현준이 수저를 꺼내 그녀 앞에 나란히 놓고 제 것을 풀었다. 이연이 물끄러미 수저를 보며 낮은 한숨을 내쉬었다. 그런 이연을 돌아보지 않고 현준이 스치듯 말했다.

"대놓고 강이연 씨만 특별 대우하는 겁니다."

"네?"

현준이 지그시 그녀를 돌아봤다. 시선이 맞물리자 현준이 차분하게 입을 열었다.

"제가 목적의식이 분명한 사람이라서 말입니다."

"……."

이연이 말없이 그를 응시했다. 장현준이 이런 남자일 줄은 예전에는 미처 몰랐다. 그에 대한 소문만 들었지 직접 그와 사귀어보지 않아 성격이 어떤지는 알 수 없었다.

직설적인 성격이라면 그녀도 누구 못지않았었다. 물론 예전에 비해 강도는 덜해졌다. 세상 물이 많이 들었기에 그런 것보다는 현실적인 적응력이 더 늘었다. 그런데 현준의 직설화법은 도무지 적응이 되질 않았다.

"대학 후뱁니다. 쭉 같은 대학병원에서 근무했었고. 제가 동인에 불러들였죠."

이연의 잔에 물을 채우며 현준이 말했다. 이연이 의아해하자 현준이 눈짓으로 그녀 옆에 앉아 신나게 젓가락을 놀리고 있는 은결을 가리켰다.

"좀 심하게 밝고 장난기가 많긴 하지만 나쁜 놈은 아닙니다. 속이 훤히 보이는 녀석이죠."

"네."

간단히 수긍하며 이연이 잔을 들었다. 현준이 숟가락을 들어 국을 한술 뜨며 마저 말을 이었다.

"붉은 장미는 녀석 나름의 환영 인사니까. 불쾌하셨더라도 너 그렇게 이해해 주시길 바랍니다."

"흡. 네."

하마터면 마시던 물에 사레가 들릴 뻔했다. 왜 갑자기 장미는 들먹이는 건지. 그것에 대해 까맣게 잊고 있다가 다시 떠올리니 얼굴이 화끈거렸다.

이연은 오늘 하루 종일 누가 괜히 가운의 이름표를 힐끔거리기라도 하면 장미를 보고 웃는 것이 아닌지 신경이 쓰였다. 그래서 시선이 느껴질 때마다 부자연스럽게 가슴에 손을 올려 장미를 가리곤 했다. 당장의 불편함과 더불어 다른 가운에 새겨질 더 큰 장미가 엄청난 부담으로 다가왔다.

반드시 내가 그 장미들 다 뜯어내고 만다.

이연은 순순히 고개를 끄덕이면서 속으로 결심했다. 현준이 은결을 두둔하며 그것이 나름의 환영 인사라고 했지만 이연의 입장에선 어쩐지 놀리는 것으로밖에 생각되지 않았다. 그로 인해 그녀가 곤혹스러움을 느꼈고, 현준이 계속 장미를 들먹이고 있었다. 이건 환영을 빙자한 꽤 고약한 몰래카메라 같았다.

어느 정도 식사가 끝나가자 술자리가 이어졌다.

깔린 판이라곤 하지만 다들 다음날을 생각해 많이 마시지는 않았다. 대신 분위기는 흥겹게 방방 띄워졌다. 왁자지껄 유머 배틀을 하듯 모두가 기분 좋게 떠들어대는 통에 웃음이 끊이지 않았다.

"여기 제 술 한 잔 받으시옵소서."

은결이 이연에게 빈 잔을 하나 내밀며 술을 권했다. 이연이 흔쾌히 받아 들자 소주를 적당히 따랐다. 그리곤 이연을 사이에 두고 그 옆자리에 앉은 현준을 향해 술병을 흔들어 보였다.

"딸랑딸랑? 과장님도 한 잔?"

은결이 과도하게 꼬리를 흔드는 시늉을 하자 현준이 제 잔을 옆으로 살짝 치웠다. 순식간에 은결의 흥이 깨졌다.

"뭡니까? 그건?"

한쪽 눈썹을 치켜뜨고 불만스레 묻는 은결을 현준이 부드럽게 응시했다.

"뒤에 약속이 있어서. 미안."

"와아, 환영회하면서 술을 안 마시면 그게 무슨 환영이야? 이건 우리 강 선생을 안 반기겠다는 거지. 안 그래요?"

"꼭 술을 마셔야 반가움이 드러나는 건 아니야."

"에이, 오고 가는 술잔 속에 또 서로의 마음이 전해지고 그런 거죠."

"내 마음은 내가 알아서 전달할 테니까 걱정 마."

완강하게 술을 거부하는 현준을 은결이 못마땅하게 흘겼다. 한번 한다면 하는 현준의 고집불통을 꺾을 수는 없었다. 또 현준이 술자리에서 이렇게까지 술을 마다한 적이 없기에 은결은 뭔가 있나 보다 하며 그냥 제 잔에 술을 채웠다.

"저긴 빼고 우리끼리 오붓하게 마셔요, 강 선생님."

삐친 게 완전히 풀리진 않았던 모양인지 은결이 현준을 향해 콧방귀를 뀌며 이연에게 잔을 내밀었다. 이연이 얼떨결에 잔을 부딪치며 고개를 끄덕였다.

철부지 남동생을 연상시키는 은결은 영원히 어린이에 머물러 있는 피터팬 같았다. 정신세계가 그래서인지 몰라도 얼굴도 무척 동안이었다. 정황으로 가늠해 보건대 은결은 현준보다는 어리고 이연 자신과는 동갑이던지 한두 살 정도 많을 것 같았다.

하지만 이런 은결의 모습이 부담이 되거나 싫지만은 않았다. 그는 분위기를 띄울 줄 아는 사람이었다. 그를 증명하듯 누구 하나 그의 행동에 눈살을 찌푸리지 않았다. 오히려 같이 흥겹게 어우러져 즐겼다. 은결은 나이와 상하 관계를 떠나 소아청소년과의 분위기 메이커였다.

이연과 은결이 술잔을 기울이는 동안 현준은 조용히 물을 마셨다. 말없이 앉아 있던 그는 간간이 이연이 필요하다 싶은 걸 그녀 앞으로 당겨주곤 했다. 그런 현준의 배려가 이연은 무척 불편했다. 하지 말라고 재차 말하고 싶었지만 그럼 또 버릇없어 보일까 봐 꾹 눌러 참는 중이었다.

이연의 몸과 시선은 은결과 일행들에게 묻어가고 있지만 온 신경은 현준을 향해 집중되어 있었다. 이연은 그게 너무 싫었다. 그에게 예민하게 반응하는 자신이 바보스럽게 느껴져 더 그랬다. 그냥 담담하게 받아들이고 넘기면 될 것을 왜 이러는지 모르겠다.

이연이 속으로 쓰게 웃으며 물컵을 잡았다. 그 위로 다른 손이 겹쳐졌다. 이연이 시선을 내렸다. 그 시선 끝에 물컵과 함께 제 손을 덮은 커다란 손이 들어왔다. 그 손이 서두르거나 당황한 기색 없이 자연스럽게 물러났다. 이연의 눈이 손의 주인을 찾았다. 현준이 그녀를 바라보고 있었다.

"이연 씨 컵은 저쪽에 있습니다."

현준이 은결과 가까운 쪽에 놓인 물컵을 눈짓으로 가리켰다. 이연이 선뜻 말을 알아듣지 못하고 눈을 깜빡였다. 그러다 불현듯 현준이 한 말의 의미를 깨닫고 즉시 손에 들린 컵을 놓았다. 이연이 현준의 컵을 제 것인 줄 알고 잡았던 것이다. 그러니 잘못은 현준이 아니라 이연에게 있었다.

"아, 죄송합니다."

"죄송할 일은 아닙니다. 사용하고 나서 알면 더 난감해하실까 봐 말씀드리는 겁니다."

"……네."

그가 물병을 들어 반대편에 있는 이연의 컵에 물을 따랐다. 현준의 긴 팔이 이연의 앞을 지나칠 때 그의 상체가 그녀의 몸 가까이 기울었다. 그 짧은 순간 이연은 저도 모르게 경직되어 숨을 참았다. 그의 스킨 향기가 은은하게 이연의 코끝을 물들이고 천천히 멀어져 갔다.

"근데, 형은 왜 이연 씨한테만 딱딱하게 존칭을 써? 첫날이라 그런가? 어색해서? 흐음. 그럴 성격이 아닌데 말이야."

불쑥 끼어든 은결로 인해 미묘하게 흐르던 긴장감이 일순 깨어 졌다. 사석이 아님에도 은결은 어느 정도 술이 들어가자 편한 말 투로 바뀌어 현준을 형이라고 불렀다. 이런 일이 비일비재했던 듯 아무도 거기에 신경을 쓰지 않았다. 병원도 아니고 딱딱하게 군기 잡을 자리도 아닌지라 현준도 부드럽게 받아주었다.

"신중하고 싶어서."

"어?"

작은 속삭임 같은 소리였다. 옆에 앉은 이연만 들을 수 있을 정 도의.

왁자지껄한 소음에 묻혀 제대로 현준의 말을 들을 수 없었던 은 결이 머리를 이연 쪽으로 밀며 더 잘 듣기 위해 귓가에 손을 대고 되물었다. 그런 은결의 이마에 현준이 검지를 가져다 대고 천천히 밀어냈다.

그 과정에서 또 한 번 현준의 팔이 그녀의 눈앞을 지나갔다. 그 리고 그의 얼굴이 살짝 기울어진 채로 이연의 얼굴 아래에 머물렀 다. 이연의 시선이 그의 얼굴에 닿은 순간 그의 입술이 달싹였다.

"신중하게 다시 시작하고 싶어서."

눈 한 번 마주치지 않고 이연이 들을 수 있는 소리로 작게 말한 현준이 아무 일 없었다는 듯 제자리로 가며 툭 던지듯 말했다.

"신경 꺼."

"오늘따라 나 무지 구박한다, 형."

"그러게 하지 말란 짓은 왜 해."

"무슨 짓? 내가 뭘 했는데?"

"왜 남의 가운에 장난질이야. 사람 곤란하게."

"장난이라니. 내가 얼마나 심혈을 기울인 건데."

"내가 네 가운 등짝에 음흉한 늑대 그림 크게 자수 넣어줘도 그런 소리 할래?"

말을 끝내며 현준이 은결을 직시했다. 남들이 하면 농담 같은 말을 현준이 하면 꼭 진담처럼 들렸다. 뜨악해 입을 쩍 벌렸던 은결이 합죽이처럼 입을 닫고 고개를 재빨리 반대편으로 돌렸다. 그러면서 현준을 향해 눈을 흘기는 건 잊지 않았다.

그것도 잠시, 은결은 곧 현준에게서 관심을 끄고 다시 일행들과 술잔을 주거니 받거니 했다.

이연은 뛰는 심장을 애써 외면하며 아무렇지 않은 척 젓가락을 들었다. 뭐라도 입에 넣고 씹을 생각이었다. 그러면 잡념이 떨쳐지지 않을까 해서였다. 컵을 들어 물을 한 모금 들이켠 현준이 그런 이연을 돌아보지 않고 스치듯 한마디를 건넸다.

"젓가락 잘못 잡았습니다."

이연의 시선이 절로 제 손에 닿았다. 젓가락이 거꾸로 들려 있었다. 왜 이렇지? 분명히 가지런히 정갈하게 바로 놓아두었던 것

가락이었다. 그것을 자신이 잘못 들었다는 게 이연은 선뜻 이해가
가지 않았다. 자신이 이런 실수를 할 리 없었다. 당황한 기색 없이
차분하게 행동했는데 어째서 이렇게 되었을까.

"아까 떨어졌을 때 이연 씨가 반대로 놓았습니다."

"아."

현준의 팔이 제 몸 앞을 스칠 때 이연이 젓가락을 떨어트렸다.
그리고 보지도 않고 그것을 주워 테이블 위에 올려놓았었다. 이연
도 몰랐던 것을 현준은 아주 자세히 알고 있었다. 쭉 그녀를 지켜
보고 있었다는 말이었다.

'가자미눈도 아니고 어떻게 그걸 다 봐?'

이연이 흘깃거리며 그를 살필 때 그는 언제나 정면으로 시선을
둔 채였다. 둘의 눈이 마주친 건 그렇게 많지 않았다. 그의 세심한
배려에 이연은 자꾸만 마음이 불퉁해졌다.

지금에 와서 이러는 게 못내 서운한 것처럼. 그녀의 마음이 그
랬다.

2차를 줄기차게 외치는 은결을 오프 때 진창 마시자는 말로 다
독이며 현준이 술자리를 파했다. 마시고 집에 들어가 푹 쉴 수 있
으면 다행이지만, 퇴근 후가 비교적 한가한 세 명과 달리 전공의

들은 또 다른 일이 기다리고 있었다. 해야 할 공부도 있었고 의국에 주둔하며 이것저것 할 일이 많았다.

전문의가 되기 위해 세 명이 그래 왔던 것처럼 그들도 피나는 노력을 기울여야 했다. 그런 전공의들을 배려하기 위해 현준이 적당한 선에서 잘라 버린 것이다.

하지만 아직 젊은 전공의들의 얼굴엔 아쉬움이 가득했다. 이런 일이 아니면 마음 놓고 술을 마실 기회가 흔치 않았다. 게다가 공짜로 마시고 즐길 수 있는 자리였다.

"다들 내일 지장 없게 관리 잘하고."

"예."

"들어가십시오."

"진심으로 환영합니다. 강이연 선생님."

"앞으로 잘 부탁드립니다."

아쉬움을 뒤로하고 인사를 하고 흩어지는 전공의들의 손에 은결을 맡겼다. 아무래도 은결은 집보다는 당직실에서 자는 게 내일을 위해 좋을 것 같았다. 은결은 술을 즐기기는 하는데 많이 마시지는 못했다. 벌써 아이처럼 칭얼거리고 떼쓰는 것이 주사의 전조가 보이기 시작했다. 얼른 침대에 눕혀 재우는 것이 상책이었다.

둘만 남게 되자 이연이 서둘러 그에게 작별 인사를 건넸다.

"그럼 저도 이만 들어가 보겠습니다. 내일 뵐게요."

"바래다 드리겠습니다."

이연이 고개를 들기도 전에 현준이 말했다. 어느 정도 예측한 일이었다. 그가 술을 마시지 않고 꿋꿋이 사양할 때 어쩌면 뒤에 있다는 일이 자신을 바래다주는 것일지도 모른다고 생각했었다. 그러다 자신이 너무 설레발치는 것 같아 스스로를 질책했다. 설마 그렇게까지 할 리가 있을까 하면서.

"아니요. 혼자 가는 게 편해요."

급한 마음에 말이 짧게 나갔다. 그가 존대를 하기에 자신도 그렇게 했었다. 어느 정도 거리 유지를 하기에는 괜찮을 것 같았다. 손사래를 치며 극구 사양하는 이연의 말에 그가 물끄러미 그녀를 응시했다. 그러다 휴대폰을 꺼내 들었다. 가라는 건지 말라는 건지 가타부타 말도 없이 그가 전화번호를 찾아 화면을 부지런히 움직였다.

눈치를 살피다 이연이 막 몸을 돌리려 할 때였다. 그가 덥석 이연의 손목을 잡았다. 이연이 놀라 흠칫하며 반사적으로 손을 빼려했다. 그것을 부드럽게 저지하며 현준이 자신 가까이 그녀의 손을 당겼다.

"제 차 타고 가십시오. 그래야 제가 안심이 될 것 같습니다."

"아니. 전."

"대리 기사 부르겠습니다. 타고 가셨다가 내일 제 차로 출근하시면 되겠습니다."

번호를 찾은 듯 현준이 화면을 꾹 눌렀다. 휴대폰을 귀로 가져가는 그를 이연이 가만히 올려다봤다. 자신을 불편해한다는 걸 알고 그가 차선책으로 내놓은 방법이 대리 기사를 붙여 자신의 차를 태워 보내는 것이었다. 그녀에게 시선을 두지 않은 채 허공을 응시한 현준이 이연의 손목을 지그시 그러잡고 있었다. 쉽게 빠져나갈 수도 그렇다고 완벽하게 구속하지도 않은 채였다.

"네. 여기."

전화가 연결된 듯 입을 여는 현준에게로 이연이 손을 뻗었다. 그녀가 현준의 손을 잡아 귀에서 휴대폰을 거둬냈다. 현준이 돌아보자 이연이 낮은 숨을 내쉬며 종료 버튼을 눌렀다. 그리곤 그를 오롯이 마주했다.

"저 운전 못해요."

"……."

그는 왜냐고 묻지 않았다. 분명 그와 만났을 당시 이연은 차를 소유하고 있었다. 직접 운전해 약속 장소까지 왔었다. 그런 그녀가 운전을 못한다는 말을 했을 때 보통의 남자들은 아마 자신이 싫어서 거짓말을 하는 거라고 생각했을 것이다. 하지만 현준은 달랐다. 그는 깊이 있는 눈빛으로 그녀의 눈을 응시하다 휴대폰을 다시 들었다.

"택시 불러 드리겠습니다."

길거리에 차고 넘치는 택시가 아닌 콜택시를 택한 건 정확한 목적지와 차량의 기록이 휴대폰 문자에 남기 때문이었다. 그래야 그녀가 무사히 집에 도착했다는 것을 알고 안심할 수 있었다.

이연이 더 이상은 아무 말도 하지 않고 얌전히 그가 통화를 끝내기를 기다렸다. 이마저 거절하면 그가 너무 무안해할 것 같았다. 그의 배려에 오늘 첫 출근한 신입이 날을 세우는 것도 가히 보기 좋지 않았다.

현준은 적당히 물러설 때를 아는 남자였다. 그가 그런 것처럼 이연도 수용 가능한 타협점을 찾은 것이다.

고개를 반대편으로 돌려 거리를 무심히 바라보고 선 이연의 신경이 그에게 잡힌 손에 머물러 있었다. 아까보다 더 힘이 가해진 손에서 따스한 온기가 전해졌다. 마치, 괜찮다고 다독이는 것처럼.

"기사님, 잘 부탁드립니다."

그녀를 택시에 태우고 멀어지는 것을 지켜보며 현준은 짧은 숨을 내쉬었다. 이연이 운전을 못한다는 말은 거짓이 아닐 것이다. 그 말을 하며 살짝 흔들리던 동공은 그녀의 마음을 대변한 것이었다.

두려움.

그녀는 운전에 대한 두려움을 가지고 있었다. 이연의 말을 듣고 현준이 떠올린 건 그녀 부모님의 사고였다. 끔찍한 교통사고의 후유증은 꼭 사고 당사자에게만 있는 것은 아니었다. 그 유가족에게도 트라우마로 남겨진다.

"상대가 졸음 운전자였으니 아마 운전대를 잡기가 더 무서웠을 테지."

현준이 자신의 차로 무거운 발걸음을 옮겼다.

전공의 시절은 잠이 많이 부족할 시기였다. 거의가 병원에 머물러 있는 시간이 많기에 차를 운전할 일이 많지 않지만, 운전을 한다고 해도 졸음에 시달릴 때가 많았다. 짧은 거리면 괜찮은데 장거리 운전이면 차라리 대중교통을 이용하는 게 나았다. 그 시간에 잠이라도 한숨 더 잘 수 있을 테니까.

현준만 해도 연일 당직을 서다 운전대를 잡고 깜빡 졸았던 적이 있었다. 다행히 신호를 받고 있어 괜찮았지만 운전 중이었으면 큰일 날 뻔했었다. 이연이라고 그런 경험이 없었을 리 없었다. 도저히 운전을 할 수가 없었을 것이다. 부모님의 죽음이 떠올라서.

"내가 좀 더 많이 신경을 써야겠네."

시동을 걸며 현준은 그녀에 대한 유의사항을 하나 더 체크했다.

현준의 집은 병원에서 멀지 않은 곳에 위치한 오피스텔이었다. 4년 전 동인으로 옮겨오며 독립해 마련한 거처였다. 잘나가는 대학병원을 그만두고 동인으로 옮긴다고 했을 때 어머니의 반대가 무척 심했다. 왜 고생길이 훤한 짓을 하려고 하냐며 극구 만류하고 나섰다. 그런 어머니를 현준은 차분하면서도 강건하게 설득했다.

"젊어 고생은 사서도 하는 거랍니다. 좋은 조건으로 가는 거니까 이건 고생도 아니고요. 그리고 동인이 제 능력을 키우기엔 훨씬 나은 환경을 갖추고 있습니다. 이만큼 키워주시고 가르쳐 주신 은혜 잊지 않겠습니다. 하지만 어머니, 전 캥거루가 아닙니다. 품 안에 자식은 고등학교 때까지가 직당하다고 생각합니다. 이 나이에 결정 장애란 소리도 마마보이처럼 보이고 싶지도 않습니다. 서른 넘은 놈이 자기 인생을 부모님께 떠맡겨서야 되겠습니까. 이젠 결정도 책임도 제가 지겠습니다. 절 사랑하신다면 믿고 그냥 지켜봐 주십시오."

여태 어머니가 하는 말에 단 한 번도 토를 달거나 반대했던 적이 없던 현준이었다. 바르게 잘 자란 효자라고 남들에게 입에 침이 마르도록 자랑하고 다녔었다. 현준이 저리 나오니 딱 꼬집어 뭐라 반격을 할 수 없다는 것에 모친은 무척 억울해했다.

'그래도 내가 널 어떻게 키웠는데.' 그 말만 되풀이하며 눈물을 훔칠 뿐이었다. 현준이 한번 결심하고 밀어붙이면 되돌리는 건 불가능하다는 걸 그의 모친이 모를 리 없었다. 그것이 이때까진 공부와 진로에 국한된 것이라 모친과 부딪히지 않았었다. 오히려 그런 그의 곧은 성정과 고집을 자랑스러워했었다. 그게 이런 식으로 되돌아와 반격을 가하리라곤 상상도 하지 못했었다.

그때부터 어머니에 대해 현준은 일정한 선을 긋기 시작했다.

간섭해도 되는 것과 절대 해선 안 되는 것을 철저하게 구분했다. 그게 못내 서럽다고 하소연하며 어머니가 그의 마음을 약하게 만들어보려 했지만 그건 불가한 일이었다.

당연시되어 오던 맞선이 차단된 것도 그때부터였다. 아무리 애걸복걸하고 협박을 해보아도 소용이 없었다. 심지어는 졸도한 척 연기를 해 보이기도 했다.

하지만 현준을 너무 쉽게 본 게 오산이었다. 의사인 그가 꾀병을 모를 리 없었다. 현준은 차분히 모친을 진찰하고 처방까지 끝냈다. 요즘 많이 피곤하신 모양이다 영양제 좋은 거 하나 놔드릴 테니 편히 쉬시라고 정신을 잃은 척하는 모친의 귓가에 대고 조곤조곤 속삭였다. 꾀병인 줄 다 안다는 듯.

몇 번의 쇼가 거듭되고 기가 한풀 꺾이긴 했지만 모친의 아들 결혼에 대한 열정은 쉽사리 식지 않았다. 틈만 보이면 누구네 손자가 예뻐서 부러워 죽겠다는 둥, 이러다 며느리 밥 한번 못 얻어먹고 죽는 거 아니냐는 둥, 갖가지 이유를 들먹이며 그를 떠보곤 했다. 그리곤 어느새 슬쩍 사진을 놓고 가기 일쑤였다. 물론 그 사진은 다시 고스란히 모친의 손으로 되돌아갔다.

현준은 서두르지 않았다. 천천히 모친이 아들에 대한 기대와 집착을 거두기를 기다렸다. 그게 쉽지 않으리란 건 현준도 잘 알고 있었다. 끈기와 인내를 가지고 차근차근 바꿔갈 예정이었다. 혹여 자신이 결혼을 하게 된다면 신부가 될 여자를 위해서라도 그렇게 해야 한다고 생각했다. 그리고 그 결심은 이연과 재회한 후로 더 확고해졌다.

어머니가 내친 사람인만큼 그녀와의 결혼이 쉽지 않으리란 걸 알고 있었다.

"전략적 접근이 최선의 방법이 되겠지. 아마도."

오피스텔 주차장에 차를 주차시키고 내리며 현준이 혼잣말을 했다. 모친의 고집을 꺾어 적당한 타협점을 찾고 이연을 강하게 주눅 들지 않고 제 뜻을 펼칠 수 있게 만들어야 했다. 모친과의 기 싸움에서 일단 그녀가 승기를 잡아야 모두가 편할 수 있었다. 적당히 져주는 척하면서 자신이 원하는 대로 이끄는 노련미를 이연이 구사하면 좋을 텐데.

하지만 그보다 우선은 이연이 현준에게 마음을 여는 것이었다. 그게 그렇게 단순한 게 아님을 잘 알고 있었다. 그래서 더더욱 자신이 많은 노력을 해야 한다는 것도.

현관문을 열던 현준의 손이 멈칫거렸다. 집 안에서 인기척이 느껴졌다. 절로 한숨이 새어 나왔다. 그가 마저 문을 열고 안으로 들어섰다. 예상대로 집으로 들어서는 입구에 가지런히 힐이 놓여 있었다.

"미리 연락을 하고 오시지 그러셨어요."

신발을 벗고 실내화로 바꿔 신으며 현준이 말했다. 소파에 앉아 있던 모친 라희가 자리에서 일어나 그를 반겼다.

"엄마가 못 올 곳 오는 것도 아니고 연락은 무슨. 이렇게 서프라이즈해야 더 반갑지."

"그러다 제가 여자랑 있으면 어쩌시려고요."

"여자?"

가방을 소파 위에 내려놓으며 현준이 한 말에 라희가 움찔거렸다. 그녀의 미간이 미미하게 찌푸려졌다가 이내 반듯하게 펴졌다.

"너 여자 있었어?"

온화한 웃음을 띠며 현준에게로 다가서 재킷을 받으려는 라희의 손을 피해 현준이 드레스 룸으로 걸어갔다.

"장성한 아들에겐 언제든 있을 수 있는 일입니다."

어머니가 들어오지 못하게 문을 닫고 재킷을 벗었다. 그는 차분하게 식은 눈으로 아주 천천히 셔츠의 단추를 풀었다.

현준이 느릿하게 옷을 갈아입고 나올 동안 라희는 무척 초조하게 그를 기다렸다. 그녀의 머릿속이 온갖 생각으로 복잡하게 얽혔다. 불시에 집에 드나드는 걸 현준이 싫어한다는 걸 알면서도 라희는 한 번씩 이렇게 그가 없는 집에 들어와 집 안을 두루 살폈다.

4년 전 독립하면서부터 현준이 자신과 거리를 두는 것이 불안해서였다. 혹여 그럴 리 없겠지만 현준이 멋대로 여자를 사귈까 봐 더 그랬다.

그 나이에 여자랑 관계 한 번 안 가지는 게 오히려 더 이상한 거라고 말하던 친구들의 말도 마음에 걸렸다. 남자라면 이 여자 저 여자 많이 사귀어보고 결혼은 조건 맞는 여자랑 하면 된다고 친구들이 구슬렸지만. 그녀 생각에 그건 아닌 듯했다. 행여 나쁜 소문이라도 나서 아들에게 흠집이라도 생길까 걱정스러웠다.

잘나가는 중소기업 사장의 사모로 사는 데는 어느 정도 괜찮은 편이었지만, 원래 사업이라는 게 언제 어떻게 될지 모르는 것이었다. 하루아침에 망해 나가는 기업을 여럿 봤다. 남편의 회사가 비교적 튼튼한 기업이라 정평이 나 있었지만 그게 자신의 아들을 지켜줄 것 같지는 않았다.

더군다나, 현준은 기업을 이을 것도 아니었다. 그 자리는 이미 첫째가 꿰찬 지 오래였다.

현준은 그의 모친 홍라희가 후처로 들어가 낳은 아들이었다. 남편 상욱에게는 이미 첫째를 낳다 죽은 본처가 있었다. 평범한 가정에서 평범하게 자란 라희는 처음 남편과 결혼하게 되었을 때 너무 행복했었다. 후처라도 사모님 소리를 들을 수 있는 자리였다.

그땐 그것만으로도 흡족했다. 하지만 아들을 낳고 나서는 생각이 달라졌다. 자신의 자리가 그렇게 견고한 것이 아님을 깨달은 것이다. 아무리 애써도 첫째에 대한 남편의 사랑을 돌릴 수가 없었다.

문제는 현준에게도 있었다. 아들은 아무 욕심이 없었다. 배다른 형을 무척이나 잘 따랐고 자신은 처음부터 아버지 회사에 관여하지 않을 것임을 밝혔다. 그러면서 저와는 맞지 않다며 경영 대신 의대를 택했다. 그래서 라희도 진로를 변경했다. 불안한 중소기업 사장 자리 따위 버리고 아들을 결혼 시장에 내놓기로 한 것이다.

이왕이면 돈 잘 버는 치대와 성형외과를 전공하면 좋았을 걸 현준은 하필 소아청소년과를 택했다. 그래도 '사' 자 돌림이니 허울 좋아하는 집안 골라 잘만 맞추면 제대로 뒷받침해 줄 자리에 갈 수 있겠다 싶었다.

대학병원처럼 크진 않지만 탄탄하기로 정평이 자자한 동인병원 이사장의 딸이 마침 소아청소년과 전공의라는 말을 들었을 땐 금상첨화라 생각했다. 서로서로 도움도 될 테고 장인 장모도 사위에게 아주 좋은 배경이 될 터였다.

그런데 참 운이 없게도 결혼이 성사되기 직전 그 집에 사고가 났다. 아니, 다행이라고 해야 하나? 빈털터리 고아나 다름없는 신세가 된 그 집 딸과 혼사가 깨어진 건 어쩌면 하늘이 도운 건지도 몰랐다.

그런데 그 결혼이 깨어진 후 현준이 점점 달라졌다. 결혼은 전적으로 그녀에게 맡기겠다 말한 것과 다름없던 현준이 더 이상 선을 보지 않겠다고 선언했다. 그리고 잘 다니던 대학병원을 그만두고 동인에 가더니 독립을 선언했다. 이 모든 게 그녀는 믿기지가 않았다.

그렇게 말 잘 듣던 아들이 왜 갑자기 변했을까. 라희는 그것이 여자 때문이라 생각했다. 라희와 맞지 않는 여자를 만나기 위해 집을 나간 거라고. 라희가 반대하고 나서는 걸 미리 차단하기 위해 그러는 거라고 생각했다.

그래서 이렇게 말도 없이 불쑥불쑥 현준의 집을 열고 들이닥쳤다. 그것에 질색하는 현준을 피해 그가 없는 시간을 골라 집 안을 샅샅이 뒤졌다. 다행스럽게도 아직까지 현준의 집 안에 여자의 흔적은 없었다.

"어쩐 일이세요?"

현준이 씻으러 들어가지 않고 소파로 곧장 걸어왔다. 늘 그렇듯 라희가 가기 전엔 아무것도 하지 않을 작정인 듯했다.

"꼭 특별한 일이 있어야 오나? 아들 보고 싶어 왔지."

다정하게 바라보며 라희가 현준의 눈치를 살폈다. 현준이 라희와 사선 방향으로 앉으며 두 손을 가볍게 맞잡았다. 그가 지그시 모친을 마주했다. 시선이 마주치자 라희가 입꼬리를 더 말아 올렸다. 상냥한 엄마의 모습을 담아.

"어머니."

"왜, 아들?"

"제가 행복하길 바라시죠?"

"물론이지. 내가 바라는 건 그것밖에 없어."

대화가 오가는 동안 지독하게 차분한 현준과 달리 웃음을 띤 라희의 마음은 불안으로 두근거렸다. 현준이 어떤 말을 할지 몰라 못내 불안했다. 그가 무슨 말을 내뱉으면 꼭 그렇게 하고 말기에 더욱 그러했다.

현준이 부드러운 미소를 지어 보였다. 그의 입매가 곡선을 그리며 침묵하는 동안 라희의 가슴이 두방망이질 쳤다. 무슨 말을 하려고 저렇게 뜸을 들이는 걸까 내심 두려웠다.

그의 입이 열렸다.

"그럼 먼저 연락부터 하고 오시란 제 말을 들으셨어야 합니다. 제가 괜찮다고 할 때만 들어오시기로 약속하셨죠."

"현준아."

"비밀번호 바꾸겠습니다, 어머니."

다정다감한 목소리로 통보하듯 말하는 현준을 라희는 원망 가득한 눈으로 바라보았다.

샤워를 마치고 나온 이연은 수건으로 젖은 머리를 닦으며 선풍기 앞으로 갔다. 늦게까지 장사를 하는 서경은 아직 오지 않았다. 같이 살면서도 쉬는 날이 아니면 서경과 마주할 시간이 별로 없었다.

정리를 마치고 새벽녘에 귀가하는 서경은 이연이 출근할 때까지 잠에 빠져 있었다. 평소엔 이렇게 이연이 퇴근을 하고 돌아오면 서경은 가게에 나가고 없었다.

선풍기를 틀어 바람에 머리를 말리던 이연이 문득 제 손목을 물끄러미 응시했다. 현준이 잡았던 손목이다. 이상하게 아직도 그의 온기가 남은 것처럼 느낌이 묘했다. 이연이 머리채를 흔들어 잡념을 떨쳤다.

"무슨 엉뚱한 생각을."

사춘기 소녀도 아니고 남자한테 고작 손목 한 번 잡힌 걸로 들뜨다니 참 유난스럽다. 그러다 또 진지하게 속삭이던 그의 목소리가 떠올랐다.

"신중하게 다시 시작하고 싶어서."

머리끝에서 떨어진 물방울이 이연의 손가락을 적셨다. 느릿하게 수건으로 물기를 꾹꾹 눌러 닦으며 이연이 혼잣소리를 중얼거렸다.

"뭘 시작해. 안 한다니까. 참 이상한 사람이야."

굳이 왜. 무엇 때문에?

아무리 생각해도 현준이 자신에게 올인할 이유를 찾을 수가 없었다. 예전 결혼 이야기가 오갔을 때도 둘 사이에 이렇다 할 감정은 눈곱만큼도 없었다. 아니, 이연 혼자만 조금 설레었을 뿐이다. 그것도 그녀는 존경하는 사람에 대한 동경이라고 생각했다.

그는 여자를 앞에 두고도 공부에 열중할 정도로 아무 관심이 없었다. 이연이 결혼을 할 상대든 아니든 상관없다는 듯이.

그랬는데 왜 지금에 와서 이렇게 맹목적으로 나오는 걸까. 도무지 그의 행동을 이연으로서는 이해할 수가 없었다.

제대로 된 연애. 그게 과연 가능할까? 아니, 연애는 할 수 있을지 모른다. 언제 끝날지 알 수 없지만. 그것이 결혼까지 가지 못하리란 건 뻔한 사실이었다. 어쩌면 이연이 현준의 어머니를 보지 않았다면 그의 대시에 넘어갔을지도 몰랐다. 그는 지금 봐도 참 멋있는 사람이었으니까. 하지만 그의 어머니를 알기에 이연은 아예 그와 연결되는 것 자체를 꺼렸다.

예전의 그녀가 그러했듯 현준의 어머니는 조건에 민감한 사람이었다. 지금의 이연을 탐탁지 않게 여길 건 당연했고, 품위를 유지하며 충분히 상처를 입힐 수 있음도 알고 있었다. 이연은 자신을 그렇게 초라하게 만들고 싶지 않았다. 그 모든 걸 감내할 만큼 현준에게 끌리지도 않았다.

톡톡.

메시지가 왔음을 알리는 소리가 들렸다. 이연이 침대 위에 던져 놓은 휴대폰으로 손을 뻗었다. 그녀가 휴대폰을 집어 눈앞으로 가져가는 사이 몇 개의 메시지가 더 들어왔다. 서경이겠거니 생각하며 무심히 메시지를 확인하던 이연의 눈이 커졌다.

「잘 들어갔어요?」

「첫날이라 많이 긴장하고 힘들었을 텐데. 푹 쉬어요.」

「좋은 꿈 꾸고. 내일 봐요. 우리.」

이연은 메시지를 보낸 사람의 이름을 재차 확인했다.

「장현준.」

그 이름 아래 지나치게 정중한 말투는 어디로 사라지고 다정하기 그지없는 메시지가 담겨 있었다.

"좋은 꿈 꾸고. 내일 봐요?"

이건 마치 연인들끼리 주고받는 굿나잇 인사 같았다. 이연이 한숨을 내쉬며 고개를 절레절레 흔들었다. 도대체가 현준은 포기란 걸 모르는 남자 같았다.

"불도저 띠도 아니고 대체 왜 이래?"

투덜거리면서도 그녀의 눈은 휴대폰에서 떨어지지 않았다. 이연이 가늘게 눈을 늘이며 마지막 말을 곱씹었다.

"우리는 무슨. 우리가 뭐야. 우리가. 아무 연관 없는 남남한테 쓸 말은 아니지."

괜히 휴대폰을 침대 위에 던지듯 내동댕이치곤 무심한 듯 열심히 머리를 말렸다. 관심 없는 척 외면하면서도 자꾸만 신경이 휴대폰에 쏠렸다. 이런 식의 애정 어린 관심은 서경과 한경 이외엔 처음이었다. 거기에 묘한 설렘이 더해진 것을 이연이 애써 모른 척 시치미를 뗀 것이 다르다면 달랐다.

Rrrr.

갑자기 울린 휴대폰 벨소리에 이연이 흠칫 놀랐다. 그녀가 천천히 고개를 돌려 침대 위 휴대폰을 봤다. 이연이 머뭇거리며 수건을 내려놓고 침대 위로 손을 뻗었다. 바짝 긴장해 휴대폰의 발신인을 확인한 이연의 입에서 헛바람이 새어 나왔다.

"하아."

뭘 생각하고 긴장했었는지 자신의 행동이 너무 터무니없었다.
힘이 풀린 듯 침대에 기대 휴대폰을 귀로 가져갔다.

"응, 서경아."

[아직 거하게 환영회 중?]

"아니, 집이야."

[뭐야. 무슨 환영회가 이렇게 싱겁게 끝나?]

"싱거웠는지 아닌지 네가 어떻게 알아?"

말끝에 웃음이 묻어났다. 환영회의 당사자인 이연보다 어째 서
경이 더 아쉬워하는 것 같았다.

[아그야, 지금 시간이 11시 45분이다.]

"늦은 시간이지."

[한참 뽕을 뽑고 나발 불 시간이지. 명색이 환영횐데. 너희 과장
너무 짠 거 아냐? 보아하니 1차로 좋 난 것 같은데.]

이연이 발을 쭉 뻗고 기지개를 켰다. 침대 위로 풀쩍 올라간 이
연이 베개를 가슴에 대고 엎드렸다. 머리카락을 손가락에 감아 돌
리며 이연이 발을 동동 굴렸다.

"내일 출근 때문에 그래. 전공의 애들도 잘 시간 생각하면 이게
딱 적당해."

[너 지금 너희 과장 편드냐?]

"쿡. 무슨 편을 들어. 싸움하는 것도 아닌데."

[아, 또 그건 그런가? 아무튼. 오늘 하루 바짝 긴장하고 힘들었을 텐데. 친구, 편한 잠 자라. 흑. 난 돈 많이 벌고 들어갈 테니.]

리듬을 타고 움직이던 말이 멈췄다. 꼬아대던 머리카락도 사르르 풀렸다. 이연은 잠시 말을 잊고 멍한 상태가 되었다. 서경의 목소리 위로 또 다른 목소리가 겹쳐졌다.

'첫날이라 많이 긴장하고 힘들었을 텐데. 푹 쉬어요.'

분명 메시지로 받은 것인데 이상하게 거기에 현준의 목소리가 덧씌워졌다.

[내 꿈꾸고. 내일 보자. 우리.]

"……어. 그래."

[뭐야. 대답이 왜 이렇게 시원찮아. 너 나 보기 싫냐?]

[끊어. 애 쉬게 두지 무슨 잡설이 그렇게 많아. 이거나 날라.]

서경의 투정 어린 목소리 뒤로 한경의 목소리가 들렸다.

[질투는. 하여튼 그 잠깐을 못 버텨요. 간다, 가. 이연아, 이만 끊는다.]

"응."

뚜뚜.

전화가 끊겼음을 알리는 소리가 들리고 나서야 이연은 종료버튼을 눌렀다. 휴대폰을 눈앞에 두고 한참을 이연은 말없이 바라만 보았다. 상대에 대한 애정 어린 말들. 늘 서경과 주고받던 그 정감 어린 말을 현준이 이연에게 하고 있었다.

정들고 싶지 않아. 장현준 당신과는.

무서웠다. 현준과의 관계 변화가. 이제는 욕심내어선 안 될 것 중의 하나가 되어버린 그를 갖고 싶어질까 봐. 그에게 속수무책으로 빠져들게 될까 봐. 그리고 그로 인해 벌어질 모든 일들이 그녀는 두려웠다.

더 이상 그 누구에게도 상처받고 싶지 않았다. 그녀는 이미 아플 만큼 아팠고 사랑했던 사람도 잃어봤다. 그걸 다시 겪고 싶지 않았다. 장현준을 사랑하는 일은 이연에겐 고난의 길임을 알면서 스스로 뛰어드는 것과 다름없었다. 그녀는 사랑에 무모할 만큼 어리지 않았다.

휴대폰 화면을 손바닥으로 덮은 이연이 침대에 얼굴을 파묻었다. 쉽게 잠이 올 것 같이 않았다.

밤잠을 설친 이연은 알람 소리에 겨우 눈을 떴다. 무거운 눈꺼풀을 닫은 채로 비척거리며 욕실로 걸어가 간단히 샤워를 마쳤다. 머리도 말리는 둥 마는 둥 대충 물기만 덜어내고 화장도 간단히 했다. 술을 과하게 마신 것도 아니었고 육체노동을 심하게 한 것도 아닌데 몸이 천근만근이었다.

정신적인 피로가 겹쳐 이렇게 된 것이라 생각한 이연이 속으로 현준을 욕했다. 왜 쓸데없는 짓을 해서 사람을 피곤하게 하는지 괜스레 짜증이 났다.

"지금 가?"

현관으로 걸어가는 이연의 등 뒤로 잠에 취한 서경의 목소리가 들렸다. 이연이 고개를 돌려 서경을 봤다. 그녀는 눈도 뜨지 않고 자신의 베개를 다리 사이에 꽉 끼워 넣고 있는 이연의 베개를 잡아 품에 안는 중이었다.

"응. 더 자."

"응. 잔다."

말이 끝남과 동시에 마치 잠꼬대를 했던 것처럼 서경이 코를 골았다. 낮은 웃음이 터져 나왔다. 짜증을 지워내고 웃음을 띤 채 이연이 기분 좋게 집을 나섰다. 계단을 내려가 건물 입구를 나설 때였다.

불쑥. 그녀의 눈앞에 뭔가가 나타났다.

"어머!"

깜짝 놀란 이연의 눈에 테이크아웃 잔에 담긴 커피가 보였다. 커피를 찰랑 흔들며 그녀를 놀라게 한 장본인이 모습을 드러냈다.

"좋은 아침입니다, 강이연 씨."

부드러운 미소를 머금고 해를 등진 채 자신을 바라보는 현준을 이연이 멍하니 올려 보았다. 현준이 이연의 손을 잡아 커피를 쥐어주었다.

"그건 아이스 아메리카노, 이건 달콤한 카페모카. 오늘 아침엔 시원하게 마실 게 필요할 것 같은데. 혹시 이게 더 좋으시면."

"이게 좋겠네요."

이연이 커피의 뚜껑을 거둬내고 컵을 입에 댄 채 벌컥벌컥 들이켰다. 현준을 보니 다시 속이 끓어올랐다. 그런 이연을 즐겁게 바라보며 현준이 카페모카를 빨대로 한 모금 빨아들였다. 달콤함이 입안을 덮쳤다. 현준의 미간이 살짝 찌푸려졌다.

그가 한쪽 눈썹을 치켜올리고 웃음기를 머금은 미묘한 얼굴로 카페모카를 들어 내용물을 확인했다. 카라멜 마끼아또보다 덜하다고 했는데 이것도 생각 이상으로 달았다. 곤혹스러움이 드러난 현준의 얼굴을 보고 이연이 슬쩍 입가를 끌어 올렸다.

이연이 기억하기로 그날 현준은 더치커피를 마셨다. 씁쓸하고 산도가 강해 이연은 한 번 마셔보고는 다시 찾지 않는 커피였다. 그런 것을 현준은 음미하듯 천천히 마셨었다. 그것만으로도 그의 커피 선호도를 충분히 유추할 수 있었다.

그는 커피 본연의 맛을 즐겼다. 다른 것이 첨가된, 특히 단것은 좋아하지 않았다. 그래서 일부러 아이스 아메리카노를 택했는데, 그의 말대로 시원한 목 넘김이 오늘 아침과 적절하게 맞아 떨어졌다.

"미소가 참 예쁘네요."

"네?"

"가시죠. 오늘은 꼭 제 차로 출근시켜 드리겠습니다."

"과장님."

현준이 이연의 손목을 잡아끌었다. 이연이 반항하며 손을 빼려하자 현준이 더 바짝 그녀를 끌어당겼다. 이연의 면전으로 현준의 얼굴이 바짝 다가왔다. 놀라 커진 이연의 눈동자를 지그시 마주하고 현준이 나직하게 속삭였다.

"나 일부러 데리러 온 겁니다. 장현준은 이렇게 자상한 남자다, 어필하려고."

"그걸 왜 저한테 하시는 거죠?"

현준이 손을 놓고 그녀의 허리를 스치며 뒤로 팔을 뻗었다. 이연이 움찔하며 몸을 굳히는 사이 달칵 하는 소리가 들렸다. 그가 이연의 귀 가까이에서 입술을 달싹였다.

"탑시다."

"네?"

문이 열리고 그 안으로 현준이 이연을 밀어 앉혔다. 그리곤 아주 자연스럽게 벨트를 매주었다.

"하아. 장현준 과장님."

"네."

"도대체 왜 이러시는."

따지듯 입을 연 이연의 말이 끊겼다. 그가 벨트를 매주느라 안으로 기울인 상체를 빼지 않고 그대로 고개만 돌려서였다. 그의 얼굴이 그녀의 얼굴과 닿을 듯 아슬아슬하게 머물러 있었다. 현준이 천연덕스럽게 할 말 있음 하란 눈빛으로 그녀를 응시했다.

벌린 입을 다물지 못하고 있는 그녀에게 싱긋이 미소를 지어 보이곤 현준이 몸을 물렸다. 문을 닫고 차를 돌아 운전석에 오른 그를 이연이 기막힌 눈으로 돌아보았다. 현준이 시동을 걸어 차를 출발시키며 아무렇지 않게 말했다.

"커피값은 합시다. 물론 마셨으니 반품은 안 됩니다."

"무슨 말이에요?"

"내가 투척한 미끼를 이연 씨가 덥석 물었다는 말입니다."

"과장님!"

"네. 강이연 씨."

울화가 치밀어 이연이 버럭 소리를 지른 것이 무색하게 현준은 아주 느긋한 목소리로 답했다. 당신이 부르면 얼마든지 답해줄 수 있다는 뉘앙스로.

왜 그가 은결을 아끼는 후배라고 말했는지 알 것 같았다. 조금은 다르지만 웃으면서 사랑을 능수능란하게 제 페이스로 이끄는 건 은결보다 현준이 한 수 위였다. 이연은 차를 타고 이동하는 내 내 차창에 시선을 붙박았다. 간간이 차에서 뛰어내려 버릴까 쓸데 없는 고민을 하면서.

에필로그 둘

어제 이연을 혼자 보낸 것이 마음에 걸려 현준은 출근을 서둘렀다. 평소보다 한 시간 빨리 집을 나서 휴대폰에 전송된 주소를 내비게이션에 찍었다. 어젯밤 이연의 최종 목적지였다. 현준은 그곳이 당연히 그녀의 집일 거라 생각했다.

블루그린 원룸텔.

어쩌면 넓은 집보다 혼자인 그녀에겐 그곳이 더 안정감 있을지도 모른다는 생각을 했다. 한편으론 그곳의 방범 상태가 걱정됐다. 길이 어두운 건 아닌지 밤이 되면 인적이 드물어 혼자 걷기 위험한 길은 아닌지. 아무래도 직접 눈으로 확인해야 할 것 같았다.

큰 도로와 인접한 곳에서 얼마 멀지 않은 곳에 원룸이 있었다.

곳곳에 가로등이 설치되어 있었고 동네 분위기도 활발했다. 주변에 상가들이 많아 늦은 시간에도 불이 훤히 밝혀져 있을 것 같아 조금 걱정이 덜어졌다.

원룸이 보이는 곳에 차를 세우고 근처 카페로 들어섰다. 갑자기 자신이 눈앞에 나타나면 그녀가 몹시 놀랠 것이다. 설레든 짜증이 나든 그것을 가라앉힐 무언가가 필요했다.

그리고 오늘 현준이 그녀에게 줄 모닝커피는 다른 용도로도 쓰일 예정이었다.

"주문하시겠습니까, 손님?"

주문 데스크 앞에 선 그에게 직원이 상냥하게 말을 건넸다. 현준이 메뉴를 보고 늘 마시던 더치를 시키려다 바꿨다.

"아이스 아메리카노 한 잔 주시고요."

선택을 이연이 해야 하니 그녀의 취향에 맞추는 게 좋을 듯했다.

"카라멜 마끼아또."

"네."

"아니. 그것보다 좀 덜 단 게 있을까요?"

그녀가 마셨던 것을 주문하려다 또 멈칫했다. 카라멜 마끼아또를 살 경우 남은 하나는 자신이 마셔야 하는데 이연이 아메리카노를 고르면 현준이 상당히 곤란한 상황이 된다.

"카페모카나 라떼가 덜 단데요."

"음. 그럼 카페모카로 한 잔 더 추가할게요."

계산을 마치고 주문한 커피 두 잔을 테이크아웃해 카페를 나섰다. 차에 그것을 싣고 이연의 집 앞으로 갔다. 여기까지가 딱 30분이 소요됐다. 아직 이연이 집을 나서려면 시간이 남았다. 차에서 내려 커피를 들고 출입문 옆 벽에 기대섰다.

입구 맞은편 주차된 차의 유리에 출입문이 비쳤다. 누가 드나드는지 현준이 선 곳에서도 훤히 보였다.

팔짱을 끼고 한 손에 커피 두 개가 든 테이크아웃 포장을 들고 기다리던 현준이 슬쩍 커피를 내려 봤다. 어떤 걸 먹게 될지 모르지만 맛이 조금 염려되었다. 현준이 팔을 풀고 커피를 하나씩 꺼내 뚜껑을 열었다. 그리곤 하나씩 입술만 대서 한 모금 맛을 봤다.

아이스 아메리카노는 시럽을 넣지 않아 맛이 괜찮았다. 하지만 카페모카는 현준에겐 너무 달았다. 그가 미간을 찌푸리며 다시 뚜껑을 닫았다. 오늘 아침 이연이 달콤함을 원하길 바라며 다시 그녀를 기다렸다.

20분쯤 지나자 계단을 내려오는 힐 소리가 들렸다. 맞은편 차장에 이연의 실루엣이 비쳤다. 현준이 조금 더 모서리에 가깝게 섰다. 문이 열리고 이연이 나섰다. 그에 맞춰 현준이 그녀 앞에 커피를 내밀었다.

놀란 이연이 그를 돌아봤다. 현준이 천연덕스럽게 커피를 권하자 이연이 냉큼 아이스 아메리카노를 들었다. 가슴이 덜컹한 현준이 웃으며 달콤한 카페모카를 내밀었지만 단칼에 거절당했다.

이연이 뚜껑을 열고 커피를 시원하게 들이켰다. 그를 보는 현준의 입가에 사르르 미소가 번졌다. 캐릭터가 새겨진 곳의 정확히 윗부분에 이연의 입술이 닿았다. 제 입술이 머물렀던 곳이었다.

간접 키스.

이연은 모르고 현준만 아는 키스였다.

빨대로 마실 줄 알았는데 이연의 예상외의 행동에 현준의 기분이 좋아졌다. 기꺼이 다디단 카페모카를 마셔줄 만큼.

"오늘은 제 차로 출근시켜 드리겠습니다."

현준이 이연의 손을 잡아 제 차로 이끌었다. 이미 미끼를 물었으니 절대 빠져나가지 못한다. 현준은 커피값을 제대로 받아낼 요량이었다.

「이연 씨는 날 골탕 먹일 생각으로 아메리카노를 선택해 마셨겠지만, 오히려 그게 더 절 기쁘게 했죠. 그 때문에 처음으로 그녀와 제가 키스를 했으니까요. 비록. 매개체를 이용한 간접 키스이긴 했지만. 시작이 좋으니 곧 제대로 된 키스도 할 수 있겠죠? 그때까지 만반의 준비를 하며 행복한 마음으로 기다리겠습니다. Comming soon.」

—2015년 이연과 본격적인 밀당을 시작한 어느 날 현준의 인터뷰 중.

3

감기와 비염을 자주 앓는 아이의 경우 이런 질병이 오래가게 되면 귀와 코를 연결하는 기관인 이관의 기능이 떨어지게 된다. 그로 인해 고막 안쪽 중이강에 염증이 생기게 되는 것이 바로 중이염이다.

아이의 귀 안쪽을 살핀 이연이 엄마를 돌아보며 엷은 미소를 지어 보였다.

"애들의 경우 어른보다 이관이 짧고 평평해서 중이염에 잘 노출이 되거든요. 그 이관이나 유스타키오관이 세균이나 바이러스에 감염되면 막히곤 해요. 집 먼지 진드기나 동물의 털이 알레르기 반응을 일으켜서 부종이나 염증이 발생하기도 하고요."

"네."

"다행히 빛나는 급성으로 진행되진 않았어요. 아마 귀를 잡아 당기거나 자주 울었을 것 같은데."

"네. 처음엔 왜 그런지 몰라서 많이 당황했어요. 단순 감긴 줄 알았거든요."

"이럴 땐 당황하지 마시고 상비 해열제 있으시면 개월 수에 맞춰 조금 먹이시고요. 귀에 찜질해 주면 좋아요. 그럼 증상이 조금 호전되거든요."

"선생님, 너무 감사해요. 보통 이렇게 자세히 설명해 주시지 않거든요."

"아니에요. 다른 의사 선생님들도 여쭤보시면 다들 잘 알려주실 거예요. 아이 사랑하는 마음은 다 똑같으니까요. 약에 항생제 조금 들어갑니다."

이연이 처방전과 함께 귀 치료 병행 지시를 내리고 아이와 엄마를 보냈다. 잠시 후, 이연의 진료실 전담 김 간호사가 들어왔다.

"점심시간입니다, 선생님."

"아, 벌써 그렇게 됐나요? 맛있게들 식사하세요."

"선생님도 점심 맛나게 드세요."

문이 닫히고 혼자 남게 되자 이연이 주머니에 손을 찔러 넣은 채 책상에 엎드렸다. 아침부터 이어진 피곤이 정오가 되어도 가시질 않았다. 환자와 보호자에게 내색하지 않으려 평소보다 더 웃음을 띠고 친절하게 대했다. 긴장하지 않고 있다가 혹여 실수를 하게 될까 봐 더 신경을 썼다. 그 덕분에 피로가 배가되었다.

"밥 포기하고 잠이나 잘까?"

잠은 오지 않았지만 몸이 무거웠다. 대신 배에선 배고픔을 알리는 소리가 들려왔다. 보통 아침을 거르고 나오는 터라 점심은 꼭 챙겨먹는 편이었다. 그런데 오늘은 배고픔에도 쉽사리 몸이 움직이지 않았다.

"구내식당은 가기 싫은데."

최단 거리를 이동해 배를 채우려면 병원 내 식당이나 편의점이 가장 적합했다. 하지만 둘 다 영 내키지 않았다. 식당은 또 현준과 마주치게 될까 봐 꺼려졌고 편의점은 먹을거리가 마땅찮았다.

"몸이 피로하고 허하다 싶을 때는 추어탕 한 그릇이 딱 좋아. 들깨 넣고 푹 고아낸 추어탕에 산초 팍팍 뿌리고 고추 송송 썰어 넣어 한술 뜨면 몸이 훨훨 날아간다니까."

가끔 힘들어하는 이연을 보면 아빠가 그녀의 손을 이끌고 추어탕 집으로 데려가곤 했었다. 그때마다 손수 이연의 그릇에 산초와 고추를 넣어주며 '우리 딸 이거 먹고 천하장사 되라.'

우스갯소리를 하곤 했었다. 추어탕보다 아빠의 말들이 더 힘이 되었다고 말하지 못했던 게 가끔 후회됐다.

늦은 후회는 늘 뼈저리게 쓰라린 아픔을 동반한다. 가슴이 먹먹해지는 것을 깊은 호흡으로 애써 삭인 이연이 자리를 털고 일어섰다. 아무리 피곤해도 점심은 먹어야 할 것 같았다. 사랑하는 딸이 밥도 제대로 챙겨먹지 않는 걸 알면 하늘에 계신 부모님이 무척 슬퍼하실 테니까.

병원 로비를 지나 입구로 나서자 비가 한 방울씩 떨어지기 시작했다. 손을 내밀어 내리는 비를 가늠해 보니 2, 3초에 한 방울 정도 손바닥을 적셨다. 이 정도면 그냥 걸어가도 괜찮을 것 같았다. 얼굴을 가리는 것도 귀찮아 이연은 그냥 주머니에 손을 푹 찔러 넣었다.

날씨가 흐려서 그런지 거리에도 생기가 없어 보였다. 색으로 표현하자면 회색. 흑백의 사진처럼 이연의 눈에 거리는 잿빛으로 보였다. 터벅터벅 걸어 병원에서 멀지 않은 곳에 위치한 추어탕 집으로 들어섰다.

"어머! 어머! 이게 누구야?"

이연이 자리에 앉기도 전에 계산대에 쪽에서 호들갑스러운 소리가 들렸다. 덥석 이연의 손을 잡아오는 이는 추어탕 집의 여주인이었다. 잡은 손을 격하게 흔들며 여주인이 이연을 반갑게 맞았다.

"이연이 맞지? 동인병원 원장님 딸."

그러고 보니 이곳은 아버지의 단골집이었다. 늘 올 때마다 부녀에게 정답게 인사를 건네던 여주인이 떠올랐다. 조용히 허기만 때우고 가려고 했는데 이런 일이 있을 줄은 몰랐다.

"……네."

정확히는 예전 동인병원 원장의 딸이라고 해야 옳았다. 지금 동인은 전혀 모르는 사람의 손에 넘어가 병원장도 이사장도 그녀가 알지 못하는 사람들이었다.

얘기를 듣기론 경영에 일가견이 없던 작은아버지가 돈을 받고 병원장을 맡기는 등 엉망으로 운영을 해 부도 직전까지 갔다고 했다. 병원을 말아먹기 직전 겨우 헐값에 누군가에게 병원을 팔았다는 말을 들었을 때 어찌나 이가 갈리고 사지가 떨리던지.

차라리 처음부터 전문 경영인에게 맡기지 왜 욕심을 부려서는. 하마터면 동인이 사라질 뻔했다고 생각하자 눈앞이 깜깜했다. 그리고 동인이 다시 명성을 되찾았다는 말을 들었을 때 이연은 지금까지 겪었던 그 어떤 일보다 기뻤다. 부모님이 피땀 흘려 세운 동인이 건재할 수 있어서 참 다행이었다.

오랜만에 듣는 동인병원 원장님 딸이란 말에 가슴 한켠이 뭉클해졌다.

"한동안 안 보이더니, 어떻게 잘 지냈어?"

"네. 저 추어탕 하나 주세요."

이연이 어색하게 웃으며 서둘러 구석 자리에 앉았다. 반가움에 말을 건넸던 여주인도 그녀의 안색이 어두워지자 아차 싶었던지 이내 고개를 끄덕이며 계산대로 돌아갔다. 지금은 모른 척해주는 게 오히려 낫다는 걸 그제야 깨달은 모양이다.

그래도 주방에 한 그릇 특별히 신경 써서 내오라고 주문했다. 그녀의 아버지부터 이어온 인연으로 치자면 벌써 20년이 훌쩍 넘어서고 있었다. 그 인연을 생각해서라도 허투루 먹여 보낼 수는 없었다.

"이모님, 저 추어탕 한 그릇 주세요."

겨우 껄끄러운 상황에서 벗어나 편히 밥을 먹을 수 있겠다고 한숨 돌리던 차였다. 어딘지 익숙한 목소리에 이연의 고개가 반사적으로 들렸다. 입구 쪽에 현준이 들어서고 있었다. 이연의 입이 절로 벌어졌다.

"하아."

자리를 찾아 앉으려던 현준의 시선도 이연에게 닿았다. 처음 멈칫하던 그의 얼굴에 사르르 미소가 번졌다. 그가 망설임 없이 이연이 앉은 자리로 다가왔다. 이연의 인상이 구겨지는 것을 아무렇지 않게 바라보면서.

"놀라셨나 봅니다. 저도 놀랐습니다."

"여긴 어떻게 오셨어요?"

"보시다시피 밥 먹으러 왔습니다."

"그러니까. 왜 여기."

"가끔은 식당 밥 말고 다른 게 먹고 싶을 때가 있습니다. 오늘처럼 비 오는 날은 특히 더."

이연도 그래서 여기 온 것 아니냐는 물음이 현준의 얼굴에 드러
났다. 현준이 묻지도 않고 그녀의 맞은편에 앉았다.

"과장님."

"네, 이연 씨."

앉지 말란 말을 앉고 나서 하는 것도 이상했고, 아는 사이에 다
른 자리 앉으라고 내치기도 뭐해 이연이 말을 잇지 못했다. 그런
이연을 지그시 바라보며 그가 수저통에서 숟가락과 젓가락을 꺼
내 냅킨으로 닦았다. 깨끗한 냅킨을 밑에 깔고 그 위에 다소곳이
올려 이연 앞에 두었다. 그리곤 또 하나를 꺼내 닦았다. 그의 자연
스러운 행동에 이연의 미간이 찌푸려졌다.

"앉아도 되냐고 물으면 당연히 안 된다고 할 것 같아 그냥 앉았
습니다."

제 것을 내려두고 현준이 이연을 향해 부드럽게 미소 지었다.
어쩌면 저렇게 뻔뻔하고 태연할 수 있을까. 보면 볼수록 현준의
행동이 기막혔다.

"원래 그렇게 뻔뻔하세요?"

"원래 그런 건 아닙니다."

"그럼요?"

"이연 씨한테만 그렇습니다."

"왜요?"

사람 가려가며 뻔뻔해진다는 말이 이해가 가지 않았다. 더군다나 왜 자신 앞에서만 뻔뻔하게 행동한다는 건지 그것도 불쾌했다. 내가 그렇게 만만해 보여?

한쪽만 불퉁하게 치켜 올라가는 이연의 눈썹이 현준은 어쩐지 귀엽게 보였다. 이런 걸 보고 콩깍지가 씌었다고 하는 건가? 절로 미소가 번지는 입술을 현준이 손으로 가렸다. 이걸 보면 이번엔 이연의 머리에 뿔이라도 날 것 같았다.

"왜 대답 안 하세요?"

답 없이 테이블에 팔을 올려 입을 가린 현준을 이연이 재차 다그쳤다. 현준이 손을 내리고 차분하게 입을 열었다.

"그래야 이연 씨가 절 한 번이라도 더 봐줄 것 같아서라고 말하면 답변이 되겠습니까?"

"그게 오히려 상대에게 불쾌감을 유발한다고 해도 계속하실 건가요?"

현준이 답 없이 컵에 물을 따라 이연 앞에 두었다. 제 컵에 물을 따르며 그제야 물음에 대한 답을 내놓았다.

"그 불쾌감이 어느 순간 호감으로 바뀔 거라 믿고 끝까지 밀고 나가겠습니다."

견고한 그의 눈을 마주하자 갑자기 피로가 물씬 밀려왔다. 이연이 이마를 짚으며 고개를 숙이자 현준이 보일 듯 말 듯 미소를 머금었다. '미치겠네. 정말.'이란 그녀의 마음속 외침이 들리는 것 같았다.

"여기 추어탕 두 그릇이요. 맛있게 먹고 가요."

여주인이 직접 추어탕을 가져다주었다. 이연이 번뜩 고개를 들었고, 현준이 고맙다는 말을 여주인에게 건넸다.

"전 추어탕엔 산초 팍팍 넣고, 썬 고추 넣어 톡 쏘는 맛과 얼큰한 맛을 겸해 먹는 걸 좋아합니다. 이연 씨는 어떤 걸 좋아하십니까?"

"저도……."

"다행입니다. 식성이 비슷해서."

얼떨결에 답한 이연의 추어탕 그릇에 현준이 산초를 넣고 썰어 놓은 고추를 적당히 첨가했다. 그 모습을 무심히 바라보며 이연이 잘근 아랫입술의 속살을 깨물었다. 현준이 이연의 숟가락을 들어 추어탕에 넣은 것들을 뒤섞었다. 그리곤 숟가락을 이연이 잡기 좋은 위치에 걸쳐 두었다.

현준이 이연의 추어탕에 했던 것처럼 자신의 그릇에 두 가지를 넣고 휘휘 저어 숟가락으로 떠 올렸다. 그것을 입바람으로 식혀 입에 넣어 맛나게 먹는 것을 이연이 우두커니 바라보았다.

후루룩후루룩.

현준은 참 맛깔나게도 음식을 먹었다. 같이 있는 사람의 입맛까지 돋울 만큼.

이연이 숟가락을 들어 추어탕을 한 수저 떠 올렸다. 그것을 입에 넣자 알싸한 산초의 맛이 번졌다. 그의 말처럼 톡 쏘는 매운 고추의 맛까지.

아빠도 늘 이연을 먼저 챙겼다. 식성이야 추어탕에 넣는 것들이 다 거기서 거기니 같다고 할 순 없었다. 물론 산초를 싫어하고 고추를 싫어해서 추어탕을 나온 그대로 먹는 사람도 있었다.

'난 나중에 아빠 같은 사람이랑 결혼할 거야.'

'아빠가 그렇게 좋아?'

'그래야 내가 공주 대접받으면서 살 거 아냐. 아빠처럼 살갑게 이것저것 알아서 다 챙겨줄 테니까.'

'너 아빠 같은 남자가 어디 흔한 줄 알아? 이런 남자 구하기 힘들어.'

'그럼 나타날 때까지 시집 안 가고 아빠 옆에 거머리처럼 붙어 있지 뭐.'

'아이고. 그런 끔찍한 소리 하지 마라. 난 너 시집보내고 엄마랑 다시 뜨겁게 사랑할 거다.'

'아유. 지금도 그냥 절절 끓거든요? 더 뜨거워지면 타고 없어져. 제발 좀 참으세요.'

현준이 자신을 살뜰하게 챙겨줄 때마다 들었던 불쾌함의 근본이 어디에서 기인한 것인 줄 이연은 잘 알고 있었다. 그가 그럴 때마다 자꾸만 아빠가 떠올랐다. 아빠와 즐거웠던 추억도 함께.

그래서 더 그가 꺼려졌다. 그녀가 했던 말처럼 아빠를 닮은 현준에게 빠져들게 될까 봐. 그가 자신을 향해 거침없이 다가서는 게 한편으로 설레고 한편으론 두려운 이율배반적인 자신의 마음이 너무 싫었다.

뚝.

눈물 한 방울이 추어탕 그릇 안에 떨어졌다. 이연이 고개를 숙인 채 추어탕을 떠 입에 넣었다. 겉으로 드러난 슬픔까지 다 삼켜버릴 것처럼 꾸역꾸역 그것을 씹어 삼켰다.

현준의 수저질이 느릿해졌다. 처음 단번에 비울 것처럼 속도를 내던 것이 이연이 추어탕을 먹기 시작하면서 느려졌다. 그녀의 속도에 맞춰 천천히 그릇을 비웠다.

현준은 그녀의 눈물을 모른 척했다. 냅킨을 건네주지도 다독여주지도 않았다. 묵묵히 그녀를 지켜보았다. 그녀가 편히 식사를 마칠 수 있도록 없는 듯 그렇게 조용히 있었다.

숟가락을 놓고 이연이 자리에서 일어서자 그제야 현준도 일어섰다. 이연이 먼저 계산대로 가 서고 그 뒤를 현준이 따랐다. 주머니를 뒤적이던 이연이 멈칫했다. 가운을 벗고 나와야 했는데 바보처럼 옷도 갈아입지 않고 나왔다. 덩달아 지갑을 챙기는 것도 잊었다.

"아, 지갑."

그녀가 현준을 돌아봤다. 현준이 마주 보자 이연이 손바닥을 내밀었다. 현준을 만나지 않았으면 낭패를 볼 뻔했다. 그것을 상기

하자 어쩐지 안도가 되었지만, 이연은 내색 않고 조금 뻔뻔스럽게 그에게 말했다.

"밥값 빌려주세요."

"꼭 갚으십시오."

"물론이에요."

"이모님, 저희 얼맙니까?"

현준이 싱긋이 웃으며 지갑을 꺼냈다. 현준이 계산을 마치고 나올 때까지 이연은 가게 앞에 서 있었다. 돈까지 빌렸는데 냉정하게 혼자 가는 건 아닌 것 같아서였다. 어느새 보슬보슬 내리던 빗방울이 조금 굵어졌다. 허공에 손바닥을 펼치자 즉시 차가운 빗방울이 여러 곳을 적셨다.

후두둑. 후두둑.

바닥을 두드리는 빗소리에 이연이 땅으로 시선을 내렸다. 젖은 보도블록이 각양의 색깔을 더욱 선명하게 드러내고 있었다. 아까까지만 해도 온통 회색으로 보이던 세상이 이상하게 여러 가지 빛을 띠며 그녀의 시야에 들어왔다.

"비가 금방 그칠 것 같진 않습니다."

현준이 이연이 그랬던 것처럼 허공에 손을 뻗었다. 그의 손바닥을 적신 비가 손가락 사이로 떨어지는 것을 보며 이연이 작게 입술을 달싹였다.

"그러네요."

"우산을 빌려 오겠습니다."

"그냥 가요. 다시 오기도 귀찮고, 여기서도 써야 할 텐데."

이연이 두 손을 이마 위에 올리고 거리로 나섰다. 그 모습에 안으로 들어서려다 돌아선 현준이 옅은 숨을 흘려냈다. 그가 슈트 재킷을 벗어 이연의 곁으로 뛰어갔다.

머리 위로 드리우는 따스한 온기에 이연이 걸음을 멈추고 고개를 들었다. 현준이 이연의 몸을 재킷으로 감싸고 있었다. 시선을 조금 더 올려 현준을 바라보았다. 그의 몸 위로 빗방울이 쏟아지고 있었다.

"과장님, 전 괜찮아요."

"한 사람만 희생합시다. 여기서 괜한 실랑이로 시간 낭비하지 말고. 둘 다 젖은 생쥐 꼴 되기 전에 뛰는 게 좋겠습니다."

현준의 손이 재킷 위로 이연의 어깨와 머리를 한꺼번에 감쌌다. 그리곤 그가 뛰기 시작했다. 덩달아 이연도 뛸 수밖에 없었다. 의도치 않게 그의 옷을 두 번이나 비에 젖게 만들었다. 물론 이번엔 흙탕물이 아니라 다행이긴 했지만. 새삼 잊고 있었던 첫 번째 옷에 대한 일이 떠올랐다. 언젠가 갚아줘야겠다고 생각했는데 까맣게 잊어버렸다.

"이러나저러나 비 오는 날은 옷이 젖게 되어 있습니다. 신경 쓰지 마십시오."

마치 이연의 마음을 다 안다는 듯 그가 말했다. 맞는 말이긴 했지만 신경을 쓰지 않을 수가 없었다. 옷에 배인 그의 향기가 그녀의 몸에도 배어들 것만 같았다. 그게 이상하게 그의 옷이 젖고 있다는 사실보다 그녀를 더 신경 쓰이게 했다.

❖

"강 선생님, 내일 주말인데 뭐 하세요?"

양치를 하고서도 입안이 씁쓸해 이연이 커피 한잔을 마시려 휴게실에 들어서던 참이었다. 두더지 게임의 두더지처럼 불쑥 머리를 내민 은결이 갑작스럽게 물어왔다. 동그랗게 떠진 이연의 눈을 뚫어져라 바라보며 은결이 답을 요구했다.

"스케줄 있어요?"

"집안 청소요."

"에이, 안 그래도 우리 과에 액이 껴서 다들 결혼 못하는 거라고 수군거리는 판국에 집에서 청승맞게 청소나 하다뇨. 절대 안 될 일이죠. 우리 소아청소년과의 미래를 위해서도 결단코."

이연이 말을 마치기도 전에 끼어든 은결이 고개를 절레절레 흔들며 단호하게 말했다.

"집에서 구더기 나오게 생겨서요. 내일은 기필코 청소를 해야해요."

은결이 말을 장황하게 늘어놓는 걸 보니 뭔가 귀찮은 일이 생길

것 같아 이연이 바로 차단했다. 조금 경악할 만한 소재를 들먹인 건 은결이 더 이상 자신에게 말을 걸지 않게 하기 위해서였다. 구더기와 동거 중인 여자에게 주말을 같이 보내잔 말을 하진 않겠지 하는 생각에서였다. 하지만 은결은 이연보다 한 수 위였다.

"아직 안 나왔으면 나온 뒤에 잡아요. 그게 더 쉬워."

자판기 앞으로 걸어가는 이연의 뒤를 졸졸 따라오며 은결이 태연하게 말했다. 오히려 경악한 건 이연이었다. 이연이 동전을 꺼내 든 채로 그를 돌아봤다. 은결이 이연의 손에서 동전을 집어 자판기 투입구에 넣었다. 친절하게 밀크커피를 눌러주곤 또다시 입을 나불거렸다.

"영화 봐요. 아주 재미난 거 상영하던데. 딱 두 시간. 아니다. 오고 가고 한 시간 더해서 세 시간 정도 되겠네."

자판기에서 종이컵을 꺼내 이연의 손에 척하니 올려주며 은결이 능청스레 웃었다.

"저 영화 안 좋아해요."

냉정하게 거절하며 돌아서는 이연의 가운 자락을 은결이 붙잡고 늘어졌다.

"가요. 아니, 제발 가줘요."

애원조로 바뀐 은결의 말에 이연이 그를 돌아봤다. 은결이 강아지 같은 눈빛을 하고 이연을 응시했다. 서른여섯이나 먹은 남자가 하기엔 다소 오버스러운 눈빛이었다. 이연은 가운 소매 안으로 팔에 소름이 오스스 돋는 걸 느꼈다. 당장 그의 팔을 떨치고 달아나고 싶은 걸 꾹 눌러 참았다.

"김 선생님."

"막내 여동생이 이번에 극장 매니저로 취직했는데, 완전 강매로 표를 팔았거든요."

"친구분이랑 가시면 되잖아요."

"같이 보고 싶은 친구가 없어요. 게다가 이건 보통 표가 아니라고요."

은결이 가운 주머니에서 표를 꺼내 이연의 눈앞에서 흔들었다. 보통 표가 아니면 뭐란 말인지. 금칠을 한 것도 아니고. 이연의 눈엔 특별한 것 없는 평범한 종잇조각처럼 보였다. 하지만 표를 든 은결의 손은 수전증 환자처럼 파르르 떨리고 있었다.

"자그마치 장당 십만 원이나 하는 VIP 상영관 표란 말입니다."

"아."

"이런 걸 아무나와 함부로 볼 순 없죠."

"저도 그 아무나에 속하는데요."

"아니죠. 이연 쌤은 특별하죠. 제 빨간 장미시잖아요."

은결의 말이 끝나기 무섭게 이연이 몸을 돌렸다. 쌩하니 가려는 이연의 팔을 은결이 붙잡고 늘어졌다. 그 때문에 종이컵이 흔들려 커피가 가운 위로 조금 튀었다.

"제발이요. 사실은 너무 바빠 관리를 못했더니 어장이 폭삭 망해서 여자들한테 다 거절당했단 말이에요. 그렇다고 이 귀한 표를 시키면 남자 놈이랑 영화 보는 데 쓸 순 없잖아요. 제가 특별히 장미까지 새겨 드렸는데 이러시면 안 돼요."

썩은 동아줄이라도 붙잡는 심경으로 은결이 절대 놓지 않겠다 이연의 팔을 잡고 늘어졌다. 이연이 한숨을 푹 내쉬며 제 팔에서 은결을 떼내려 했다. 찰거머리처럼 좀체 떨어질 생각을 않는 은결로 인해 아까운 커피가 자꾸만 컵을 벗어나고 있었다.

"알았어요."

"진짜, 진짜죠?"

"그래요."

그제야 제 팔을 놓고 기뻐하는 은결을 이연이 똑바로 응시했다. 그리곤 조건을 내걸었다.

"대신 김 선생님도 제 부탁 하나만 들어주세요."

"네. 물론이죠. 하나 아니라 두 개도 들어드릴게요."

"잘 보세요."

눈을 반짝이는 은결의 시선을 제 손 끝에 집중시킨 이연이 검지로 가운의 이름표를 가리켰다.

"이거 다시 깨끗하게 제거해 주세요."

"네? 왜요? 장미 안 좋아하세요?"

"저 장미 알레르기 있어요."

"……."

생화도 아닌 자수를 굳이 알레르기가 있다는 핑계를 대며 없애 달라는 이연을 은결이 멀뚱히 쳐다봤다. 그러다 이내 흔쾌히 예스를 외쳤다.

"그랬구나. 아, 또 내가 미처 그걸 몰랐네. 제가 한 땀 한 땀 심혈을 기울여 떼어드리겠습니다."

"그럼 내일 영화 관람 전에 제가 건네 드리죠."

"네. 알겠습니다."

나이에 맞지 않게 상큼발랄하게 웃으며 돌아서 휴게실을 나서는 은결의 모습에 이연도 웃음을 터트리고 말았다. 은결은 미워하고 싶은데 미워할 수 없는 철딱서니 오빠 같은 사람이었다. 남은 커피를 입에 털어 붓고 이연도 휴게실을 나섰다. 우선 가운에 묻은 커피 얼룩부터 지워야 할 것 같았다.

화장실로 들어서 개수대 앞에 섰다. 가운을 벗어 들고 비누를 짰다. 얼룩이 묻은 곳에 비누를 묻혀 손으로 문질렀다. 거품이 잘 나지 않아 물을 틀어 가운을 적시는데 등 뒤로 여자들의 목소리가 들렸다.

"너 전에 장현준 쌤한테 대시한 거 어떻게 됐어?"

개수대로 다가서는 여간호사 둘 중 하나가 다른 하나에게 물었다.

"대시는 무슨. 그냥 음료수 하나 드린 거지."

"음료만 줬어? 편지도 줬지? 그게 대시지 아니긴."

물을 틀어 손을 씻으려던 둘이 이연을 발견하고 가볍게 목례를 했다. 이연도 목례를 하며 가운에 다시 비누를 묻혔다. 다시 대화를 이어가며 둘은 목소리를 조금 낮췄다. 병원 안에서 현준을 모르는 사람이 없기에 조심하는 눈치였다.

"불발이야."

"아니, 왜?"

"편지는 아예 드리지도 못했고 음료도 옆에 지나가던 애가 우니까 그 애 주시더라."

"선생님 드시라고 하지."

"'제가 마신 걸로 할게요. 고마워요.' 하시는데 어떻게 안 된다 그래."

"그건 그러네."

"그렇게 친절하고 자상하신데 왜 아무도 안 사귀나 했더니, 딱 답이 나오더라."

"어떤 답?"

"호의는 고맙지만 여기까지. 더는 안 돼, 하고 선을 확 긋는 거지. 그것도 아주 자상하게."

대시에 실패한 간호사의 원인 분석에 다른 간호사가 고개를 끄덕였다.

"그거 설득력 있네."

"그렇지? 아무도 커플이 안 돼서 오히려 더 위로가 돼."

"그래서 이대로 포기?"

"네버. 내 사전에 포기란 없다. 열심히 눈도장 찍을 거야."

비록 현준의 이름을 빼고 이어진 대화였지만 둘의 말을 이연은 곧장 알아들었다. 간호사 둘이 자리를 뜨고 나서 이연은 제 손목에서 느껴지는 차가운 물의 감촉에 움찔했다.

거품이 일어난 가운 위로 떨어져야 할 물이 한참을 벗어나 그녀의 손목을 적시고 있었다. 그녀가 잠시 정신을 다른 곳에 뒀다는 증거였다. 하지만 이연은 아닌 척 얼룩 위로 다시 물을 받아내며 가운을 빨았다.

이상하게 자꾸만 입술이 미미하게 씰룩거렸다. 그것을 이연은 은결 때문에 그런 거라고, 그가 너무 웃겨서 그런 거라고 우겼다.

일과를 마치고 이연은 서둘러 병원을 나섰다. 쏟아지던 비는 잦아들어 거의 그친 것과 다름없었다. 오히려 우산을 쓰는 것이 거추장스러울 정도였다. 서슴없이 길을 나서는 이연의 발걸음이 오전과 달리 무척 가벼웠다.

정문까지 이어진 길을 걸어 내려가는 이연의 모습을 3층 자신의 진료실 창가에서 현준이 바라보고 있었다. 머신으로 내린 커피를 마시며 그녀의 모습이 사라질 때까지 현준은 시선을 떼지 않았다. 모락모락 피어오른 연기 사이로 이연의 모습이 아련하게 물들었다.

마시다 만 커피를 책상 위에 내려놓고 현준이 진료실을 나섰다.

"헉."

콧노래를 흥얼거리며 퇴근 준비를 하고 나오던 은결이 문 옆 벽에 기대 선 현준을 발견하고 깜짝 놀라 움찔했다. 그런 은결을 현준은 태연히 응시하고 있었다.

"저는 불쑥불쑥 잘도 나타나는 녀석이 뭘 그렇게 놀래."

"여기 이렇게 서 있을 양반이 아닌데 서 있으니까 귀신인가 싶어 그랬죠."

은결이 싱글거리며 자신을 향해 돌아서자 현준이 팔짱을 풀고 자세를 바로잡았다. 그리곤 은결의 면전에 손바닥을 척하니 펼쳐 보였다. 현준의 손바닥을 은결이 빤히 내려다봤다.

"역시, 되는 사람은 손금부터가 달라. 이봐. 이봐. 벽에 똥칠할 때까지 살겠네. 생명선이 우와!"

"그 긴 세월 널 어떻게 대할지는 지금 네게 달렸어."

"응? 그게 무슨 말이에요?"

"내놔."

"뭘?"

무슨 말인지 모르겠다는 듯 멀뚱히 바라보는 은결의 눈앞으로 바짝 손을 가져간 현준이 한쪽 입꼬리만 비스듬히 치켜올렸다. 그

기묘한 입술에 은결의 시선이 쏠렸다. 평소 좀처럼 볼 수 없던 협박성 농후한 미소였다. 현준의 입술이 사악한 빛깔을 띠며 달싹였다.

"VIP 상영관 표."

"……뭔 표요?"

"표 값의 두 배 준다."

"에이, 약속이 된 건데 이걸 어떻게 줘요."

"그 약속 내가 산다니까."

"에?"

두 번째 기이한 행동이었다. 미간을 찌푸린 채 위아래 춤을 눈썹으로 추는 은결을 따갑게 직시하며 현준이 입꼬리를 조금 더 끌어 올렸다. 그리곤 성큼 한 발 가까이 은결에게 다가섰다. 불쑥 다가서는 현준에 움찔해 은결이 뒤로 주춤 물러섰다.

보통은 은결이 달라붙고 매달리지 현준은 절대 그런 캐릭터가 아니었다. 갑자기 현준이 저돌적으로 다가서니 반갑기보다 오히려 섬뜩했다. 다가섬이 좋은 의도는 아닌 것 같아 더 그랬다.

"과, 과장님, 왜 이러십니까?"

멈춤 없이 걸음을 옮긴 현준이 은결을 벽 쪽으로 몰았다. 어느새 은결의 등에 차가운 벽의 감촉이 느껴졌다. 그런 은결의 면전으로 이번엔 현준의 얼굴이 바짝 드리워졌다.

"내가 뭘 원하는지 몰라서 묻나? 김 선생?"

은결의 눈이 차마 그를 마주하지 못하고 이리저리 방황했다. 현준이 원하면 언제든 그냥 줄 수도 있는 거였지만 이번엔 좀 곤란했다. 조르고 졸라 이연과 약속을 잡은 터였다. 다른 표를 구하면 될 것 같았지만 이미 그날 표는 은결을 마지막으로 완판했다며 동생이 기뻐했었다.

물론 그 완판이 강매였음을 확신했지만 자신에게 두 개만 돌아왔다는 것에 은결은 속으로 감사했다. 그런고로 더는 내일 표를 구할 수가 없었다. 약속은 내일이고 표는 딱 두 장이고 이 난감함을 어찌 돌파해야 할지 은결은 빠르게 머리를 굴렸다.

"생각은 머리로만 하지?"

"네?"

"머리만 굴려. 안구까지 돌리지 말고. 흉하다."

"아. 하하하."

이렇게까지 궁지에 몰려본 것은 처음이었다. 현준이 이렇게 나오는 이상 빼도 박도 못하게 생겼다. 대체 현준이 왜 이러는지 알 수가 없었다. 영화와는 담쌓고 지내는 사람이 갑자기 무슨 바람이 불어 반협박까지 하는 건지 도통 이해가 되지 않았다.

"내가 가져갈까, 자진 반납할래."

"아니, 이게 정말 곤란해요, 형. 강 선생이랑 미리 선약이 되어 있는 거라."

"뒤진다."

은결의 말에도 전혀 물러섬 없이 현준이 은결의 재킷 주머니로 손을 집어넣었다. 전에 없던 행동에 은결이 화들짝 놀라며 눈을 동그랗게 떴다. 그러다 곧 안주머니를 뒤적이는 현준의 손에 오두방정을 떨었다.

"아앙. 이러지 말아요. 나 거기 성감대란 말이양."

움찔 멈추는가 싶던 현준이 이번에 바지 쪽으로 손을 내리자 은결이 다급하게 항복을 외쳤다.

"잠깐. 진짜 거긴 안 돼. 이거 성추행이야."

"그럼 다른 버전으로 해줘?"

현준이 손을 올려 은결의 눈앞에서 주먹을 꽉 쥐었다. 손에서 우두둑 뼈 소리가 났다. 그와 더불어 싱긋이 미소를 띤 얼굴이 무척 사악하게 보였다. 꿀꺽. 은결의 목으로 마른침이 넘어갔다.

"줄게요. 준다고."

기어이 항복을 외치며 제 가방을 여는 은결을 현준이 기분 좋게 바라보았다. 처음부터 거기에 표가 있는 걸 알았지만 스스로 내놓게 하기 위해선 이 방법이 가장 좋았다. 현준의 작전은 통했고 결국 은결은 제 손으로 표를 꺼내 현준에게 건넸다. 물론, 울며 겨자 먹는 식이었지만.

"고마워."

나긋하고 다정한 목소리로 표를 받아 든 현준이 주머니에서 수표 세 장을 꺼내 은결의 재킷 윗주머니에 찔러 넣었다.

"남는 건 과자 사먹어."

아이를 어르듯 말하곤 미련 없이 돌아서는 현준을 은결이 얄밉게 흘겼다. 성큼성큼 제 진료실로 걸어가던 현준이 우뚝 걸음을 멈췄다. 딩달아 은결이 움찔했다. 현준이 뒤돌아 은결을 바라보며 입술에 검지를 세웠다.

"쉿. 이 사실 발설하면 죽는다, 김은결."

"……"

부드러운 미소를 머금은 채 돌아서 진료실로 들어서는 현준의 뒷모습을 멍하니 바라보다 은결이 뒤늦게 헛웃음을 터트렸다.

"와아."

은결이 제 가슴 위에 손을 얹고 고개를 절레절레 흔들었다. 도무지 자신이 방금 전에 당한 일을 믿을 수 없다는 듯이 제 볼을 꼬집기까지 했다.

"아프다. 진짜네."

현준의 진료실을 응시하며 은결이 혼잣소리를 중얼거렸다.

"나 방금. 진짜 장현준한테 삥 뜯겼니?"

이연은 집으로 가는 대신 오! 땡! 달구지로 향했다.

활짝 열려진 가게 문 안으로 보이는 서경과 한경의 모습에 절로 미소가 머금어졌다. 분주하게 움직이는 그들에게서 생기와 활기가 물씬 느껴졌다. 그 속에 이연도 함께 녹아들고 싶었다. 그녀의 발걸음이 빨라졌다.

불금이었다.

더불어 가게가 한창 붐빌 시간이었다. 쏙쏙 밀려드는 손님에 바쁘게 가게 안을 활보하던 서경이 안으로 들어서는 이연을 발견하고 함박웃음을 터트렸다.

"와하하하! 내 사랑 강이연, 너무 반갑다!"

"또 오버한다. 거부감 들게 사랑 타령은. 이연이 안 피곤해?"

"네. 컨디션 좋아요."

제 손을 잡고 흔들어대는 서경과 한경을 번갈아 보며 이연이 환하게 웃었다. 그녀가 서경의 손을 거두고 핸드백을 내렸다. 그것을 받아 든 서경이 마치 기다리고 있었다는 듯 앞치마를 건넸다.

"이건 내가 갖다 놓을게. 작업복 걸쳐."

"응."

"야, 부려먹더라도 이연이 숨이나 돌리고 부려먹어."

앞치마를 매는 이연을 두고 핸드백을 들고 안쪽 방이 있는 곳으로 걸어가며 서경이 혀를 날름거렸다. 한경이 마주 혀를 내밀며 손으로는 열심히 파를 썰었다. 그릇에 담아낸 어묵 위에 파를 올려 내놓자 이연이 받아 들었다.

"어디예요?"

"저쪽 3번 테이블."

이연의 물음에 즉시 답하며 한경이 다정하게 웃었다. 옆에 있던 쟁반에 그릇을 올리고 3번 테이블로 향하는 이연의 모습을 따스하게 지켜보다 한경이 빈 그릇을 꺼내 들었다.

정신없이 바쁜 시간을 보내며 이연은 한순간도 웃음을 지운 적이 없었다. 몸은 고단해도 이곳에 있으면 기분이 좋았다. 손님 대부분이 젊은 층이고 단골이 많아 가게 안 분위기는 꽤 훈훈했다. 더불어 일을 하기도 즐거웠다.

어느 정도 이연과도 안면이 있는 손님들은 그녀에게 말을 걸며 친근감을 드러내기도 했다.

"후우. 그래도 너 있어서 훨씬 수월했다. 고맙다, 친구."

새벽 2시가 되어서야 일을 마칠 수 있었다. 가게 뒷정리를 하고 맥주 한 캔씩을 손에 든 셋이 나란히 앉았다. 이연의 어깨에 척하니 팔을 올린 서경이 캔을 내밀었다. 이연이 웃으며 캔을 맞부딪치자 서경이 시원하게 맥주를 들이켰다.

"캬아. 일하고 난 뒤에 맥주 한 캔. 완전 끝내주지 않냐?"

"넌 여자가 돼서 말투가 그게 뭐냐? 꼭 선머슴처럼."

한경이 맥주를 들이켜다 말고 미간을 찌푸리며 서경을 타박했다. 그에 아랑곳하지 않고 서경이 태연하게 말했다.

"이러니까. 이 장사도 하는 거야. 화끈하니 좋다고 애들도 형이라고 얼마나 따르냐?"

"좋겠다. 애인 하나 없이 남자애들한테 형이라고 불려서."

"그건 반품돼서 온 댁이 할 말은 아니지."

"그래도 난 한 번 갔다 오기나 했지. 넌 남정네 맛도 제대로 못 봤잖아."

"아, 진짜. 나 이대로 클럽 가도 완전 먹히거든."

서경이 제 몸을 손으로 훑어 내리며 도도하게 콧대를 세웠다. 그런 서경의 콧등을 손끝으로 튕기며 한경이 혀를 찼다.

"너 같은 애들을 위해서 그 오래전 소크라테스가 말했지. 너 자신을 알라고."

"아 씨. 오빠가 돼서 동생 디스하기 있나?"

"어. 있어."

티격태격 싸우는 말에도 정이 묻어났다. 이연이 둘의 모습에 미소를 띠며 맥주를 기울였다. 말싸움이 몸싸움으로 번진 건 한순간이었다. 엎치락뒤치락하며 눈앞에서 프로레슬링을 선보이는 둘을 피해 이연이 조금 물러나 앉았다.

"아우. 물지 마. 네가 개냐, 물게?"

"닥치시지. 그 입도 확 물어버리기 전에."

"항복. 항복. 내가 죽을죄를 졌다."

한경이 두 손을 들고 나서야 한바탕 몸풀이가 끝났다. 이연의 곁으로 와 단숨에 캔을 비운 서경이 가볍게 입바람을 불었다. 바닥에서 일어선 한경이 이연에게 손을 흔들었다.

"이연이 오늘 너무 고마웠다. 나 먼저 들어간다. 조심해서 들어가. 저놈이랑 가면 아무도 못 건드릴 거다."

"쿡. 네 들어가 쉬세요."

삭신이 쑤시다며 허리를 잡고 한경이 먼저 방 안으로 들어갔다. 둘이 남게 되자 서경이 말없이 이연을 지그시 응시했다. 이연이 맥주를 마시다 말고 서경을 마주 바라보았다.

"왜?"

"너 무슨 일 있지?"

"무슨 일?"

"내 감이 딱 그래. 너 요즘 사춘기 애처럼 감정이 오르락내리락 날뛴다고."

이연의 미간이 움찔거렸다. 하는 행동이나 말투로 봐선 서경이 더 둔감할 것 같지만 그녀는 의외로 촉이 좋았다. 동인에 출근하게 된 이후로 별다른 행동을 했던 것도 아니었다. 그런데 어떻게 그렇게 이연 자신도 모르는 감정 변화를 딱 꼬집어내는지 이연은 순간 당황해 말을 잇지 못했다.

"하긴 아무리 마음의 준비를 하고 갔다고 해도 동인인데 괜찮을 리가 없지."

"……아."

동인이란 말을 듣자 이상하게 긴장이 풀렸다. 이연이 옅게 웃으며 다시 맥주를 기울였다.

"거기서 잊고 지냈던 사람들과 다시 만날 수도 있고. 변수는 많지."

캔을 잡은 이연의 손이 멈칫거렸다. 하지만 이내 아무렇지 않은 듯 입술에 묻은 맥주의 잔해를 손으로 닦아냈다.

"아무래도 그렇겠지? 생각 못하고 있었는데 불쑥 눈앞에 나타나서 당황스럽게 만들거나 하는 사람이 있을 수도 있겠지?"

"있었단 소리야 아직이란 거야?"

서경의 물음에 빙긋이 웃으며 이연이 마저 맥주를 비웠다. 깔끔하게 털어 부은 맥주처럼 그녀의 마음이 그렇게 되지 않는다는 게 조금 껄끄러웠다. 그런 그녀를 서경이 묘하게 바라보았다.

"글쎄."

"뭐야? 답지 않게 얼버무리고."

"동인에 아직 적응이 잘 안 돼서 그래. 별거 아니야. 신경 쓰지 마."

정말이라는 듯 이연이 어깨를 으쓱했다. 더 물어봐야 속내를 훤히 드러내지 않을 걸 알기에 서경이 고개를 끄덕여 동조해 주었다. 뭔가 확실해지거나 정리가 되면 알아서 알려줄 것이다. 늘 그래 왔듯이.

❖

어제 서경을 도와주느라 늦게 귀가한 터라 잠을 많이 자지 못했다. 그래도 마음이 가벼워 그런지 전날보다 피곤은 덜했다. 원룸 밖으로 나서던 이연이 주변을 두리번거리며 살폈다. 혹시 또 현준이 찾아와 기다리진 않을까 싶어서였다.

길목으로 나와 몇 발 걸어도 자신에게 다가오는 기척은 느껴지지 않았다. 물론 현준의 차도 보이지 않았다. 이연은 현준의 막무가내식 들이댐이 불쾌하다면서 내심 기대를 했던 것 같아 조금 무안해졌다. 괜히 머쓱해진 이연이 목 뒤를 쓱쓱 문지르며 성큼성큼 버스 정류장으로 걸어갔다.

"하다 마는 건 또 뭐야. 사람 마음만 들쑤셔 놓고. 하여튼 멋대로라니까."

언제 비가 왔었나 싶게 거리는 물기 하나 없이 바짝 메말라 있었다. 대신 바람은 조금 서늘했다. 바람에 흩날린 머리카락을 귀 뒤로 넘기며 이연이 낮게 투덜거렸다.

늘 걷던 거리가 오늘따라 묘하게 쓸쓸했다.

고작 하루.

그와 함께 출근한 것 때문에 이런 기분을 느낀다는 게 또다시 이연의 기분을 차갑게 내려 앉혔다. 버스 정류장에 도착해 무심히 도로를 바라보고 섰다. 오가는 차들을 바라보고 선 이연의 머릿속으로 문득문득 그와 만났던 날의 일들이 떠올랐다.

폭우가 쏟아지던 날. 자신을 위해 기꺼이 방패막이가 되어주었던 현준은 아마도 이연을 단번에 알아본 듯했다. 제법 오랜 시간이 지났음에도 불구하고, 이연이 그랬던 것처럼 그도 그녀를 오래토록 잊지 못했던 건 아닐까. 생각은 깊이를 품고 흘러 어느새 그와 묘한 동질감으로 묶이게 만들었다.

"쓸데없는 망상이야."

이연은 머리채를 흔들어 부질없는 생각을 떨쳐 냈다. 버스가 도착해 멈춰 섰다. 이연이 타야 하는 버스였다. 버스에 올라 습관처럼 뒤쪽 좌석에 앉았다. 햇살 가득한 거리를 바라보며 창가에 시선을 두었다. 그러다 인기척에 흠칫하며 옆자리를 돌아봤다. 아주머니 한 분이 이연의 옆자리에 앉았다. 다시 고개를 창가로 돌리는 이연의 입안이 씁쓸했다.

고작 며칠.

그것 때문에 흔들리는 건 말도 안 된다.

버스에서 내려 병원으로 올라가는 길목을 따라 걷던 이연의 눈에 낯익은 승용차 한 대가 보였다. 절로 이연의 눈이 승용차에 머물렀다. 그녀의 걸음이 느릿해졌다. 차창으로 운전석에 앉은 현준의 모습이 보였다. 자신을 지나쳐 병원 주차장으로 향하는 차를 멍하니 바라보다 헛웃음을 터트렸다.

"하아. 강이연. 너 오늘 정말 왜 이러니."

현준이 저를 발견하고 차라도 멈춰 말을 걸 줄 알았나 보다. 긴장하며 어떤 말을 할까 혼자 그 짧은 순간 수십 가지 생각을 했던 것이 민망할 지경이었다. 그가 계속 밀어붙이겠다고 했던 말을 자신이 아주 당연시 여기고 있었음을 이연은 그제야 깨달았다.

공주병이 도졌나 보다 스스로를 힐책하며 이연이 정문을 통과해 병원 건물로 향했다. 터벅터벅 걸음에 힘이 없었다. 시선도 발끝을 향했다. 한숨을 내쉬며 고개를 든 이연의 눈앞으로 손 하나가 나타났다.

"문은 이쪽입니다."

발끝만 보며 걷다 하마터면 기둥에 부딪힐 뻔했다. 무수히 많은 출입구 중에 하필이면 왜 그 사이에 놓인 기둥 앞으로 걸어간 건지. 은은히 풍기는 향기만으로도 손의 주인이 누군지 알기에 이연은 더욱 그런 자신이 원망스러웠다. 이연이 아랫입술을 깨무는 사이 현준이 손을 거뒀다. 살짝 이마에 닿았다 떨어지는 손끝의 촉감이 따스한 여운을 남겼다.

"잠을 제대로 못 주무신 모양입니다."

"조금."

"그럼 그다지 상쾌한 아침은 아니겠습니다."

"뭐…… 그런 셈이죠."

"일부러 저녁 배웅도 아침 마중도 안 갔는데. 그게 무의미하게 된 것 같습니다."

"네?"

나란히 병원 로비를 걸으며 현준이 건넨 말에 무심히 답하다 이연이 고개를 번쩍 들었다. 자신을 바라보는 이연을 지그시 마주하고 현준이 부드러운 미소를 머금었다.

"차라리 참지 말고 같이 갈걸. 아침 일찍 데리러 갈걸."

"……."

"이왕 못 잘 잠이었으면 그럴 걸 그랬습니다."

현준이 고개를 돌려 엘리베이터 앞으로 걸어가 버튼을 눌렀다. 병원 직원들과 인사를 나누는 그를 멍하니 바라보다 이연도 그 곁으로 걸어갔다. 그리곤 애써 아무렇지 않은 척 숨을 깊게 들이쉬며 설레어 뛰는 심장을 다스렸다. 엘리베이터 문이 열리고 사람들과 함께 안으로 들어서던 현준을 누군가 숨 가쁘게 불렀다.

"장현준 과장님, 좋은 아침입니다!"

약간의 콧소리를 섞어 현준에게 상큼한 인사를 건네는 여자의 얼굴이 이연은 어쩐지 낯이 익었다. 현준이 가볍게 목례를 하며 옅은 미소를 지어 보이는 게 이연의 눈에 선명하게 비쳤다. 냉큼 현준의 옆을 차지하고 선 여자는 전날 화장실에서 봤던 간호사 중 하나였다. 현준에게 받아줄 때까지 대시를 하겠다고 선언하던 그 간호사였다.

"어제 잘 들어가셨어요? 비 온 뒤라 도로가 미끄러웠을 텐데."

"네."

"전 하마터면 사고날 뻔했어요. 빗길이라 평소보다 더 천천히 가야 하는데 저도 모르게 습관이 돼서 막 밟았거든요."

거의 혼자 조잘거리던 간호사의 말은 엘리베이터 문이 다시 열리면서 잠시 멈췄다. 2층에서 내리는 사람은 많지 않았다. 대신 위층으로 올라가는 사람들이 더 많았다. 사람들이 올라타자 안쪽으로 이연이 밀렸다. 그런 이연의 등을 현준이 조심스럽게 감싸 앞으로 이끌었다.

"우린 3층에서 내리니까 앞에 서 있는 게 좋습니다."

"네."

자연스럽게 간호사는 이연의 뒤로 밀려났다. 현준이 이연의 등을 감쌌던 팔을 자연스럽게 내렸다. 3층에서 이연과 현준이 나란히 내렸다. 닫히는 문 사이로 간호사의 의아한 시선이 느껴졌지만 현준은 전혀 신경 쓰지 않는 눈치였다. 오히려 이연이 뒤통수가 따끔거려 머리를 매만졌다.

"너무 무리하지 마십시오."

그 말을 끝으로 현준이 자신의 진료실 문을 열고 안으로 사라졌다. 간호사들과 소아청소년과 의국 사람들의 인사를 받으며 제 진료실 앞에 도착한 이연이 고개를 갸웃했다. 그리곤 현준의 진료실을 돌아봤다. 한참을 그렇게 그의 진료실 문만 바라보며 서 있었다.

기분이 이상했다.

❖

하루에도 몇 번은 마주치던 은결을 오늘은 이상하게 볼 수가 없었다. 어쩐지 자신을 일부러 피하는 듯한 느낌을 강하게 받았지만 이연은 그것을 가뿐히 무시했다.

가운을 받기 싫어 그런 모양인데. 그건 얌전히 싸 들고 가서 극장표와 교환할 테니 문제없었다. 남은 주말 동안 열심히 가운의 장미를 뜯어내야 하는 건 그의 운명이었다.

「2시에 극장 앞에서 봐요.」

퇴근 무렵 은결에게서 메시지가 왔다. 문자 하나만 달랑 보내고 끝이라니. 이연이 고개를 절레절레 흔들며 휴대폰을 챙겨 넣었다.

퇴근 준비를 하고 병원을 나서면 12시 반이 넘는다. 대충 점심을 먹고 가면 충분히 가능한 시간이었다. 이연은 병원 근처 대신 극장 가까이에서 식사를 해결하기로 했다. 극장이 있는 곳은 번화가였고 먹을거리도 많았다.

지하철을 타고 이동해 번화가에 도착한 이연은 간단히 브런치로 점심을 해결하기로 했다. 7년 동안 이곳도 많이 변했다. 거리를 걷다 적당한 브런치 카페를 찾아 들어섰다. 프로방스풍의 인테리어가 마음에 들었다. 카페 안은 제법 사람들이 많았다. 1시가 다 되었으니 그럴 만도 했다.

"혼자 오셨어요?"

"네."

자리에 앉자 다가온 직원이 글라스에 물을 따르며 물었다.

"그럼 지금 주문하시겠어요?"

"팬케이크 브런치 하나 주세요."

이연은 메뉴판의 맨 위에 있는 것을 시켰다. 주로 그런 것들은 메인인 경우가 많았고. 실패할 확률도 적었다.

"네. 팬케이크 브런치 하나 준비해 드리겠습니다."

음식이 나오길 기다리며 창밖을 바라보던 이연을 누군가 조심스럽게 불렀다.

"저기, 혹시."

이연이 고개를 돌려 마주하자 여자가 저만치 앉아 있는 일행에게 맞다는 신호를 보냈다. 이연이 의아해하며 일행과 여자를 번갈아 봤다. 그러다 기억 속 얼굴들을 떠올리곤 미간을 살짝 찌푸렸다.

"너, 강이연 맞지?"

"어."

"이게 얼마 만이야? 진짜 오랜만이다. 그동안 어떻게 지냈어?"

온갖 명품으로 치장한 여자는 고등학교 동창 중 하나였다. 이연이 명문이라 이름난 사립여고를 다녔던 만큼 그녀의 동창들도 주로 이름깨나 하는 집안의 자제들이었다. 그중 일부만 서경처럼 평범한 집안에서 자란 경우였다.

서경도 이연의 비호가 없었다면 아마 학교 생활이 무척 힘들었을 것이다. 유치한 돈 자랑이 취미 생활인 이 애들의 등쌀에 못 이겨서.

그때 서경을 감싸는 이연을 눈엣가시처럼 여기던 애들이었다. 그러니 지금의 만남이 달가울 리 없었다. 돈 자랑하기 바쁜 애들이 왜 여기에 와서 앉아 있을까. 이연이 속으로 투덜거렸다.

"혼자 왔어?"

"응."

제발 빨리 사라져 주길 고대했지만 제인이라고 기억되는 여자는 쉽게 물러날 기미가 없었다. 딱딱하게 끊어 답하는 이연을 마주하고도 제인은 눈 하나 깜빡하지 않았다.

"그럼 우리랑 같이 합석하자. 우리도 조금 전에 들어왔거든. 다 알지?"

제인이 일행의 테이블 쪽을 가리켰다. 이연이 깊은 숨을 내쉬며 단호하게 거절했다.

"미안. 뒤에 약속이 있어서 빨리 먹고 가야 해."

"어머. 섭섭하다, 야. 오랜만에 만났는데."

"그러네."

"약속은 누구?"

제인이 자리로 돌아가지 않고 이연의 앞자리에 앉았다. 두 눈 가득 호기심과 조롱이 들어찼다. 뭔가 놀릴 거리를 찾아 번뜩이는 그 눈을 이연은 무심하게 마주했다.

"같은 동료."

"동료? 아직 병원에서 근무해?"

"응."

"그때 그 사람은 아니지?"

물을 마시려 잔을 들던 이연의 손이 멈칫했다. 슬쩍 떠보는 말에 거론된 그 사람이 누군지 알 것 같았다. 이연이 침착하게 물을 머금었다. 물을 마셨음에도 목 안이 비쩍 말라 타들어갈 것만 같았다. 답 없이 물을 들이켜는 이연을 보며 제인이 입가를 비릿하게 치켜올렸다.

알고 묻는 게 확실한 질문이었다. 그런 것에 상처받은 것처럼 보이기 싫었다.

"같이 일하는 동료 의사야."

"아아. 그래도 의사네?"

빈정거리는 것이 확실한 말이었다. 이연이 쏘아보듯 차가운 눈빛으로 제인을 마주했다. 제인이 은근슬쩍 시선을 피하며 제 일행에게 의미심장한 눈빛을 보냈다.

짜증이 났다. 브런치고 뭐고 자리를 박차고 뛰어나가고 싶었다. 먹어도 제대로 소화가 될 것 같지 않았다. 하지만 한편으론 그러면 이 애들에게 영원히 웃음거리로 남을 것 같아 그러고 싶지 않았다.

이연이 갈등하는 사이 테이블 위로 그녀가 주문한 음식이 나왔다. 이연의 앞에 하나가 놓이고 또 하나가 맞은편에 놓였다. 이연과 제인이 동시에 음식을 내려놓은 직원을 올려다봤다. 직원이라고 생각했는데 아니었다. 이연의 눈이 동그랗게 떠졌다. 제인의 얼굴에 의아함이 떠올랐다.

"늦지 않아서 다행이다."

감미로운 목소리와 함께 현준이 이연의 어깨에 제 손을 올려놓았다. 그리곤 그녀를 지그시 마주 보며 다정히 물었다.

"같이 먹을 수 있어서 좋다. 그렇지? 이연아?"

이연은 뭐라 할 말을 찾지 못하고 눈만 깜빡거렸다. 은결처럼 현준이 불쑥 예상 못한 순간 눈앞에 나타났다. 평소와는 다른 친근하기 그지없는 말투로 그녀의 이름을 부르면서. 이 상황이 도저히 믿기지 않아 이연이 입을 열어 물으려는 찰나 그의 얼굴이 코앞으로 다가왔다. 제 입술 위에 머문 현준의 입술이 달싹였다.

"잠시 실례하겠습니다."

그 말이 끝나기가 무섭게 현준의 입술이 이연의 입술에 닿았다. 부드럽게 그녀의 입술을 머금은 현준이 아쉬운 듯 입술을 떼며 멍해 있는 그녀의 귀에 낮게 속삭였다.

"밥값은 지금 받은 걸로 하겠습니다."

그가 상체를 들어 다소 충격받은 얼굴로 앉아 있는 제인을 돌아봤다. 제인은 그가 누구인지 잘 아는 눈치였다. 하긴 한때 마담뚜의 수첩 맨 위에 있던 현준을 모를 리 없었다. 게다가, 그 현준이 이연과 결혼한다는 소문이 나돌았을 때 가장 배 아파 했던 것이 제인이었다.

결혼이 무산됐다는 말에 그를 만나려고 온갖 수를 다 써봤지만 무용지물이었다. 그러다 적당히 수준을 맞춰 아버지와 같은 사업가 집안의 남자와 결혼했다. 그럭저럭 살 만했지만 결국은 쇼윈도 부부에 가까웠다.

늘 현준이 아깝게 느껴지던 제인이었다. 그런 그가 지금 눈앞에 있었다. 그것도 이연을 마치 연인처럼 대하며 그녀의 입술에 키스까지 했다.

"친구끼리 만남은 다음에 하시면 안 될까요. 이연이가 지금 배가 몹시 고플 것 같은데. 저희가 식사 후 영화를 볼 계획이라 서둘러야 해서요."

"아. 네."

현준이 자리를 비워달란 말을 돌려서 했다. 눈치껏 일어난 제인이 어색하게 웃으며 이연에게 인사를 했다.

"이연아, 우리 다음에 또 보자."

이연은 마주 인사를 건네지 않았다. 아니, 그럴 정신이 없었다. 그녀는 사랑에 빠진 사람처럼 현준만 바라보고 있었다. 무시당한 것 같아 배알이 꼬였지만 제인은 고상한 척 현준에게 고개를 숙여 보이며 자리를 벗어났다.

"……여긴 어떻게 왔어요?"

눈앞에 있는 그가 믿기지 않아 물었다. 현준이 어깨를 으쓱하며 별스럽지 않게 답했다.

"적당히 먹을 게 없나 찾다가 이연 씨가 보여서 들어왔습니다. 공짜 점심 먹을 수 있게다 싶어서."

"아니. 제 말은."

"보기 좋은 떡이 맛도 좋다던데. 이거 참 맛있을 것 같습니다."

현준이 제 앞에 놓인 접시에서 팬케이크를 잘라 포크로 찍었다. 그리곤 그것을 이연의 입 앞에 가져갔다.

"서두르는 게 좋습니다. 아니면 식사도 제대로 못하고 가야 할 겁니다."

"어디를요?"

그녀가 입을 벌린 틈을 타 팬케이크를 입에 넣어주며 현준이 당연하다는 듯 말했다.

"조금 전에 들으셨을 텐데. 저와 영화 볼 거라고 말입니다."

"제가요?"

"물론 이연 씨와 단둘이서 보게 될 겁니다."

그러면서 현준이 재킷 안주머니에서 표를 꺼내 보여주었다. 어제 은결이 들고 있던 표였다. 이연이 표에서 시선을 옮겨 자신을 바라보자 현준이 태연하게 팬케이크를 썰어 입에 넣었다. 어서 먹으라는 눈빛을 이연에게 건네며.

의심 가득한 눈빛으로 그를 흘겨보다 이연도 포크와 나이프를 들었다. 어찌 된 영문인지는 몰라도 일단 시켜놓은 건 먹어치우자는 생각에서였다. 체할 것 같던 속이 시원한 게 뚫린 것처럼 현준이 준 팬케이크의 목 넘김이 꽤 괜찮았다. 아니, 아주 맛있었다. 고소하게 씹히는 맛이 제법이었다.

열심히 브런치를 즐기는 이연을 현준이 조심스럽게 바라보았다. 이연의 입술이 오물거릴 때마다 그의 마음이 묘하게 일렁거렸다. 두근거리며 빠르게 뛰는 제 심장 소리를 들으며 현준이 아랫입술을 살짝 깨물었다. 아직 제 입술에 닿았던 이연의 입술 감촉이 생생하게 느껴졌다.

두근두근.

그 짧은 입맞춤에 이렇게 심장이 미친 듯이 뛰게 될 줄은 그도 미처 몰랐다.

에필로그 셋

이연의 마음을 얻기 위해선 고도의 전략과 약간의 밀당이 필요했다.

현준은 아침 일찍 일어났음에도 불구하고 이연에게 가지 않았다. 마치 매일매일 자신의 차로 출근을 시켜줄 것처럼 여운을 남긴 것치곤 매우 냉정했다. 대신 옷을 고르고 머리를 매만지는 데 엄청난 공을 들였다.

이것저것 멋들어진 슈트를 꺼내 늘어놓고 어떤 것을 입을지 고민했다. 하나를 골라 입었다가 아닌 것 같아 벗고, 다른 것을 입었다. 그 일은 아주 여러 번 반복했다.

로맨틱함이 묻어나는 세련된 스타일의 슈트를 골라 와이셔츠에 커프스까지 맞춰 꼈다. 드레스 룸을 나서기 전 전신 거울에 이리저리 몸을 비춰봤다. 자신이 선택한 드레스 코드가 꽤 마음에 들었다.

병원으로 올라가는 길에 힘없이 걷고 있는 이연을 발견했다. 반가움에 저도 모르게 차를 세울 뻔했지만 현준은 그것을 꾹 눌러 참고 주차장까지 직진했다. 차를 세우고 병원 건물로 바삐 걸어갔다. 다행히 이연이 그보다 늦게 문 앞에 당도했다. 그런데 바닥만 보며 문이 아닌 곳으로 걸어가고 있었다.

현준이 서둘러 팔을 뻗었다. 그녀가 부딪히기 직전에 멈췄다. 현준의 손이 문의 기둥과 이연의 얼굴 사이에 머물렀다. 그를 빤히 올려다보는 이연의 시무룩한 말에 현준은 제 속마음을 살짝 내비쳤다. 그의 진심에 그녀의 마음이 흔들리는 게 느껴졌다.

퇴근 시간이 가까워 오자 은결을 협박해 이연에게 문자를 보냈다. 물론 은결의 휴대폰으로 보낸 것이었다.

그리곤 병원을 나서는 그녀의 뒤를 적당히 거리를 둔 채 뒤따랐다. 지하철을 택한 그녀와 같은 칸에 탔지만 그녀는 현준을 전혀 눈치채지 못했다. 번화가의 거리를 걸으며 이연이 음식점의 간판을 유심히 살폈다.

점심을 해결하려는 모양이었다. 그녀가 지나간 행로를 따라 그녀가 보던 곳을 현준이 바라보았다. 그로 인해 그녀의 취향을 유추해 볼 수 있었다. 프로방스풍의 브런치 카페 앞에 이연이 멈춰

섰다. 메뉴를 확인하고 인테리어를 살핀 이연이 안으로 들어섰다. 현준이 조금 전 이연이 있던 곳에 섰다.

창으로 이연이 자리에 앉는 것이 보였다. 바지 주머니에 가만히 손을 넣고 현준은 그녀를 바라보았다. 주문을 마친 그녀의 곁으로 누군가 다가와 아는체를 했다. 이연의 표정이 좋지 않았다. 그리 달가운 인물이 아닌 듯했다.

현준이 안으로 들어서 몰래 직원을 불러 이연의 일행이라 말하며 같은 것을 주문했다. 그리곤 그녀의 목소리가 들리는 곳에 서서 둘의 대화를 엿들었다. 여자의 의도는 확실했다. 이연의 기분을 상하게 해서 자신의 기분을 업시키는 것.

지켜보던 현준의 눈이 서늘해졌다.

그가 주문한 것을 내오던 직원에게서 접시를 건네받았다. 그리곤 망설임 없이 이연의 테이블로 다가갔다.

여자의 의도를 역이용해야겠다. 여자의 콧대를 눌러 기분을 다운시키고 이연의 기분을 좋게 만들어줘야지.

접시를 내려놓는 현준의 입매가 의미심장한 미소를 띠며 말려 올라갔다.

「제가 인생은 타이밍이라고 했던 말 기억하시죠? 그날 그 제인이란 여자가 제게 아주 기막힌 터닝 포인트를 제공한 셈인데. 간접 키스 이후에 그녀의 입술에 직접 키스를 할 수 있는 적절한 타이밍을 찾고 있었거든요. 그때가 딱이었죠. 이연 씨의 마음도 확인할 수 있었고. 제 사랑도 다시 한 번 각인시킬 수 있었고. 어떻게 보면 저에게 다시 못 올 기회였던 셈입니다. 스토킹이요? 아니죠. 제가 그녀를 따라다닌 건 보호 차원에서 그런 겁니다. 내 여잔 내가 지켜야죠.」

―2015년 이연을 스토킹하며 그녀에게 다가갈 방법을 구상 중인
위험한 남자 현준의 인터뷰 중.

4

서경이 영화를 좋아하는 편이라 이연은 쉬는 날 자주 극장을 찾
곤 했다.

원래 배우가 꿈이었던 서경은 연극이나 뮤지컬도 무척 좋아했
다. 그로 인해 뜻하지 않게 이연이 문화생활을 즐기게 되었다. 친
구 따라 강남이 아니라 이연은 주로 극장을 찾았다. 하지만 VIP
상영관은 처음이었다. 드라마에서나 보던 곳을 자신이 오게 될 줄
은 몰랐다. 그것도 현준과 함께 올 줄은 꿈에도 생각지 못했다.

직원의 안내를 받아 도착한 상영관의 문이 열리자 이연의 눈이
동그래졌다. 그리 작지 않은 공간에 단 두 개의 좌석과 하나의 테
이블이 놓여 있었다. 의자는 고급 가죽 소재의 편안해 보이는 스

타일이었다.

세련된 스타일의 투명 테이블 위에는 와인과 잔이 놓여 있었고, 예쁜 모양의 먹음직한 카나페도 함께 세팅되어 있었다. 바닥엔 레드 카펫을 깔아놓아 품격을 높였다.

두 사람에 20만 원이란 말이 농담인 줄 알았는데 과연 그럴 만하다는 생각이 들었다. 물론 분위기는 있어 보이지만 절대 제 돈 주고는 오지 않을 곳이기도 했다. 울며 겨자 먹기로 강매를 당해 산 것이라 아무나와 볼 수 없다던 은결의 말이 이해가 갔다.

어장 관리만 잘했어도 원하는 상대와 기분 좋게 데이트를 할 수 있었을 텐데. 상영관에 들어와 보니 다 차였다고 제발 같이 가달라고 매달리던 은결이 조금 측은해졌다.

"좌석이 둘만 있을 줄은 몰랐어요."

레드 카펫을 밟아 상영관 안으로 걸어 들어가며 이연이 말했다.

"단둘이 볼 거라고 말했는데."

"그게 이런 의민 줄 몰랐죠."

이연이 먼저 자리에 앉는 걸 보고 현준이 그 옆에 나란히 앉았다. 둘이 자리에 앉고 얼마 있지 않아 암전이 되었다. 스크린에 영상이 떠오르기 전 아주 짧은 순간 이연이 숨을 멈췄다. 둘만 있는 공간에 어둠이 찾아들자 갑자기 긴장이 되어 절로 그런 것이다.

가죽 의자의 작은 소리에도 귀가 민감하게 반응했다. 팔만 뻗으면 닿을 거리에 그가 있었다. 그 사실이 새삼 이연을 긴장시켰다.

영화는 광고 없이 바로 시작되었다.

"와인 드시겠습니까?"

현준이 그녀 가까이 상체를 기울여 귓가에 낮게 속삭였다. 둘만 있어 굳이 귓속말을 하지 않아도 되었지만 혹여 이연이 영화의 장면을 놓칠까 그가 배려해 그런 것이다.

"네. 주세요."

마시라고 있는 걸 굳이 마다할 이유는 없었다. 현준이 능숙하게 와인을 따 잔 두 개에 적당히 따랐다. 와인을 바구니에 넣고 현준이 잔을 들어 이연에게 건넸다. 이연이 잔을 받아 들자 현준이 가볍게 제 잔을 부딪쳤다.

"좋은 시간 되시길."

솔직히 이연은 와인의 맛이 어떤지 제대로 느낄 수가 없었다. 와인을 머금어 맛을 음미하며 스크린으로 시선을 돌린 현준을 힐끔거리느라 온 신경이 그쪽에 쏠려 있었다. 아니, 정확히는 현준의 입술에 시선이 붙들렸다. 와인의 잔해가 남아 촉촉이 젖어든 입술이 유독 섹시해 보였다.

그래서 이연은 지금 영화가 무슨 내용인지 어떤 장면이 나오고 있는지 알지 못했다. 아무런 소리도 들리지 않고 아무런 맛도 느낄 수 없는 것처럼. 그녀의 모든 것은 거짓말처럼 현준에게 머물러 있었다.

현준이 그녀의 시선을 느꼈던지 고개를 돌렸다. 시선이 맞물리자 이연이 시치미를 떼며 스크린을 보았다. 놀라 심장이 뛰고 입 안이 말랐다. 이연이 와인 잔을 입에 가져가는 모습을 이번엔 현준이 지그시 바라보았다.

대놓고 자신을 빤히 보고 있는 현준을 이연이 곁눈질로 힐끔거렸다. 그가 팔걸이에 손을 올려 얼굴을 괬다. 이연을 향한 시선을 거두지 않은 채였다. 한순간도 시선을 떼지 않고 바라보는 통에 이연의 목으로 마른침이 넘어갔다.

"왜요?"

이연이 참지 못하고 그를 돌아보며 물었다.

"지금이 이연 씨를 마음껏 볼 수 있는 기회인 것 같아서 작정하고 보는 중입니다."

"……."

"보면서 생각해야겠습니다."

"뭘요?"

"당신이 저를 받아들일 수 있는 방법이 뭘까 고민해 봐야겠습니다."

"……있을까요? 방법이?"

"기회를 주시면 방법을 찾을 수도 있을 겁니다."

"어떤 기회요?"

온전히 자신을 바라보며 묻는 이연의 눈을 현준이 진중하게 응시했다. 그가 들고 있던 잔을 테이블에 올려두고 이연을 향해 손을 내밀었다. 이연이 갸웃하며 잔을 건네자 현준이 받아 제 잔 옆에 두었다. 그리곤 다시 손바닥이 보이게 이연 앞에 펼쳤다.

"뭐죠?"

"손. 잡아도 되겠습니까?"

허락을 구하는 말에 이연이 그를 말없이 바라보다 시선을 내렸다. 제 손을 다 덮고도 남을 커다란 손이 뭔가를 갈구하는 모습으로 자신 앞에 놓여 있었다. 손바닥의 세밀한 부분까지 그녀의 눈속에 담겼다.

"언제는 허락받고 잡았던 것처럼 말하네요."

쉬이 손을 주지 않고 이연이 덤덤히 말했다. 그녀의 손은 의자에 가려진 채 옷자락을 꽉 움켜쥐고 있었다. 손바닥에서 후끈거렸다. 진땀이 나는 것 같았다. 그를 내색하지 않고 이연이 시선을 들어 그의 두 눈을 마주했다. 현준의 입꼬리가 부드럽게 호선을 그렸다.

"손은 처음입니다."

"네?"

"손목은 잡아봤지만 손은 잡아보지 못했습니다."

그거나 이거나 뭐가 다르냐고 말하려 했다. 하지만 곧 아주 많이 다르다는 걸 깨달았다. 그에 말문이 막혔다. 손목은 맞잡을 수 없지만 손은 맞잡을 수 있었다. 더 많은 결속력을 느낄 수도 있었다. 심장이 느끼는 부담도 이쪽이 훨씬 컸다.

"손은 왜요?"

이연이 질문의 방향을 틀었다. 현준이 손을 거두지 않은 채 차분히 입을 열었다.

"손을 잡아보면 제 마음이 전해질 테고, 그럼 이연 씨 마음이 흔들릴 겁니다."

"어떻게 확신하시죠?"

"그건 잡아보시면 아실 겁니다."

"제가 이런 꼼수에 넘어갈 만큼 아둔해 보이시나요?"

"겁나십니까?"

"겁이 왜 나요?"

"그 뻔한 꼼수에 마음이 흔들릴까 봐."

반드시 그렇게 될 거라는 확고한 믿음이 현준의 두 눈에 담겼다. 이연의 미간이 미미하게 꿈틀거렸다. 자신의 속내를 훤히 내다보는 그의 말에 당황스러웠다. 하지만 이연은 겉으론 의연한 척 담담하게 대처했다.

"그럴 리가요."

이연이 손을 올렸다. 그리고 우아하게 현준의 손바닥 위에 손가락 끝부터 내려놓았다. 자신을 바라보는 현준의 눈빛이 조금 더 짙어졌다. 그의 입술이 솜사탕처럼 달콤하게 사르르 말려 올라갔다. 이연의 손이 미끄러지듯 천천히 그의 손바닥을 타고 흘러 맞물렸다. 손을 타고 흐르는 짜릿한 전류를 둘 다 느꼈다.

무언가 설레고 아련한 묘한 기류가 둘 사이에 흘렀다.

현준이 맞물린 손을 움직였다. 그녀의 손가락 사이사이 제 손가락을 끼워 넣었다. 족쇄를 채우듯 꽉 움켜잡는 손의 압력에 이연이 움찔거렸다. 다시는 이 손을 놓지 않겠다는 확고한 다짐이 느껴지는 그의 손을 이연은 맞잡지 못했다. 손가락만 접어 그의 손등을 감싸면 되는데. 그 간단한 동작을 이연은 차마 하지 못했다. 그럼 정말 놓지 못하게 될까 봐 솔직히 두려웠다.

"당신이 내게 오는 길이 결코 쉽지 않으리란 걸 압니다."

잡은 손에 시선을 두고 현준이 차분히 입을 열었다. 그를 바라보는 이연의 눈동자가 미세하게 흔들렸다.

"그 길이 힘들지 않게 제가 온 마음을 다해 다듬어놓겠습니다. 삭막한 모랫길도 거추장스러운 자갈밭도 아닌, 들꽃이 한들거리는 아름다운 길이 되도록 노력하겠습니다."

"……."

"그러니까. 한발만 제게 다가와 주시면 안 되겠습니까?"

"……현준 씨."

"저희 어머니."

가장 걸리는 일.

이연의 선택에 큰 부분을 차지하는 인물을 현준이 직접 거론했다. 그도 어느 정도 일의 전말을 안다는 뜻이었다.

솔직히 이연은 그의 어머니를 원망하진 않았다. 처음부터 조건에 맞춘 결혼이었다. 그 조건이 사라진 시점에서 안타까운 마음만으로 결혼을 성사시키려는 사람은 흔치 않았다. 이연이 부모의 입장이었다 해도 그랬을 것이다. 아들 고생시키고 싶어하는 부모는 없을 테니까.

지난 후엔 차라리 잘됐다는 생각도 했었다. 그렇게 결혼을 해서 과연 이연이 견뎌낼 수 있었을까. 자존심과 독기 말고는 남은 것이 없던 때였다. 행여 누가 측은지심에 뭐라 한마디 할라 치면 날부터 세우고 오히려 표독스럽게 쏘아붙이던 그녀였다. 상처에 상처를 더할 뿐인 일을 억지로 할 필요는 없었다.

현준의 모친이 파혼을 선언하지 않았어도 이연이 마다했을 결혼이었다. 죄인처럼 살아야 할 게 분명한 결혼 생활을 상대에 대한 약간의 설렘과 동경만으로 하고 싶지 않았다. 정말 현준과의 결혼을 원했다면 울며 매달렸겠지. 이제 남은 건 현준밖에 없다며 그의 모친을 붙잡고 애걸했을 것이다. 다행스럽게도 둘 사이엔 그렇게 애틋한 감정이 없었다.

그녀는 그때의 일을 한순간도 후회하지 않았다.

여전히 그 마음은 변하지 않았다. 불을 보듯 뻔한 일이었다. 그의 어머니가 어떻게 나올지 이연은 이미 알고 있었다. 그녀도 한때 그런 속물근성을 지니고 있었으므로 그리고 부모가 반대하는 결혼이 빚어내는 일들을 무수히 많이 보아왔기에 자신이 그런 이야기 속 주인공이 되고 싶지 않았다. 그럴 만큼 현준을 사랑하지도 않았다.

이연이 흔들리는 마음을 다잡아 말을 하려는 순간 현준이 먼저 입을 열었다.

"걱정하지 않으셔도 됩니다."

"그건."

"이런 표현이 조금 이상할지 모르지만. 그래도 이 말이 가장 적합할 것 같습니다. 이연 씨가 이길 겁니다. 그 어떤 순간에도 어머니를 이길 수 있습니다."

"이기다뇨? 그게 무슨 말이에요?"

선뜻 이해가 가지 않았다. 핵심은 명확했다. 이연이 그의 모친을 이겨야 결혼이 가능하다는 말은 맞았다. 하지만 완급 조절이 필요한 일이었다. 아들을 사이에 두고 원수처럼 지내지 않으려면. 현준은 그게 가능하다고 지금 말하고 있었다. 그의 모친이 원하는 그 어느 하나도 가지고 있지 않은 이연에게.

"제 어머니가 가장 두려워하는 걸 갖게 될 겁니다."

"그게 뭔데요?"

현준의 눈이 가볍게 감겼다가 떠졌다. 그가 잡은 손을 들어 올렸다. 이연의 눈을 응시한 채 그녀의 손등에 입술을 지그시 눌렀다. 그리곤 현준이 진심 어린 말을 담아 건넸다.

"절 드리겠습니다. 그 어떠한 경우에도 당신의 편이 되어드리겠습니다."

이연은 아무런 말도 하지 않았다. 손등에 닿은 따스한 온기가 온몸으로 퍼져 나가는 것을 외면하지 않았다. 그 떨리는 순간을 묵묵히 가슴에 담아두었다. 그리고 궁금해졌다. 장현준 이 남자가 왜 자신을 이토록 원하는지. 그것이 혹여 죄책감에서 비롯된 감정의 변형인지 정말 그의 말대로 사랑의 시작인지 알고 싶어졌다.

영화가 끝나가도록 둘은 말없이 서로를 바라보기만 했다.

아까우니 마셔 버리자던 와인도 그대로 남았다. 영화에 대해서 기억나는 것이 없었다. 비싼 값을 치르고 갔던 것이 무색하게 둘은 영화에 관심을 두지 않았다.

"영화가 끝났나 봐요."

불이 켜지고 나서야 이연은 스크린이 암전됐다는 걸 깨달았다. 그녀의 낮은 읊조림에 현준이 고개를 끄덕였다. 이연이 먼저 손을 빼려 했고 현준이 순순히 그녀의 손을 놓아주었다. 손이 욱신거렸다. 현준이 너무 꽉 붙잡아 그런 것이다. 그래서 계속 그녀의 손에 여운이 남았다. 지워지지 않는 자욱이 생긴 것처럼.

"나가요. 우리."

자리에서 일어나며 생각 없이 한 말에 이연이 흠칫 놀랐다. 우리라니. 자신이 그 말을 자연스럽게 내뱉었다는 게 믿을 수가 없었다. 솔직히 우리라는 건 아무 때나 가볍게 할 수 있는 우리라는 말이었다. 그것을 현준과 결부시키는 게 이상했다. 그 우리가 단순한 우리가 아닌 것처럼 느껴졌다.

현준이 일어나 그녀의 곁으로 다가섰다. 이연이 급히 계단을 올라갔다. 혼자만의 생각에 붉어진 얼굴을 들키기 싫어서였다.

"저 화장실 좀."

단숨에 계단을 올라선 이연이 문을 열고 사라졌다. 그 모습을 현준이 부드러운 시선으로 바라보았다. 터벅터벅 이연이 밟아 오른 길을 따라 걸으며 현준의 입매가 조금씩 기분 좋게 끌려 올라갔다.

주말엔 좀처럼 집에 있는 일이 없던 상욱이 오늘은 아침부터 거실을 장악하고 있었다.

덕분에 라희도 외출을 못하고 있었다. 주방 일이야 도우미들이 맡아서 하지만 혼자 밥을 먹게 할 수는 없는 노릇이었다. 아침 준비를 하는 도우미들을 지켜보던 라희가 슬쩍 거실 소파 쪽을 살폈다. 상욱이 신문을 펼쳐 들고 읽고 있었다.

"주말에 집에서 무슨 신문이야. 골프나 치러 갈 것이지."

혼잣소리로 투덜거리던 라희의 곁으로 도우미가 쟁반을 들고 다가왔다. 직접 짠 건강 주스 두 잔이 쟁반에 올려져 있었다. 그것을 받아 든 라희가 표정을 바꾸고 거실로 나섰다.

상욱의 사선 방향에 앉으며 라희가 주스를 테이블에 내려놓았다. 그를 보지도 않고 상욱이 손을 뻗어 잔을 들었다. 신문에 시선을 둔 채 주스를 마시는 상욱을 라희가 얄밉게 흘겼다.

"꿔다 놓은 보릿자루도 아니고 고맙다 한마디 말도 안 해요?"

"당신이 한 거 아니잖아."

마시다 만 잔을 내려놓으며 상욱이 무뚝뚝하게 말했다.

"나른 건 나예요."

"무거운 거 나른다고 팔 안 부러졌나 모르겠군."

농담인지 조롱인지 모호한 말을 하며 상욱이 신문을 접어 내렸다. 또다시 잔을 들어 비우는 상욱의 시선은 테이블 위 휴대폰에 닿아 있었다. 자신을 단 한 번도 똑바로 바라봐 주지 않는 상욱의 태도에 라희는 몹시 섭섭했다.

주스를 단숨에 비워낸 라희가 자리를 털고 일어섰다. 마주 보고 앉아 터지려는 복장을 두드리느니 차라리 안 보는 게 속 시원할 것 같았다.

상욱이 마시던 잔까지 뺏어 다시 쟁반에 올리고 자리를 벗어나는 라희의 등에 대고 상욱이 무심한 투로 툭 던지듯 말했다.

"조금 있다 현준이 온단다. 밥 신경 써서 차리라고 해."

"현준이 온대요?"

라희가 반색하며 상욱을 돌아봤다. 상욱이 휴대폰에서 시선을 떼고 소파에 깊숙이 기대 눈을 감았다.

"30분 뒤면 도착하겠네."

"어머, 걔는 왜 나한테 미리 얘기도 안 하고. 현준이 좋아하는 게 있는지 모르겠네."

상욱에게 했던 것과는 사뭇 다른 들뜬 표정과 말투로 라희가 서둘러 주방을 향해 걸어갔다.

"아줌마, 우리 오분자기 사둔 거 있어?"

있을 리가 없는 것을 들먹이며 유난을 떨어대는 라희를 상욱이 실눈을 떠 바라보았다. 잘 들어가지도 않는 주방을 이리저리 헤집고 다니는 라희의 얼굴에 오랜만에 미소가 떠올라 있었다.

아들이라면 사족을 못 쓰는 이였다. 더군다나 제 배 아파 낳은 단 하나뿐인 피붙이였다. 배다른 형제인 현준의 형 정준이를 대하는 것과는 완전히 달랐다.

라희에게 정준은 남보다 못한 존재였다. 마주쳐도 목례만 하는 것이 다였다. 안부를 묻는 건 정말 가뭄에 콩 나듯 드문 일이었다.

물론 라희가 처음부터 정준을 못마땅하게 생각하며 차게 대했던 건 아니었다. 라희가 정준을 경계하며 가시를 세운 건 상욱이 그를 회사의 요직에 앉히고부터였다. 대외적인 후계자로 정준을 명시한 것이 분명했기에 라희는 분개했다.

현준이 비록 회사의 경영이나 지분에 아무 관심이 없다고 해도 라희는 아니었다. 정준만 상욱의 자식이냐 왜 현준이에겐 아무것도 주지 않느냐 틈만 나면 따지고 들었다.

그 무렵부터 상욱과의 관계도 틀어졌다. 회사를 잘 이끌어갈 자질 있는 자식에게 기회를 주는 건 당연한 거라 말하는 상욱이 야속했다. 그리고 거기에 아무 이견 없이 따르는 두 아들도 그녀의 속을 사정없이 긁어놓았다.

동생이 철이 없어서 아무것도 필요 없다고 해도 형이 알아 챙겨 줘야 하지 않느냐, 욕심이 그렇게 많은 줄 몰랐다 대놓고 비아냥 거리기도 했다. 그럴 때마다 정준은 기다려 보시라 말했지만 라희 는 당장 손에 쥘 수 있는 물질적인 것을 원했다.

상욱과 정준은 회사를 탄탄하게 만들어 직원 모두에게 이득이 되는 길을 찾는 것이 중요했다. 지금 당장은 재산을 나누고 상속 에 관한 유언장을 작성하는 것이 무의미하다 생각했다. 현준은 한 술 더 떠 저와 회사는 무관하다고 제 살길은 제가 알아서 할 테니 신경 쓰지 말라고까지 했다.

세 남자 사이에서 애타는 건 라희 혼자였다.

평범한 중산층 가정에서 모자람 없이 자랐지만 라희는 욕심이 많았다. 그래서 후처 자리임에도 마다하지 않고 상욱과 결혼을 했 다. 사모님 소리 들으며 일하는 사람 들여 부리고 사는 게 꿈이었 던 그녀에겐 더할 나위 없이 좋은 자리였다.

만족스런 삶에 정준에게도 애정을 쏟았고 현준을 낳았을 때는 기뻐 어쩔할 바를 몰라 했다. 애지중지 키운 아들이 재산엔 티끌 도 관심을 두지 않고 결혼도 하지 않고 독립해 집을 나갔을 때 라 희에게 우울증이 찾아왔다.

아무것도 위로가 되지 않았다. 그녀가 찾은 해결 방법은 현준을 좋은 집안의 여자와 결혼시키는 것이었다. 데릴사위가 되어도 좋다고 여겼다. 모든 것을 가질 수만 있다면. 정준에 못지않은 재산과 지위를 현준이 누릴 수 있다면 그걸로 족하다 여겼다.

헌데 그도 그녀의 마음대로 되지 않았다. 공부에만 매진하던 현준이 바뀌기 시작한 건 아마도 제 어미의 욕심에 자신이 놀아나면 안 된다고 느끼기 시작하면서부터였던 것 같다. 그것이 모두를 망치는 일임을 깨달았기 때문인 듯했다.

현준의 단호한 거절에도 라희의 결혼에 대한 집념은 바뀌지 않았다. 호시탐탐 기회를 엿보며 열심히 마담뚜와 접촉 중이었다. 언제든 현준과 맞는 짝을 찾아 연결하려 안간힘을 썼다. 다 부질없는 짓임을 언제쯤 알려는지 라희를 바라보는 상욱의 시선에 애석함이 담겼다.

띵동 띵동.

인터폰의 벨소리가 들리기 무섭게 주방에 있던 라희가 황급히 달려나왔다. 현준의 얼굴을 확인하고 문을 열어줌과 동시에 그녀가 현관을 나섰다. 직접 대문까지 달려가 현준을 맞이할 생각인 듯했다.

철제 대문을 열고 들어선 현준이 돌계단으로 올라섰다. 정원에 발을 딛기 무섭게 그를 부르는 소리가 들렸다.

"준아!"

현준이 미소를 머금고 자신을 향해 달려오는 라희를 맞았다.

"잘 지내셨어요, 어머니."

"야속하게 왜 이렇게 오랜만에 왔어."

아들을 와락 껴안는 라희의 얼굴 가득 숨길 수 없는 기쁨이 드러났다. 현준이 그런 라희를 마주 안으며 등을 부드럽게 쓸었다.

그동안 라희는 현준의 말을 잘 따라주었다. 단 며칠이었지만 함부로 그의 집에 드나들지도 않았고, 시도 때도 없이 전화를 걸지도 않았다. 삶의 유일한 낙이 아들 보는 거라고 할 만큼 아들에 대한 집착이 강한 그녀였다.

그런 라희에게 참고 견디는 게 얼마나 힘든 일인지 현준은 잘 알고 있었다. 그에 대한 보상을 하듯 현준은 마음을 담아 따스하게 그녀를 보듬었다.

"죄송해요. 조금 바빴어요."

평소에는 더없이 다정한 아들이었다. 단, 자신이 한 말을 따라주지 않았을 때는 가차 없이 그녀를 외면했다. 그렇게 냉정할 때는 자신이 낳은 아들이 맞나 싶을 때도 있었다.

전엔 살갑기만 했던 현준이었다. 라희의 말이라면 웬만한 건 무조건 오케이였다. 그런 아들이 몇 년 전부터 갑작스럽게 변했다. 특히 결혼에 관한 문제에 있어선 타협점을 찾을 수 없을 만큼 철저하게 라희에게 반기를 들었다. 그리고 조금씩 사생활에 대한 간섭도 차단시켰다.

둘 사이가 멀어지는 것도 무서웠고, 이러다 정말 영영 결혼을 하지 않을까 내심 걱정이 되기도 했다. 현준의 성격을 알기에 라희는 되도록 그의 말을 들으려 애썼다. 하지만 그게 또 라희의 성격에는 맞지 않아 너무 힘들기도 했다.

현관으로 걸어가는 동안 라희는 현준의 허리를 감싸 안고 놓지 않았다. 둘이 함께 들어서는 모습을 소파에 앉아 지켜보던 상욱이 낮은 한숨을 내쉬었다. 저리 장성한 아들을 그렇게 품에 안고 싶을까 해서였다. 누가 보면 연인인 줄 알 만큼 애틋했다.

"아버지, 저 왔습니다."

현준이 라희를 다독여 살며시 떼어놓으며 상욱에게 인사를 건넸다. 상욱이 고개를 끄덕이며 현준을 반가이 맞았다.

"그래, 잘 지냈고."

"네. 아버지. 건강은 괜찮으십니까?"

"나야 늘 건강하지. 우선 밥부터 먹자."

"네."

자리에서 일어선 상욱이 먼저 식탁으로 걸어갔다. 그 뒤를 현준이 따르고 라희가 자석처럼 다시 달라붙었다. 자신의 옆자리에 앉으려는 라희를 현준이 먼저 자리에 앉히고 그 맞은편에 가서 앉았다. 라희에겐 언제나 적당한 거리 유지가 필요했다. 받아주면 한없이 자신에 맞춰주길 원하고 현준을 제 마음대로 하려 했다.

"현준이 오랜만이네?"

"네. 아주머니도 잘 지내셨죠?"

"나야 잘 지내지."

"잡담 그만하고 얼른 밥이나 내와요. 우리 현준이 배고프겠네."

나이 지긋한 도우미와 안부 인사를 나누는 것도 못마땅한 듯 라희가 끼어들었다. 저를 곁에 앉지 못하게 해서 마음이 상했던 차였다. 현준이 도우미마저 살갑게 대하자 저와 다를 것이 없는 듯 느껴져 라희는 불쾌했다.

"어머니."

차게 도우미를 몰아붙이는 라희를 현준이 나직하게 불렀다. 그것이 무엇을 의미하는지 알기에 라희가 새침하게 눈을 내리깔고 컵을 들어 물을 마셨다.

도우미 아주머니는 벌써 20년이 넘게 현준의 가족을 위해 일해왔다. 가족과 다름없는 분을 홀대하는 건 현준이 가장 싫어하는 것 중 하나였다. 살뜰히 챙겨주는 분들의 노고에 항상 감사해야 한다고 현준이 늘 라희를 타일러 왔다.

그건 상욱도 마찬가지였다. 무뚝뚝해 별달리 내색을 하진 않지만 집에서 일하는 사람들을 함부로 대하지 않았다. 그래서 그들이 오래토록 이 집에 머물며 성심껏 일하는 것이다.

"현준이 먹일 거라고 어머니가 엄청 신경 써서 챙기셨어."

현준 앞에 그가 좋아하는 오분자기 찌개를 내려놓으며 도우미 아주머니가 사근하게 말해주었다. 그에 사르르 라희의 표정이 풀렸다.

"감사합니다, 어머니."

"뭘 당연한 거지. 어서 들어."

현준의 말에 기분이 좋아진 라희가 즐겁게 수저를 들었다. 현준이 눈짓으로 옆에 선 도우미 아주머니에게 감사의 인사를 대신했다. 오고 가는 눈빛에 정감이 깃들었다. 오래 함께한 만큼 서로에 대해 잘 아는 그들이었다.

서로의 마음도, 라희를 어떻게 대해야 하는지도.

식사를 마치고 다 함께 소파로 자리를 옮겨 차를 들었다. 차를 한 모금 들이켠 현준이 찻잔을 내려두고 상욱과 라희를 번갈아 바라보았다.

"두 분께 드릴 말씀이 있습니다."

상욱은 이미 예상한 일인 듯 담담히 고개를 끄덕였고, 라희는 호기심에 눈을 빛내며 그를 응시했다. 혹여 자신이 원하는 것에 대한 이야기를 하려나 기대하는 마음을 담아.

"사귀고 싶은 여자가 있습니다."

"사귀고 있다가 아니라 사귀고 싶은 여자란 말이냐?"

"네. 결혼을 전제로 만나고 싶은 여잡니다."

"누구? 어느 집 딸이야?"

부자의 대화에 불쑥 끼어들며 라희가 급하게 물었다. 많이 사랑하는 사람이냐가 아니라 배경이 어떠하냐 묻는 라희의 말에 상욱

175

과 현준이 쓰게 웃었다. 참으로 라희다운 질문이었다. 현준이 말머리를 돌렸다.

"두 분도 잘 아는 사람입니다."

"우리가 아는 사람?"

"강이연. 저와 결혼 이야기가 오갔던 아가씹니다."

차분하고 진중한 현준의 말에 상욱이 묵묵히 생각에 빠진 반면 라희는 눈을 부릅뜨고 현준을 직시했다. 제가 뭘 잘못 들은 거라 생각한 라희가 떠보듯 되물었다.

"누구라고? 이름이 낯선데?"

모를 리 없었다. 아니, 잊으려야 잊을 수가 없는 이름이었다. 그럼에도 라희는 그런 이름 들어본 적 없다는 듯 생경한 표정을 짓고 있었다. 그런 라희의 두 눈을 진지하게 바라보며 현준이 한 자한 자 힘주어 말했다.

"강. 이. 연. 제가 결혼하고 싶은 여잡니다."

라희의 눈동자가 흔들렸다. 충격을 받은 듯 일그러지는 라희의 얼굴을 현준은 담담하게 바라보았다. 라희가 고개를 저었다. 절대 그런 일은 있을 수 없다는 듯 라희가 현준을 간절한 눈빛으로 바라보았다.

"아버지, 어머니. 전 이 여자 외에 다른 인연을 원치 않습니다."

"안 돼. 절대 안 돼."

즉시 반대하고 나서는 라희를 상욱이 막아섰다. 그가 손을 들어 라희를 제지하자 라희가 표독스런 눈으로 상욱을 노려봤다. 그를 무시하고 상욱이 현준에게 물었다.

"죄책감 때문이냐?"

라희가 온갖 공을 들여 사돈을 맺으려던 집안의 딸이었다. 부모 상을 당하고 혼자가 된 아이를 매정하게 외면했던 일이 안 그래도 가슴에 남았었다. 그 아이도 원하던 바라고 라희가 말했지만 그 말을 그대로 믿지 않았다.

동인병원이 재산분쟁에 휘말려 친척들 손에 넘어가고, 하루아 침에 모든 것을 빼앗겨 버린 이연이 소리 소문 없이 사라져 버렸 다는 소문이 삽시간에 퍼졌다.

그래도 인연이 될 뻔했던 아이가 신경 쓰여 여기저기 수소문해 봤지만 확실한 소재가 불분명했다. 어디를 떠돌고 있는지 행여 잘 못되는 건 아닌지 걱정스러웠지만 달리 방도가 없었다. 그렇게 해 가 가면서 서서히 기억에서 잊혀가던 아이를 현준이 다시 거론했 다.

"아닙니다."

단호하게 말하는 현준의 얼굴에는 결연함이 깃들어 있었다. 현 준의 성품을 잘 알지만 누군가를 제 인생에 끌어들인다는 게 얼마 나 막중한 책임이 따른다는 것을 알기에 상욱은 신중할 수밖에 없 었다.

무엇보다 제일 큰 문제는 라희였다. 모두가 함께일 때는 누구라도 그 아이의 편을 들어줄 수가 있었다. 하지만 둘만 있을 때 어떤 일이 벌어질지는 누구도 장담할 수 없었다. 또 그 아이와의 결혼이 과연 이뤄질 수 있을지. 두 번 상처를 입히는 일이 되지는 않을지 걱정이 앞섰다.

"결혼은 둘만 하는 게 아니니 신중에 신중을 기해야 한다."

"알고 있습니다."

"난 그 애 반대야."

라희가 팔짱을 끼며 쌩하니 고개를 돌렸다. 절대 뜻을 굽히지 않겠다는 의지를 내보이는 라희를 현준이 담담히 바라보았다. 예상 못했던 일은 아니었다. 상욱이 현준과 라희를 조용히 번갈아 보았다.

이미 선택은 현준이 한 것이고 난관을 극복해야 하는 것 또한 현준의 몫이었다. 상욱은 그 아이를 보듬어주는 것으로 돕는 수밖에 없었다. 라희를 설득하는 건 현준이 해야 할 일이었다. 괜히 자신까지 나섰다간 일이 어긋날 수도 있었다.

"어머니."

현준의 부름에도 라희는 고개를 돌리지 않았다. 현준은 낮고 진중한 어조로 말을 이었다.

"제가 행복해지고 싶어 결정한 일입니다. 자식 이기는 부모 없다는 말처럼 어머니도 제게 져주셨으면 좋겠습니다. 그래야 어머니가 저를 계속 보실 수 있습니다."

협박이었다. 말이 좋아 설득이지 이건 강압적인 협박에 불과했다. 제 말을 들어주지 않으면 다신 현준을 볼 수 없을 거라는.

라희의 눈가가 파르르 떨렸다. 분노로 부들거리는 손을 꽉 움켜쥐고 라희가 현준을 원망스런 눈으로 노려봤다. 그런 라희를 현준이 부드럽게 응시했다.

"어머니도 제게 소중한 사람입니다. 제가 소중한 사람을 잃지 않게 도와주십시오. 제가 행복할 수 있게 도와주십시오, 어머니."

결국은 현준의 뜻대로 될 것이다. 하지만 그리 쉽게 되지는 않을 것이다. 아무도 모르게 이연을 만나 모진 말을 하게 될지도 몰랐다. 이대로 물러나기에는 라희의 마음이 너무 힘들었다.

그동안 얼마나 많은 노력을 기울이며 현준을 보다 좋은 집안의 사위로 보내려고 애썼는데, 그 모든 것들이 한순간에 물거품이 되어 눈앞에서 사라져 버리는 기분은 뭐라 말할 수 없이 절망적인 것이었다.

잘근 깨어 문 라희의 아랫입술에서 핏기가 사라졌다. 그런 라희를 현준이 미동 없이 잔잔하게 바라보았다. 당신에 대한 믿음을 부디 저버리지 말아달라는 간절한 마음을 담아서.

서경에게 주말 오전은 비교적 한가한 시간이었다.

저녁 장사를 하기 때문에 오전엔 주로 식료품을 사거나, 재료 준비를 하는데 보내곤 했다. 오늘은 거래처 쪽에서 물건이 준비가 안 된 관계로 그것도 할 수 없게 되었다. 직접 시장에 나가 구해오면 되지만 서경과 한경은 오랜만에 그냥 마음 편히 쉬기로 했다.

모처럼 맞은 휴무에 서경은 들뜬 마음으로 이연을 재촉해 쇼핑에 나섰다. 놀기 좋아하고 사람 좋아하는 서경은 번화가를 거니는 것을 좋아했다. 아이쇼핑을 겸해 이곳저곳 돌아다녀 보자며 일단 둘이 길을 나섰다.

지하철을 타고 나가면서 둘은 연신 입을 다물지 못했다. 오랜만에 갖는 둘만의 외출이었다. 본격적으로 가게를 차리기 전에는 참 많이도 다녔었다.

이연이 인천에 내려가 있는 동안에 둘은 마치 친자매처럼 매일 붙어 있었다. 한경이 이혼을 하고 서경이 함께 가게를 차리기로 하면서 둘은 떨어져 지내게 되었다. 그러다 이번에 이연이 서울로 다시 올라오면서 같이 살게 된 것이다.

집을 구하기 전 잠시 서경의 집에 있기로 했던 것이 그냥 눌러앉게 되었다. 서경도 혼자인 게 싫었고 이연도 그건 마찬가지였다.

"저거 어때? 나한테 완전 잘 어울릴 것 같지 않냐?"

거의 XL급의 커다란 티를 가리키며 서경이 눈을 빛냈다. 이연이 입을 쩍 벌리며 고개를 저었다.

"너 두서넛은 들어가도 되겠다. 저건 너무 커."

"원래 힙합 스타일은 그렇게 입는 거야."

"힙합이랑 너랑 잘 안 어울려."

"왜? 완전 딱인데."

"넌 몸매도 잘빠졌는데 왜 몸을 자꾸 가려. 다리도 정말 예쁜
데."

"아우. 몸매야 완전 죽여주지. 그 몸매 보고 아찔해서 손님들이
죄다 넋 나가면 어쩌냐. 그럼 우리 장사 종 쳐야 돼."

머리카락을 손끝으로 흩날리며 서경이 잘난 척을 했다. 그런 서
경을 위에서 아래로 쭉 훑어 내린 이연이 고개를 끄덕이며 맞장구
를 쳤다.

"그럼 큰일이지. 우리 장사 오래오래 하려면 너 아주 칭칭 감고
다녀야겠다."

심각하게 말하는 이연을 물끄러미 바라보다 서경이 피식 웃었
다. 이어 이연도 웃음을 터트렸다. 장난도 척척 잘 받아치는 게 궁
합이 아주 잘 맞았다.

"어! 저거! 이연이 너한테 엄청 잘 어울리겠다."

서경이 이연의 손을 잡고 다짜고짜 매장 안으로 이끌었다. 힙합
스타일의 매장 옆에 나란히 붙은 여성복 매장으로 들어선 서경이
마네킹에 입혀진 옷을 가리켰다.

"여기 이거 완전 죽여주지 않냐?"

시폰 소재의 하늘하늘한 연 하늘빛 원피스를 이연이 멀뚱히 쳐다봤다. 예전에 즐겨 입던 스타일이었다. 지금은 단정히 편하게 입을 수 있는 옷을 선호했다. 이연이 고개를 저으며 서경의 팔을 당겼다.

"아니야. 별로다."

"뭐가 별로야. 완전 예쁘구만."

오히려 이연의 손을 더 확 당겨 피팅룸으로 이동하며 서경이 매장 직원에게 말했다.

"언니, 저거 좀 입어봐도 되죠?"

"네. 손님. 여기 걸려 있는 옷 입어보시면 돼요."

직원이 얼른 옷걸이에 걸린 원피스를 서경의 손에 건넸다. 그걸 받아 들고 피팅룸에 이연을 밀어 넣고 옷도 같이 넣었다.

"얼른 갈아입고 나와. 이 언니가 고품격 눈으로 딱 평가해 줄 테니까."

"서경아."

"왜. 내가 벗겨서 입혀줘?"

"야. 너."

"좋은 말 할 때 입고 나와라."

"하아. 정말 못 말려."

"나는 해 뜰 때 바짝 말리면 돼. 그런 건 걱정 말고 옷이나 입고 나와."

"훗. 알았어."

못 이긴 척 이연이 옷을 받아 들고 피팅룸 문을 닫았다. 한 평 남짓의 공간에 홀로 남게 된 이연이 머뭇거리다 원피스를 걸어두고 천천히 옷을 벗었다. 오랜만에 입어보는 원피스였다. 이상하게 가슴이 설레었다. 주책이다 싶어 웃으며 이연이 원피스로 갈아입었다.

이연이 문을 열고 밖으로 나오자 옷을 구경하고 있던 서경이 즉시 곁으로 달려왔다.

"와우. 이봐, 이봐. 간지 완전 죽여준다. 내가 이 옷을 딱 보는 순간 네 거라는 걸 직감했다니까."

"어우. 넌 무슨 그런 솔직한 말을."

"솔직 빼면 시체지 내가 또."

"그래도 이건 좀 그렇다. 어디 입고 갈 데도 없고."

이연이 거울에 비친 제 모습을 보다 고개를 저으며 다시 피팅룸 문을 열려고 했다. 그 손을 서경이 덥석 붙잡았다. 이연이 돌아보자 서경이 단호하게 말했다.

"이 옷 입고 가야 돼."

"어?"

"내가 이미 돈 지불했어."

"뭐? 왜?"

"그동안 무료 봉사한 것에 대한 감사 표시라고 해두지."

"그건 그냥."

"받아둬. 그래야 다음에 또 부담 없이 부려먹지."

"치. 고마워."

계속 마다하는 것도 그래서 이연이 진심으로 고마워하며 미소를 지었다. 서경도 흡족해하며 다시 한 번 이연을 향해 감탄사를 터트렸다. 서경이 엄지를 척 들어 보였다.

서경의 옷을 고르기 위해 매장을 나서던 이연의 핸드백에서 휴대폰 벨소리가 들렸다. 휴대폰을 꺼내 발신인을 확인한 이연이 걸음을 멈췄다. 앞서 걷던 서경이 돌아보자 이연이 웃으며 먼저 들어가 구경하라는 눈짓을 해 보였다.

서경이 다른 매장으로 들어서는 걸 보며 이연이 통화버튼을 눌렀다. 귀에 가져다 대자 곧 현준의 감미로운 목소리가 들려왔다.

[이연 씨?]

"네."

[지금 어디십니까?]

"저 친구랑 쇼핑 중인데요."

[제가 그쪽으로 가도 되겠습니까?]

"네?"

[이연 씨가 보고 싶은데. 가면 안 됩니까?]

현준이 보고 싶다는 말을 이렇게 대놓고 할 줄은 몰랐다. 전화로 듣는 그의 목소리가 색달랐다. 귀로 스며드는 현준의 말은 마치 그가 바로 옆에 있는 것 같은 착각이 들게 했다.

보고 싶다.

볼 수 없어 더욱 보고 싶다.

그의 마음이 이연에게 고스란히 전해졌다. 지금 이연의 마음이 묘한 설렘을 담아 떨리는 것처럼 현준의 마음도 그럴까 알고 싶었다. 이연이 떨리는 심장에 손을 올려 지그시 눌렀다. 그녀가 크게 숨을 들이쉬며 작게 입을 달싹였다.

"네."

[어떤…… 의미입니까. 그 말.]

그답지 않게 조심스런 물음이었다. 행여 그녀가 거절을 하는 것일까 봐 걱정하는 눈치였다.

"오세요. 저한테."

한번 열린 입은 또다시 그에게 손을 내밀고 있었다.

"지금."

휴대폰을 쥔 이연의 손에 힘이 깃들었다. 그녀의 심장이 터질 듯 강한 떨림을 일으켰다.

그냥. 그냥.

영화 보여준 값으로 커피라도 한잔 대접하려는 거야. 그냥 그런 맘이야. 그래, 그런 거야.

마음과 다른 말로 자신을 속이는 건 불안함에서 야기된 습관적인 행동이었다. 이연은 현준에게로 열리는 자신의 마음을 다른 식으로 해석하려 애썼다. 그래야만 그가 다가오는 것을 막지 않을 수 있으니까. 그래야 부담 없이 그를 만날 수 있을 테니까.

전화를 끊고 이연은 멍하니 그 자리에 그대로 서 있었다.

현준에게 위치를 가르쳐 주고 자신에게 오라고 한 제 행동이 믿기지 않았다. 정당한 이유를 찾아 열심히 머리를 굴렸던 게 자신이 맞는지도 의문이었다. 분명 무엇에 씌어서 그런 어처구니없는 말을 한 게 틀림없었다. 그렇지 않고서야. 어떻게 그를 불러들일 수가 있을까. 그것도 서경과 함께 쇼핑을 하고 있는 와중에.

"아, 서경이."

생각이 서경에게 미치자 그제야 그녀를 혼자 두었다는 것을 떠올렸다. 이연이 서둘러 서경이 있는 매장으로 들어섰다. 다행히 서경인 옷을 고르느라 정신이 없었다. 이것저것 몸에 대어보며 신이 나 있었다. 이연이 서경의 옆으로 다가갔다.

"어, 통화 끝났어?"

"응."

"이거 어때? 미키 몸에 내 얼굴이 매치되는 컨셉인데. 귀엽지 않냐?"

"어, 괜찮네."

미키 마우스의 몸이 그려진 티를 몸에 대고 좋아하는 서경에게 고개를 끄덕이며 이연이 아랫입술을 깨물었다. 할 말이 있는데 주저하며 망설이는 그녀를 서경이 돌아봤다.

"왜?"

"응?"

"너 나한테 무슨 할 말 있는 거 아냐?"

"⋯⋯어."

"해. 무슨 얘긴데 그렇게 머뭇거려?"

"그게. 있잖아, 서경아."

쉽게 입이 떨어지지 않았다. 현준이 이곳에 온다는 말을 서경에게 어떻게 설명해야 할까. 그리고 그녀에게 어떻게 양해를 구해야할까. 좀처럼 없는 일이었다. 이연은 일을 저질러 놓고 보는 스타일이 아니었다. 그래서 지금 뒷수습이 난감했다.

"누가 좀 오기로 했어."

"누구?"

"병원 사람."

이연답지 않게 이상하게 뜸을 들였다. 그런 이연을 물끄러미 바라보던 서경이 옷을 그대로 내려두고 그녀의 손을 잡고 매장을 나왔다. 그리곤 근처 간이 쉼터로 그녀를 끌고 가 의자에 앉혔다. 이연과 마주 보고 앉아 서경이 싱긋이 웃었다.

이연이 이러는 건 분명 서경에게 미안할 일을 했기 때문이었다. 계획에도 없던 약속을 잡아 서경이 있는 곳으로 누군가를 불렀다면 이연이 말한 병원 사람은 그냥 보통의 직장 동료는 아닐 거라는 감이 왔다.

"썸남이야?"

"응?"

"그냥 동료는 아닐 거 아냐."

"아, 그게."

"나 소개해 주려고 부른 거야? 와아, 강이연. 너 나 배신하고 애인 만들기 있냐?"

"그런 게 아니라."

"아니긴 뭐가 아니야. 딱 분위기가 그런데. 그 사람 좋아해?"

상대가 이연을 좋아하는 건 당연하다는 전제하에 서경이 이연의 마음을 물었다. 무엇보다 중요한 건 그녀가 상대를 어떻게 생각하는가였다. 물론, 이연이 마음이 있으니 그 사람을 부른 거겠지만. 서경은 직접 이연의 입으로 듣고 싶었다.

이연에게 좋아하는 사람이 생겼다는 건 정말 같이 기뻐할 일이었다. 드디어 여태 혼자였던 이연에게 친구 말고 진짜 믿고 의지할 사람이 생기는 거였다.

기대를 듬뿍 담고 있는 서경의 얼굴을 마주하고 이연이 크게 심호흡을 했다. 서경에겐 비밀이 없어야 했다. 늘 자신의 편이 되어주는 고마운 친구였다. 상대가 현준이란 걸 알면 서경이 어떤 반응을 보일지 걱정이 되긴 했지만. 이왕 엎질러진 물이었다.

"장현준 씨 알지?"

"누구?"

"장현준. 나랑 예전에 결혼 이야기 오갔던 사람."

"그 사람이 왜? 설마."

갑자기 현준의 이름을 들먹이는 이연의 말에 문득 생각난 것이 있어 서경이 놀란 눈으로 물었다. 이연이 서경을 응시하며 천천히 고개를 끄덕였다. 서경의 입이 벌어져 다물어질 줄 몰랐다. 서경의 머릿속이 복잡하게 얽혔다.

"잠깐만. 그러니까. 네 말은 그 장현준이란 사람이 지금 여기로 온다는 거야?"

"응."

"전화 통화한 사람이 그 사람이고?"

"응."

"뭐야. 직장 동료라며. 그럼 그 사람이랑 같은 병원에 있단 소리야? 지금?"

"그렇게 됐어."

"와아, 강이연. 너."

서경이 이연의 팔을 덥석 붙잡았다. 이연이 살그머니 아랫입술을 깨물며 난색을 표했다. 그런 이연을 뚫어져라 바라보던 서경이 그녀를 격하게 와락 끌어안았다. 이연의 몸이 크게 휘청거렸다. 이연이 멍한 눈으로 허공을 응시했다. 그녀의 눈이 깜빡거렸다. 이게 무슨 일인지 어리둥절했다.

"내가 너 뭐 있지 싶었어. 축하한다. 드디어 솔로 탈출이구나."

"저기, 서경아."

"난 네가 누굴 택하든 상관 안 해. 너니까. 널 믿으니까. 그 선택 존중해 줄 거야."

"……."

이연의 눈동자가 흔들렸다. 그녀의 입가에 엷은 미소가 머금어졌다. 서경의 등을 마주 껴안아 어루만졌다. 이연이 떨리는 목소리를 애써 억누르며 말했다.

"고맙다, 친구."

"고럼. 난 항상 고마움이 넘실거리는 친구지. 아직 많이 남았다, 고마워할 일들. 기대해라."

"훗. 그래. 아주 많이 기대하고 있을게."

서로를 다독이며 우정을 돈독히 쌓고 있는 와중에 누군가 불쑥 그들 사이로 끼어들었다.

"듬직한 지원군이 생겨서 저도 아주 기쁩니다."

둘이 동시에 소리가 들린 쪽으로 고개를 돌렸다. 언제 왔는지 현준이 그들을 내려다보고 있었다. 서경이 고개를 갸웃하며 현준을 올려보다 눈을 반짝 빛냈다.

"장현준?"

"네. 제가 바로 그 장현준입니다."

"퍼팩트. 끝내주게 잘생겼네."

직설적인 서경의 말에 현준이 부드럽게 입꼬리를 말아 올렸다.

"솔직한 평가 잘 접수하겠습니다. 참고로 거기다 성격도 끝내주게 좋습니다."

"오호. 변죽이 제법입니다?"

"마음에 드셨다니 다행입니다. 이연 씨 친구분께 잘 보이고 싶어서 어떻게 해야 하나 오면서 많이 걱정했습니다."

현준이 엉거주춤 서경을 안았던 팔을 거두는 이연을 지그시 바라보았다. 이연이 살짝 볼이 붉어진 얼굴로 그를 올려다보았다.

현준이 그녀에게 손을 내밀었다. 이연이 그 손을 물끄러미 바라보았다. 이 손을 잡으면 다음에 어떤 일이 일어날지 장담할 수 없었다. 선뜻 손을 맞잡지 못하는 이연을 돌아보던 서경이 그녀의 손목을 불쑥 붙잡았다. 이연이 의아해 돌아보자 서경이 히죽 웃었다. 그리곤 이연의 손을 현준의 손 위에 덥석 올려놓았다.

"가자. 아주 배고파 죽겠다. 등가죽이 뱃가죽에 철썩 달라붙을 지경이야."

손을 탈탈 털고 일어선 서경이 먼저 걸음을 옮겼다. 그런 서경을 현준과 이연이 돌아보다 서로를 응시했다. 시선을 주고받다 둘이 동시에 웃음이 터졌다. 미소를 머금은 채로 현준이 이연의 손을 부드럽게 감싸 쥐었다.

"우리도 같이 가야 할 것 같습니다. 친구분 아사하기 전에."

"네."

이연이 자리에서 일어난 뒤에도 현준은 그녀의 손을 놓지 않았다. 오히려 빈틈없이 손가락을 맞물려 깍지를 꼈다. 아울렛 매장의 복도를 걸어 입구로 향하는 동안 그 손은 단 한 번도 떨어지지 않았다.

근처 식당으로 자리를 옮겨 이연과 서경이 나란히 앉고 현준이 맞은편에 자리를 잡았다. 굳이 그러지 않아도 되는데 현준이 그렇게 배려했다. 세심하게 이연을 챙겨주는 현준의 모습에 서경이 속으로 놀랐다.

부모님의 사고만 아니었으면 벌써 둘이 부부가 되어 있을 것이다. 그때는 현준에 대해 이연이 자세히 말하지 않았었다. 같은 소아청소년과 치프랑 결혼하게 될지도 모르겠단 말을 슬쩍 흘렸을 뿐이다. 그리고 이연 혼자 감당키 힘든 일들이 도미노처럼 일어났다. 이후, 인천으로 내려온 이연은 혼자였다. 이연을 찾는 사람은 아무도 없었다.

결혼이 무산된 것은 어쩌면 당연한 것일 수도 있었다. 무슨 정신으로 부모도 없이 결혼을 할까. 이연의 성격에 그게 가능할 리 없었다. 그래서 서경은 아무것도 묻지 않았다. 현준에 관한 일도 그저 인연이 아니었나 보다 여겼다.

"부모님께 말씀드렸습니다."

음식이 나오고 반쯤 비워졌을 때 현준이 운을 뗐다. 이연이 고개를 들어 그를 마주했다. 그녀의 손이 멈췄다. 부모라면 그 범위엔 현준의 어머니도 당연히 포함되는 것이었다. 이연의 미간이 꿈틀거렸다.

"달갑지 않게 여겼을 텐데."

이연이 어색하게 웃으며 농담처럼 말했다. 그런 그녀의 속이 얼마나 아플지 현준은 모르지 않았다. 서경이 걱정스럽게 이연을 돌아봤다. 그녀의 말이 무슨 뜻인지 간파했기 때문이었다.

"아버지와 형은 저희 편이 되어주실 겁니다."

현준이 그녀를 안심시키려 차분하게 말했다. 서경이 한숨을 푹 내쉬며 알겠다는 듯 고개를 끄덕였다.

"어머니가 이연이를 꺼리시는구나?"

"어떤 부모든 날 선뜻 달가워하진 않을 거야."

이연이 씁쓸하게 웃으며 포크로 파스타를 돌돌 말아 입에 넣었다. 맛이 썼다.

"지독하게 현실적인 문제지. 우리 사회의 딜레마야. 결혼을 둘만 좋아서 할 수 없다는 게 참 아이러니라니까."

서경도 새우 필라프를 한 숟가락 가득 떠 올렸다. 그것을 입에 넣고 오물거리며 현준을 응시했다. 현준은 처음부터 쭉 이연만을 바라보고 있었다. 한 치의 흔들림도 없는 눈빛으로.

"결혼은 할 수 있습니다. 이연 씨만 허락한다면."

이연이 파스타를 괴롭히던 포크를 멈추고 현준의 눈을 마주했다. 현준의 입술이 부드러운 호선을 그리며 올라갔다. 진지한 눈빛으로 그녀를 바라보며 현준이 다시 한 번 자신의 말을 되새겼다.

"이연 씨와 결혼을 전제로 사귀고 싶습니다. 허락해 주시겠습니까?"

"지금 그게 중요한 게 아니잖아요. 부모님 허락이 먼저죠."

"제겐 이연 씨의 마음이 제일 중요합니다. 그 무엇도 그보다 우선일 순 없습니다. 이연 씨가 허락을 해야 연애든 결혼이든 가능한 것 아니겠습니까?"

"그건 맞네. 상대가 마음이 없으면 그게 무슨 소용이야. 제일 중요한 건 서로의 감정이지."

서경이 현준의 편을 들어 이연을 부추겼다. 우선순위를 이연에게 두는 현준이 꽤 마음에 들어서였다. 현준이 자리에 앉은 이후 처음으로 서경을 바라보았다. 고마움 가득한 그의 눈빛을 마주하자 서경이 별거 아니라는 듯 어깨를 으쓱해 보였다.

"아까 질문 다시 하자."

"무슨 질문?"

서경이 본격적으로 나섰다. 이연이 자신의 마음을 제대로 표현하지 못하고 있다면 그건 연애를 시작함에 있어서 커다란 걸림돌이 될 수도 있었다. 상대방의 애만 태우고 이도 저도 아닌 상태로 끝이 날 수도 있었다. 연애의 기본은 솔직함이었다.

"너, 장현준 씨 좋아해?"

서경의 직설적인 물음에 이연의 눈이 화등잔만 하게 커졌다. 그녀의 얼굴이 금방 붉게 타올랐다. 화끈거리는 볼을 두 손으로 감싸며 이연이 힐끔 현준을 곁눈질했다. 당사자가 있는 앞에서 그런 낯 뜨거운 질문을 한다는 게 이연을 당황스럽고 부끄럽게 만들었다.

"서경아, 그건 좀."

"왜 이래? 강이연답지 않게? 맞으면 맞다 아니면 아니다. 솔직하게 툭 털어놔."

"하아."

"장현준 씨 싫어? 도저히 못 만나겠어? 끔찍해?"

"아니야. 그건."

심하다 싶게 비약적으로 몰아붙이는 서경의 말에 이연이 발끈했다. 말을 하다 말고 이연이 한숨을 내쉬며 눈을 질끈 감았다. 결코 인정하고 싶지 않았던 마음을 서경에게 들켜 버렸다. 아니, 현준도 알아버렸을 것이다.

"그럼 호감은 있단 말이네."

"……."

"시간 끌면서 서로 감정 소비하는 건 별로다. 인생 짧아. 당장 오늘 죽을지 내일 죽을지 모르는 삶인데. 솔직하게 살자, 우리. 왜 감정을 숨겨. 일단 사귀어보고 아니면 그때 가서 이건 아니라고 딱 잘라 말하면 되지. 안 그래?"

서경의 말이 맞았다. 이연은 현준이 싫지 않았고, 처음 만났을 때부터 그에게 호감이 있었다. 다시 만나 그가 자신에게 새로 시작해 보자는 말을 했을 때 솔직히 설레었다.

그동안 그의 배려가 싫지 않았다. 자신을 향해 진심으로 온 마음을 다 내비치는 그가 내심 좋았다. 그러면서도 아니라고, 현준은 자신의 인연이 아니고 둘은 이어질 수 없는 사이라고 우기며 자신을 단속했다. 그에게 마음이 기울지 않도록.

"그다음에 함께 문제를 해결해야지. 그게 맞는 순서야."

"내가 겁이 참 많아졌나 봐. 예전엔 주눅 든다는 게 무슨 말인지 몰랐었는데. 지금 내가 그래. 그러지 말자. 무슨 일이든 당당하게 하자 하면서도 어느 순간 기가 죽어."

씁쓸하게 웃으며 자조적인 말을 하는 이연의 어깨에 서경이 팔을 둘렀다. 그리곤 현준을 보고 장난스럽게 말했다.

"얘가 이래요. 보기엔 진짜 차도녀인데 속은 완전 여려. 누가 보호해 주지 않으면 상처 입기 딱 좋은 스타일이죠."

"그 보호자 이제부터 제가 해도 되겠습니까?"

현준이 엷은 미소를 보이며 다정히 물었다. 서경이 이연을 가까이 당겨 눈을 맞췄다. 그리곤 눈짓으로 현준을 가리키며 이연에게 말했다.

"그러고 싶다는데. 넌 어때? 솔직하게 딱 까봐. 네 속마음."

이연이 현준을 지그시 응시했다. 현준이 차분하고 진지한 눈빛으로 그녀를 바라보았다. 한참 동안 그의 얼굴을 세심히 훑어 내리던 이연이 현준의 깊고 검은 눈동자에 비친 자신을 보며 입을 열었다.

"좋아요. 이제부턴 다음 문제에 대해 상의해 보도록 하죠."

은근슬쩍 간단하게 답하며 넘어가려는 이연을 서경이 제지했
다.

"어이. 잠깐. 거기서 스톱."

이연이 서경을 돌아보며 미간을 좁혔다. 더는 곤란하단 얼굴로
서경을 만류했지만 그대로 넘어갈 서경이 아니었다.

"그 좋다는 말이 장현준 씨를 두고 한 말 맞아?"

이연이 잘근 입술을 깨물었다. 그녀의 눈동자가 현준을 담아냈
다가 서경에게로 옮겨졌다. 그것도 용납할 수 없다는 듯 서경이
이연의 얼굴을 두 손으로 잡아 현준에게 고정시켰다.

"장현준 씨가 보호자가 되어도 좋단 말이지?"

"후우. 맞아. 그 뜻이야."

"오케이. 그럼 이제 다음 문제로 넘어가기 전에."

서경이 이연의 얼굴을 놓고 벌떡 자리에서 일어섰다. 둘의 시선
이 서경에게 쏠렸다. 서경이 능청스럽게 웃으며 배를 문질렀다.

"화장실 잠깐만 접수하고 오겠습니다. 그동안 심심하지 않게
두 분이 잡담이라도 나누고 계세요. 그럼. 전 급해서."

서둘러 자리를 벗어나는 서경을 이연이 끝까지 눈으로 좇았다.
분위기를 이상야릇하게 만들어놓고 혼자 내빼는 서경이 원망스러
웠다. 난데없이 현준에 대한 이연의 감정을 자진 납세까지 하게

만들어놓고 저만 쏙 빠졌다. 이연이 난감함에 아랫입술을 깨물었다. 그런 이연의 입술로 현준의 손이 다가왔다.

"자꾸 그렇게 하면 입술이 헐 수도 있습니다."

현준이 손끝으로 부드럽게 이연의 아랫입술을 빼내 천천히 쓸었다. 그를 바라보는 이연의 눈동자가 미미하게 흔들렸다. 저도 모르게 흘러나온 숨결이 현준의 손가락을 물들였다. 둘 사이에 흐르는 적막이 주변의 공기를 뜨겁게 달궈놓았다.

"네, 조심할게요."

이연이 침묵을 깨고 입을 열었다. 그녀가 말할 때마다 현준의 손가락 위로 살랑바람이 불었다. 그에 현준의 입술에 절로 미소가 머금어졌다. 그가 손을 거뒀다.

"벌써 거칠어진 것도 같습니다."

"아, 그래요?"

이연이 어색하게 웃으며 손으로 입술을 더듬었다. 그의 손이 쓸고 지났던 자리였다. 그 짧은 순간 그녀의 심장이 빠르게 뛰어댔다. 제 손에 머물러 있는 그의 눈길에 심장이 다 녹아내릴 것만 같았다. 그가 보고 있는 것이 자신의 손이 아니라 제 입술이란 걸 알기에 뛰는 심장을 멈출 수가 없었다.

"아무래도 제가 처방을 내려야 할 것 같습니다."

"네?"

말과 동시에 현준의 손이 그녀의 뺨을 스치고 뒷머리로 스며들었다. 상체를 기울여 다가오는 현준의 얼굴에 이연의 눈이 사르르 감겼다 떠졌다. 그녀의 동공 가득 그의 얼굴이 맺혔다.

"더없이 좋은 특효약이 될 겁니다."

그의 입술이 이연의 입술에 닿았다.

이연의 입술 위에서 현준의 입술이 감미롭게 달싹였다.

"이연 씨에 대한 제 마음이 고스란히 담긴 처방이니까."

그가 이연의 입술을 부드럽게 머금었다. 달콤한 아이스크림보다 더 맛있게 그녀의 입술을 취했다. 떨리던 이연의 입술이 조금씩 그의 키스에 반응했다. 자신의 입술을 탐하는 이연이 그를 기쁘게 했다. 현준의 입꼬리가 사르르 말려 올라갔다.

이연의 심장이 미친 듯 뛰어댈 때 현준의 심장도 전염된 듯 박자를 맞춰 뛰었다. 숨이 벅찰 만큼 격한 떨림과 함께.

작전을 세워야 한다는 서경의 부추김으로 얼떨결에 현준까지 오! 땡! 달구지에 오게 되었다. 사우나에 다녀오던 한경도 합세해 갑작스런 술자리가 마련되었다. 서경이 나서 현준을 이연의 남자친구라고 소개했다. 머쓱하게 인사를 나눈 후 한경이 곧장 주방으로 들어갔다. 뭔가 망치로 뒤통수를 맞은 것처럼 머리가 명했다.

가족과 다름없는 사이라고 생각했는데 저만 여태 이연이 남자를 사귀고 있었다는 걸 몰랐다는 게 충격이었다.

"오우. 배신감이 막 물밀듯이 몰려오네. 나만 쏙 빼고 지들끼리만 알고 있었다 이거지?"

"나도 조금 전에 알았거든? 남자가 삐치고 그러면 없어 보인다."

서경이 주방으로 들어오며 한경을 엉덩이로 툭 밀쳤다. 불시에 당한 습격에 한경이 휘청거렸다.

"이게 어디 오빠를."

"빨리빨리 움직여. 분위기 깨진다."

"와아, 저 화제 전환하는 속도 봐라. 완전 LTE급이다."

서경을 흘기며 곁으로 다가선 한경이 그녀와 보조를 맞춰 재료를 꺼냈다. 둘은 찰떡궁합을 자랑하며 순식간에 안줏거리를 만들어냈다.

"자자. 일단 마시고 시작합시다. 뭐든 알코올이 들어가야 머리 회전이 빨라지거든."

서경이 소주를 들어 팔꿈치로 병의 바닥을 톡톡 두드렸다. 그리곤 셰이크 병을 흔들 듯 격하게 소주병을 흔들어 뚜껑을 땄다. 잔 네 개를 나란히 두고 소주를 따라 각자의 자리에 놓았다.

"잔들 드시고."

서경이 먼저 제 잔을 들며 테이블을 채운 사람들을 하나씩 응시했다. 모두가 잔을 들자 서경이 기분 좋게 외쳤다.

"우리 이연이의 행복한 연애와 축복받는 결혼을 위해서 건배."

"건배."

첫 잔은 원샷이라는 서경의 말에 전부 소주를 털어 비웠다. 다시 잔을 채운 서경이 본론을 꺼냈다.

"중요한 건. 이연이에게 호의적이지 않은 그분을 우리 편으로 만드는 건데. 그러려면 아군이 하나라도 더 필요한 법이거든."

서경이 현준을 빤히 응시했다. 현준이 마주 보며 미소를 지었다.

"언변이 뛰어난 인물이 더 필요한데. 여자 홀리는 데 일가견이 있는 사람으로다가. 이왕이면 놈이 좋겠고. 있어요? 그런 사람?"

현준의 미소가 짙어졌다. 그가 휴대폰을 꺼내 들었다. 볼 것도 없다는 듯 현준이 단축 번호를 눌렀다. 몇 번의 벨이 울리고 상대편에서 받는 소리가 들렸다.

"나야. 지금 뭐 해?"

[뭐 하긴요. 즐거운 주말을 위해 외출 준비 중이죠.]

"그 외출 여기로 해라."

[여기가 어딘데요?]

"물 좋고, 술맛 좋은 곳. 분위기도 물론 죽여주고."

[오오. 좋은데? 위치 말해봐요.]

내내 정중함을 잃지 않던 현준이 통화하는 상대를 능숙하게 속이는 걸 보며 서경이 엄지를 척 들어 올렸다. 사람에 따라 대하는 방식이 자유자재였다. 저런 사람은 적으로 두기보다 같은 편으로 두는 것이 유리했다. 머리가 보통 비상한 사람은 아니었다. 저러니 자신만만하게 이연에게 다가선 거겠지. 생각 이상으로 믿음이 가는 사람이었다.

그로부터 정확히 25분 뒤.

은결이 서경과 한경 사이에 앉아 멍하니 허공을 바라보고 있었다. 세상을 다 읽은 사람처럼 넋이 반쯤 나간 표정이었다.

좋은 물은 어딜 갔는지. 죽여주는 분위기는 다 죽고 없어진 건지. 보자마자 친구 먹자고 악수부터 청하는 버르장머리 없는 놈과 그놈의 형. 어느새 핑크빛 기류가 넘실거리는 관계가 돼서 붙어 앉아 있는 현준과 이연만 존재했다.

은결이 생각했을 때 자신이 여기 있어야 할 이유는 단 하나도 없었다. 완벽하게 현준에게 속았다.

무슨 단합을 해야 한다며 막무가내 친분을 요구하는 서경이란 놈이 제일 못마땅했다. 곱상하게 생긴 게 말하는 건 완전 동네 노는 형아였다. 툭 하면 어깨고 허리고 허벅지고 마구 어택하는 것도 마음에 들지 않았다.

여자에게만 허락된 몸이었다. 아무나 함부로 만지라고 있는 몸이 아니었다.

"그러니까. 두 사람의 사귐에 있어서 반대 세력이 존재하는 이상 그게 순탄치 않을 수도 있으니. 우리가 협조를 좀 하자는 거지. 둘이 잘돼서 국수 얻어먹으면 누이 좋고 매부 좋고, 겸사겸사 다 좋은 거 아니겠어요? 형씨?"

서경이 척하니 은결의 어깨에 팔을 올렸다. 은결이 즉시 눈을 흘기며 그녀의 팔을 쳐냈다.

"난 여자하고만 스킨십하거든요."

서경이 제 앞에 놓인 잔을 들어 입으로 가져가며 은결을 쏘아보았다. 같이 눈을 부라리던 은결의 미간이 꿈틀거렸다. 잔을 든 서경의 세 번째 손가락이 자신을 향해 곧게 뻗어 있어서였다.

"하아. 형, 저거 나한테 지금 욕하는 거 맞죠? 한번 해보자 이 뜻이죠?"

은결이 흥분해 한경을 손으로 툭툭 치며 말했다. 한경이 고개를 끄덕이며 동조했다.

"그라지. 저것은 완전한 도발이지. 제대로 해석하면 내가 널 완전히 골로 보내주겠다는 그런 의미지."

"와아, 꼭 기생오라비같이 생긴 게 어디서 맞먹으려고. 야, 너 몇 살이야!"

"아우. 뭣도 없는 것들이 저렇게 나이 들먹이고 그러지."

"뭐? 없긴 뭐가 없어. 나 완전 크거든. 한번 대봐? 누가 더 큰지?"

"대보긴. 맞춰본다고 해야지. 그리고 여자한테 그런 말 막해도 되냐? 이거 엄연한 성추행이야."

"허, 추행? 누가. 내가? 너를? 너 성정체성에 난해한 문제가 좀 있는 거 같은데. 정신 차려, 인마."

은결이 소주를 단숨에 들이부으며 쯧쯧 혀를 찼다. 눈썹을 들썩이며 잡아먹을 듯 으르렁거리는 서경을 외면하고 은결이 한경을 돌아봤다. 숟가락을 들어 국물을 떠먹으며 은결이 콧방귀를 뀌었다.

"형님, 동생 병원 좀 데려가야겠어요. 애가 이젠 지가 여잔지 남잔지도 몰라."

"흠. 내 동생이 정신 상태가 좀 제멋대로고 맛이 살짝 가긴 했어도 지가 뭔지는 잊지 않고 있다고 본다. 믿을 수 없겠지만. 나도 가끔 헷갈리긴 하지만. 그래도 굳이 따지자면 쟨 분명 내 여. 동. 생이야."

얼큰한 어묵 국물이 마음에 들었던지 연거푸 숟가락을 놀리며 은결이 한경의 말을 되짚었다.

"그러게요. 참 헷갈리게 생겼어. 여동생이 꼭 남동생처럼."

말을 하다 말고 은결이 한경을 쳐다보며 눈을 깜빡였다.

"방금. 뭐라고 하셨죠? 이놈이 여동생이라고 한 거 아니죠?"

"맞아. 여동생. 염색체가 나랑 다르지."

은결의 머리가 천천히 서경에게로 돌아갔다. 믿을 수 없다는 듯 커진 은결의 눈을 뚫어지게 바라보며 서경이 테이블에 두 손을 올려 턱을 괬다. 그녀가 과도하게 눈을 깜빡이며 말했다.

"언제 맞춰볼까 우리? 자신 있음 언제든지 말만 해. 내가 아주 화끈하게 응해줄게. 오. 라. 버. 니."

한 자 한 자 힘주어 이를 갈 듯 말한 서경이 한쪽 입꼬리만 올려 히죽 웃었다. 그런 서경을 바라보는 은결의 입이 꾹 닫히며 목으로 마른침이 넘어갔다. 은결의 손에서 숟가락이 떨어졌다. 보이시한 것과 남자를 구분 못할 정도로 은결이 여자에 둔감하지 않았다. 그런데 서경에게는 완벽하게 속았다.

"저기. 그게. 그러니까. 흠."

목이 메어 말이 안 나오는 듯 은결이 헛기침으로 목을 돋웠다. 처음부터 속았다는 생각에 다른 것은 신경도 쓰지 않았다. 기분이 나빴고 몹시 삐쳐 있었다. 망친 어장 관리에 다시 힘써볼 생각으로 클럽에 가려던 길이었다.

이 가게로 들어설 때만 해도 그저 현준이 볼일이 있어 잠시 들렀겠거니 했다. 장소를 옮길 거라는 예상과 달리 우 서경 좌 한경 사이에 앉혀져 옴짝달싹 못하게 될 줄은 몰랐다. 그래서 말도 막 나갔다. 자신이 생각해도 누가 큰지 대보잔 말은 좀 심했다.

한풀 기가 꺾인 은결의 어깨에 다시 팔을 걸치며 서경이 부드럽게 말했다.

"그래서. 우리 오라버니는 이 일에 협조를 하시겠다는 건가, 말겠다는 건가?"

"해야지. 성심껏 도와야지. 우리 형과 형수 일인데."

그래도 자존심은 있어 은결이 맞장구를 치며 반말로 응수했다. 잔 두 개에 술을 채우고 제 잔을 들어 은결이 서경에게 윙크를 했다. 그에 서경이 오히려 움찔했다. 조금 전까지 불만에 가득 차 반항아처럼 툴툴거리더니 이제는 언제 그랬느냐 듯 능청스럽게 분위기를 돋웠다. 뭐 이런 인간이 다 있나 싶었다. 서경으로서도 처음 보는 부류였다.

"일을 하려면 결속력이 최우선이지. 건배. 건배. 자 다들 잔 들고. 지화자!"

"뭐냐. 이 인간."

"히든카드."

잔을 비운 은결이 혀로 입술을 핥으며 뻔뻔스럽게 말했다. 서경이 어이없는 듯 헛웃음을 터트렸다. 그런 서경의 어깨에 제 팔을 걸쳐 쌍으로 어깨동무를 하며 은결이 그녀의 머리에 가볍게 이마를 부딪쳤다.

"잘 봐라. 이 오빠가 어떻게 저 둘 앞에 레드 카펫을 깔아주는지. 내 이 화려한 언변에 안 넘어가는 사람이 없거든."

"자신감이 아주 넘쳐 나시는구만."

은결의 입에서 오빠라는 말이 거침없이 나오는 걸 보며 서경이 고개를 절레절레 흔들었다. 언제는 기생오라비라며 이놈 저놈 하더니 이제는 자기가 오빠란다.

"내가 바로 믿고 쓰는 김은결이란 말이지. 아니면 현준 형이 날 왜 불렀겠어. 안 그래?"

"그건 두고 보면 알 일이고."

"뭐야. 너 지금 이 오빠 못 믿어."

어느새 변죽이 맞아 주거니 받거니 말과 함께 소주를 나누며 작전에 열을 올렸다. 티격태격했다가 금방 하이파이브를 외치며 자화자찬하는 그들을 나머지 셋이 즐겁게 바라보았다. 함께 있는 것만으로 힘이 되는 사람은 바로 이들을 두고 하는 말이 아닐까.

이연은 조금 더 용기를 내보기로 했다. 자신보다 자신을 더 아끼고 소중히 생각해 주는 이들을 위해서라도. 그리고 듬직하게 자신을 받쳐 줄 흔들림 없는 현준이 함께였다. ·

"이연 씨는 부모님의 사랑을 듬뿍 받고 자란 바른 사람입니다. 두 분께서 부족함 없이 키워주셨는데 저보다 못할 게 뭐가 있습니까. 당신은 사랑받아 마땅한 사람입니다. 두려워할 것도 뒤로 물러설 이유도 없습니다. 그렇지 않습니까?"

주방으로 들어간 서경과 한경을 기다리며 둘만 남겨졌을 때 현준이 이연에게 한 말이었다. 그땐 미처 대답하지 못했는데 지금은 할 수 있을 것 같았다.

당신 말이 맞다고. 난 당신이 사랑할 만큼 잘 자란 부족함 없는 사람이라고. 그러니 당신을 동등하게 사랑하겠다고. 자신 있게 말할 수 있었다.

에필로그 넷

"하아. 하아. 살다 살다 내가 이런 여잔 또 처음 본다."

"하아. 여자로 보이기는 하나?"

다리에 힘이 풀려 허리를 굽힌 채 엉거주춤 걷던 은결이 앞서 뛰어가는 서경을 향해 손을 뻗었다. 그의 손이 파르르 떨렸다. 저 걸 그냥 잡아서 확 바닥에 내동댕이쳐야 하는데. 그러지 못해 환 장할 지경이었다.

서경이 약을 올리듯 은결을 쳐다보며 뒤로 뛰다 방향을 틀었다. 점점 더 멀어지는 서경을 잡지 못한 원통함에 바들거리는 손을 은 결이 꽉 움켜쥐었다. 은결의 걸음이 멈췄다. 그의 허리가 반으로 접혔다. 숨이 턱에 차올라 더는 못 뛸 것 같았다. 거친 숨을 몰아쉬며 은결이 흙바닥에 철퍼덕 주저앉았다.

"항복?"

갔던 길을 되돌아온 서경이 그를 거만하게 내려 보며 물었다. 고개를 숙여 호흡을 가다듬던 은결이 서경을 올려보았다. 그녀의 숨소리도 제법 거칠었다. 은결이 헛웃음을 터트렸다. 그가 서경을 향해 힘없이 손을 흔들었다.

"항복."

"오케이. 하우. 겨우 이겼다."

"겨우?"

은결이 한쪽 눈썹을 휘며 묻자 서경이 크게 숨을 들이쉬며 고개를 끄덕였다.

"어, 겨우. 맨정신일 때도 이렇게 안 뛰어봤는데. 진짜 오랜만에 전력 질주했다."

"야야. 전력 질주까진 아니라고 본다. 우리가 또 그렇게 **빨랐던** 건 아니잖아?"

"나름 사력을 다한 거거든."

"그래. 서른 넘은 여자의 발악 같은 전력 질주였다고 치자."

"하하하. 뭐 자기는 얼마나 잘 뛰어서? 그래 봤자 도긴개긴 아닌가? 아니다. 내가 훨씬 더 젊지 참. 그래서 더 잘 달렸고. 맞죠?"

은결이 뒷목을 잡아 주무르며 다른 손으로 제 옆 바닥을 툭툭 두드렸다.

"저한테 유리할 때만 저러지. 됐고. 올려다보기 힘들다. 여기 앉아."

서경이 스스럼없이 그의 옆에 앉았다. 은결이 낮게 휘파람을 불며 서경을 돌아봤다.

"그래서 원하는 게 뭐야?"

소원권 내기 달리기 시합을 하자고 먼저 말한 건 은결이었다. 이 버르장머리 없는 선머슴의 기를 확 꺾어놓고 소원권을 써 존대도 하게 만들려고 했었다. 술도 마셨겠다. 여릿여릿한 게 잘 못 뛸 것 같더니. 기를 쓰고 달렸다.

다섯 바퀴를 돌 때까지는 비등비등했었다. 하지만 그것을 기점으로 서경이 조금씩 앞서기 시작했다. 두세 바퀴 뛰면 나가떨어질 줄 알았는데 판단 착오였다. 서경은 마치 은결을 가지고 노는 것처럼 잡힐 듯 잡히지 않는 거리를 두고 뛰었다.

"망할 희망 고문."

"그것만큼 효과 좋은 게 없거든. 덕분에 같이 아홉 바퀴 뛰었잖아. 언제 그래 보겠어. 달밤에 달리기 꽤 할 만해."

"너나 할 만하지. 난 완전 죽겠다."

은결이 팔을 벌리며 그대로 뒤로 드러누웠다. 땅의 찬 기운이 몸에 스며들자 조금 진정이 되는 것 같았다.

"그래서 소원이 뭔데."

은결의 물음에 서경이 그를 돌아봤다.

"우리 이연이 행복하게 결혼하는 거."

이연의 이름을 말하며 서경이 엷은 미소를 머금었다. 은결이 그런 서경을 물끄러미 바라보았다. 저를 위해 쓰거나, 은결을 괴롭히기 위해 쓸 줄 알았더니. 원하는 게 친구의 행복한 결혼이란다.

은결이 손을 까닥거렸다. 서경이 고개를 갸웃하며 상체를 살짝 숙였다. 그러자 은결이 그녀의 머리를 부스스 헝클었다.

"야. 내가 강아지야? 왜 털을 헝클어."

"와아. 너 이거 개털이었어?"

"이 씨. 말이 그렇다는 거지."

서경이 머리를 긁적이며 은결을 따라 벌렁 드러누웠다.

"야."

은결이 서경을 불렀다.

"야아."

"왜."

"너 내가 침대로 보이냐?"

"바닥 차잖아."

"그런데."

"찬 데 누우면 입 돌아가."

천연덕스럽게 말하는 서경의 목을 은결이 팔로 감쌌다. 그리곤 냅다 알밤을 먹였다. 바닥 대신 제 몸 위에 누운 서경에 대한 응징이었다.

"나는. 나는 입 돌아가도 괜찮냐?"

"아잉. 난 여자잖아. 여잔 찬 데 누우면 안 된대. 오빠아."

"어디서 약한 척이야. 안 속아. 넌 여자의 탈을 쓴 늑대야."

"하이. 이 오빠가 또 내 안의 야수를 깨우네. 늑대 아니고 여우거든. 어디 여우 맛 제대로 한번 보여줘?"

서경이 은결의 팔을 거두고 벌떡 일어나 앉았다. 물론 그녀의 아래엔 여전히 은결이 깔려 있었다. 서경이 음흉한 표정을 지으며 손을 들어 올렸다. 허공에서 요란하게 움직이던 서경의 손이 점점 은결의 몸 가까이 내려오고 있었다.

"왜, 왜 이래. 그러지 마. 하지 마. 경고하는데. 나 온몸이 성감대야. 잘못 건드리면. 으악!"

"어디. 여기? 여기? 어디가 성감댄데. 응?"

"하악. 윽. 카하하하. 하지 마. 간지러워! 그만!"

"항복?"

"하, 항복. 진짜 항복."

어둠이 내려앉은 텅 빈 운동장에 두 사람의 목소리가 울려 퍼졌다. 어쩐지 목소리에 웃음기가 묻어 있는 것 같았다.

「어후. 말도 마세요. 완전 그날 죽는 줄 알았다니까요. 여자라며? 여자가 왜 그렇게 겁이 없어요? 내가 온몸이 성감대라고 경고했는데 왜 건드려? 그러다 정말 내가 확 덮치면 어쩌려고. 물론 절대 그런 일은 없겠지만. 나 말고 또 아무 남자한테나 그러면 안 되잖아요. 안 그래요? 내가 워낙 인성이 좋으니까 괜찮은 거지. 딴 놈한테 저렇게 자극했다간 큰일 납니다. 언제 한 번 진짜 제대로 교육시켜야겠어요. 서경이 자식. 당최 지가 여자라는 자각이 없다니까. 그, 막 살이 보들보들하던데. 흠.」

—2015년 6월 소원권을 이용해 서경을 길들이려다
된통당한 은결의 인터뷰 중.

5

솔직히 라희는 사장과 결혼을 하게 되면 자신의 삶도 덩달아 업그레이드될 줄 알았다. 그래서 기꺼이 승낙한 후처 자리였다. 그런데 현실은 그렇게 녹록지 않았다. 남편과는 근 열 살 가까이 차이가 났고, 그에게는 이미 전처에게서 낳은 아들도 있었다.

자신만 잘하면 될 줄 알았다. 고상하게 품위를 유지하며 상류층 마나님 노릇을 하면 모두가 존경하고 사랑해 줄 줄 알았다. 남의 아들까지 잘 키워낸 훌륭한 새엄마. 남편 내조 잘하는 좋은 아내. 그녀가 원한 타이틀은 딱 그 정도였다.

상욱과 결혼하고 1년도 안 돼 그게 단지 그녀의 꿈일 뿐이었다는 걸 알게 되었다. 처음부터 상욱과는 사랑 없이 조건에 맞춰 결혼한 사이였다. 상욱은 조신하게 집에서 애들 키우며 살림해 줄 아내가 필요했고, 라희는 자신의 허영을 채워줄 사회적 지위를 갖춘 돈 많은 남자가 필요했다.

처음엔 좋았다. 고분하고 조용한 첫째 정준은 그녀를 참 잘 따랐다. 남편 상욱도 과묵하고 말이 없긴 했지만 그녀에게 사사건건 간섭하지 않았다. 처녀 때보다 많은 돈을 혼자서 쓸 수 있다는 것에 그녀는 매우 만족했다. 어딜 가나 사모님 소리를 듣는 것도 좋았다.

그러다 결혼 2년째 현준을 어렵게 가져 낳았다. 제 핏줄을 안아 든 어미의 마음은 다른 그 무엇과 비교할 수 없을 만큼 감격스럽고 벅찼다. 일부러 그러려던 건 아니었는데 8살의 큰아들인 정준보다 이제 갓 낳은 제 아들 현준에게 더 신경을 쓰고 정을 주었다.

정준이 동생이 귀여워 만지려고 들면 기겁을 하고 떼어놓기 일쑤였다. 해코지를 하는 것도 아닌데 정준이 만지는 게 싫었다. 어린 정준의 마음에 생채기가 나 곪는 것도 모른 채 라희는 현준만 싸고돌았다. 그렇게 둘 사이에 서서히 벽이 생기기 시작했다.

가까이 다가오지 못하고 문간에 서서 현준을 애지중지 돌보는 라희를 물끄러미 보고 서 있는 정준을 그녀는 알면서 외면했다.

착한 정준은 그런 라희를 원망하지 않았다. 그녀가 없을 때 몰래 현준을 보며 좋아서 행복하게 웃는 것으로 대리 만족했다.

하나뿐인 동생이었다. 늘 혼자 외롭게 보내던 자신에게 동생이 생긴 것이다. 너무 좋은데 그 마음을 온전히 표현할 수가 없어 슬펐다.

정준은 기다리고 또 기다렸다. 엄마가 자신을 봐줄 때까지. 어린 동생이 자라 자신과 함께 놀 수 있을 때까지. 그의 바람은 이뤄졌다. 딱 한 가지만 빼고.

라희는 끝끝내 정준을 보듬어주지 않았다. 한번 벌어진 마음의 틈을 그녀는 스스로 좁히지 못했다. 상욱이 있을 때만 정준과 현준을 차별 없이 돌봤다. 물론 그건 지극히 라희만의 기준에서 이뤄진 것이었다.

'넌 형이니까 동생한테 양보하자.' 이 말이 자신의 입에 붙어버린 것도 모른 채 자신은 할 만큼 하고 있다고 늘 생각했다. 순한 정준이 고분하게 '네, 엄마.'라고 하는 말을 당연하게 받아들이며.

그녀가 마음의 병이 생기기 시작한 건 자신의 등 뒤로 꽂히는 사람들의 곱지 않은 시선 때문이었다. 이른바 상류층이라고 자신들을 지칭하는 무리들은 은근히 그녀를 낮춰 보고 비하했다. 자신과는 다른 중산층 출신에 돈 보고 결혼한 후처라는 것이 그들의 주된 가십거리였다.

그 모든 것을 꿋꿋이 견뎌내며 오히려 그런 것에 신경 쓰지 않는 척 담담히 모임에 나갔지만 라희의 속은 썩어 문드러지고 있었다. 너희 같은 가식 덩어리에 허영에 가득 찬 족속들 보란 듯 더 잘될 거다. 언젠간 내가 부러워 미칠 지경이 되게 꼭 만들고 말 것이다. 라희는 수십 번 다짐했다.

하지만 탄탄한 기업의 기반과는 달리 더 사업을 늘리고 확장하지 않는 상욱 때문에 그녀의 꿈은 나날이 멀어져만 갔다. 그때부터 라희의 간섭이 시작됐다. 사업을 그런 식으로 하면 어느 천년에 보란 듯 떵떵거리며 살겠느냐며 상욱을 들들 볶았다.

하지만 라희가 무슨 말을 하던 귓등으로 듣고 흘리는 상욱이었다. 말도 안 되는 소린 애초에 듣지도 않겠다는 게 그의 평소 신조였다.

섭섭하고 원망스러웠지만 라희는 굴하지 않았다. 지치지 않고 상욱에게 사업 확장에 대한 제 생각을 어필했다. 누구네 회사는 이렇게 해서 중국 진출해 떼돈을 벌었다더라 하는 카더라 통신까지 들먹이면서.

그러던 차에 그녀의 꿈이 산산조각 난 사건이 벌어졌다.

현준과 8살 차이 나는 정준이 하버드 경영대를 졸업하고 대기업의 러브콜도 마다한 채 제 아버지 밑으로 들어간 것이다. 학력과 실력만으로도 탄탄대로를 걸어갈 수 있는데 굳이 중소기업을 택한 건 상욱의 회사를 제가 가지기 위해서라고 생각했다. 드디어 숨겨온 본심을 드러낸다고 정준을 욕했다.

정준만 아들이냐 상욱에게 울며불며 따졌지만 아무도 그녀의 편을 들지 않았다. 그런 거 아니라고 정준이 아무리 말을 해도 라희는 믿지 않았다.

그중 가장 문제는 현준이었다. 어릴 때부터 그렇게 제 형과 아버지를 따르더니 모든 것을 순순히 받아들이고 그들을 응원하기까지 했다.

"나쁜 놈. 엄마 속도 모르고. 후우."

스파를 끝낸 라희가 가운을 걸치며 깊은 한숨을 내쉬었다. 모든 것이 저 잘되라고 하는 것인데 현준은 그런 라희의 마음도 모르고 애꿎은 곳에 정신을 팔고 있었다. 아들 장가 한번 잘 보내려고 얼마나 공을 들이고 있는데 한 번 파투난 애랑 무슨 결혼을 하겠다고 저러는 건지. 현준의 마음이 더 깊어지기 전에 막아야 했다.

마사지를 받기 전 잠깐의 여유 시간이 있었다. 라희가 대기실로 들어서자 직원이 자리로 안내했다. 곧 차가 나오고 그것을 한 모금 마시려 할 때였다. 누군가 라희를 아는 척하며 다가왔다.

"어머! 혹시 현준 씨 어머니 아니세요?"

라희가 고개를 들어 반갑게 인사하는 여자를 봤다. 안면이 없는 얼굴이었다. 하지만 30대 중반의 여자는 라희를 아주 잘 아는 듯했다. 현준의 이름을 들먹이는 것으로 봐선 어쩌면 예전 선 리스트에 올랐던 여자일 수도 있었다.

라희가 예리한 눈빛으로 여자를 찬찬히 훑어 내렸다. 벌써 결혼을 하고도 남았을 텐데 왜 자신을 아는 척하는 건지 궁금했다.

"네. 그런데 누구?"

"저는 홍제인라고 6년 전에 한 번 뵀었어요. 현준 씨랑 결혼 문제로."

"아아. 그랬구나."

다 지나간 일을 들먹이면서 살갑게 인사를 건네는 의도가 의심스러웠다. 하지만 라희는 능숙하게 표정 관리를 하며 제인을 대했다. 제인이 가지 않고 곁에 아예 자리를 잡고 앉은 건 의외였다.

"현준 씨 요즘 사귀는 사람 있어요?"

"그건 왜 묻죠?"

"없으면 주선 좀 할까 해서요. 제 주변에 괜찮은 집안이 참 많거든요."

괜찮은 집안이라는 제인의 말에 라희가 관심을 가지며 눈을 빛냈다. 그럴 줄 알았다는 듯 제인이 입가를 끌어 올리며 회심의 미소를 머금었다.

제인은 자신이 현준과 결혼하지 못했다는 것에 크게 실망했었다. 하지만 지금은 이연만 아니면 되었다. 이연과 현준이 연애도 하고 결혼도 한다면 질투에 미쳐 버릴지도 몰랐다. 저도 갖지 못한 남자였다. 한 번 파투가 났으면 그걸로 끝이어야지 어떻게 다시 만날 수가 있냔 말이다. 그것도 예전보다 더 깊은 감정으로.

단 한 번도 이연에게 이겨본 적이 없는 제인이었다. 공부도 미모도 성격도 모두 이연이 우위였다. 그러다 이연이 결혼을 한다는 말을 듣고 상대를 조사했었다. 현준을 알게 된 순간 제인은 사랑에 빠지게 됐다. 비록 짝사랑으로 그쳤지만 그녀의 마음은 진심이었다.

빼앗고 싶었다. 그런데 제 맘대로 되지 않았다. 현준에게 제대로 대시도 해보기 전에 라희에게 커트를 당했다. 집안으로 보면 현준의 집안보다 제인의 집안이 나았다. 그럼에도 상위 1%에 못 미친다는 이유로 제인은 현준과 선조차 볼 수 없었다. 그 당시엔 자존심이 너무 상해 라희를 원망했었다. 얼마나 잘되나 보자 저주를 퍼붓기도 했었다.

자신이 라희에게 직접 현준의 결혼 상대를 주선하겠다는 말을 하게 될 줄은 몰랐다. 하지만 제인은 제 선택을 후회하지 않았다. 이연만 아니면, 그 애만 다시 불행해질 수 있다면 그걸로 되었다. 자신이 이연의 위에 서 있을 수만 있다면 현준을 다른 여자에게 기꺼이 보낼 수 있었다.

"요즘 금융 사업에 새롭게 손을 댄 기업의 딸인데요. 원래는 건설업을 했었고요. 청송이라고 혹시 아세요?"

"아, 들어본 것도 같은데. 그 집에 시집 안 간 딸이 있었나?"

"프랑스에서 미술 전공하다가 이번에 귀국했어요."

"어머, 나 그림 좋아하는데. 나하고도 참 잘 맞겠다."

"그렇죠? 공부하느라 나이는 좀 있어요. 서른둘. 그래도 현준 씨랑 차이 생각하면 적당한 것 같은데."

"그럼, 그럼. 다섯 살 차이면 괜찮지."

흡족해하는 라희를 보며 제인은 곧 나락으로 떨어질 이연의 모습을 떠올렸다. 보아하니 아직 현준의 부모는 이연에 대해 잘 모르는 모양이었다. 아니, 알아도 모른 체할 수도 있었다. 집안 밝히는 라희라면 충분히 그럴 수도 있었다.

부모가 싫다는데 억지로 결혼할 사람은 그리 많지 않았다. 들은 바로 현준은 효자라고 했다. 그가 어머니의 뜻을 거스르고 이연을 택할 거라고 제인은 믿지 않았다. 지금은 이연에게 빠져 정신을 못 차리고 있지만 결국은 어머니 때문에라도 이연을 버릴 것이 분명했다. 그를 생각하자 제인의 입가에 조소가 떠올랐다.

이연은 무거운 마음으로 진료실을 나섰다. 근처 카페에 있다며 지금 꼭 봐야겠다는 라희의 연락을 받았다. 일방적인 통보에 가까운 말을 하고 라희는 대답도 듣지 않고 전화를 끊었다. 인사조차 제대로 나누지 못했다. 자신이 현준의 엄마라는 말을 하고 다짜고짜 카페로 나오라고 했다.

엘리베이터 앞에 서서 문이 열리기를 기다리는 이연의 곁으로 불쑥 은결이 나타났다. 자신의 얼굴을 대놓고 빤히 쳐다보는데도 아무 기척도 못 느끼고 딴생각에 빠져 있는 이연을 은결이 유심히 살폈다.

"이거 아무래도 낌새가 이상한데?"

분위기가 묘한 게 예상했던 일이 일어난 모양이었다.

톡톡.

은결이 이연의 어깨를 두드렸다. 이연이 흠칫 놀라며 은결을 돌아봤다. 은결이 히죽 웃으며 물었다.

"어디예요?"

"뭐가요?"

"형 어머니 어디 계시냐고요."

"그걸 어떻게."

이연이 눈을 동그랗게 뜨고 묻자 은결이 이연의 얼굴 앞에서 손을 휘저었다.

"여기 딱 쓰여 있구만 뭘. 나 지금 한판 하러 가요. 하고."

"한판은 무슨."

"그래서 어디예요? 거기가?"

"그건."

이연이 곤란한 얼굴로 은결을 응시했다. 그런 이연을 마주하고 은결이 고개를 사선으로 기울이며 거만하게 말했다.

"이 오빠 믿으라니까? 이 언니들이 정말 못 믿나 보네?"

"그게 아니라. 이 자린 제가 나가야 할 것 같아서요."

"누가 나가지 말래요?"

"네?"

은결이 말릴 줄 알았다. 가서 무슨 일 당할지 뻔히 아는데 왜 가느냐 이연을 붙잡을 줄 알았다. 그리고 자신이 나서든 현준을 대신 보내든 할 거라 생각했는데 그게 아닌 모양이었다. 이연이 눈을 깜빡이며 멍하게 바라보자 은결이 매끄럽게 입가를 끌어 올렸다.

"일단 내가 먼저 모른 척하고 가서 1차 접선을 해놓을 테니까 조금 늦게 가라고요."

"1차 접선이요?"

"나의 이 멋들어진 페이스와 화려한 언변으로 넋을 살짝 빼놓을 테니까. 뒤에 가서 당당하게 자신을 어필하시라고요. 오케이."

그러면서 재차 약속 장소를 묻는 은결을 이연이 물끄러미 바라보았다. 그날 함께 술을 마시며 돕겠다고 했던 말이 농담이 아니었나 보다. 은결의 독촉에 할 수 없이 현준의 어머니가 계신 카페를 알려주었다.

이연을 제치고 먼저 엘리베이터에 오른 은결이 흥겹게 손을 흔들었다. 이연이 얼떨결에 손을 들어 마주 흔들어주었다.

엘리베이터 문이 닫히고 나서야 현실감이 들었다. 은결이 말한 10분 후 출발을 위해 이연은 어디에 있어야 할지 몰랐다. 엉거주춤 엘리베이터 앞에서 이러지도 저러지도 못하고 서 있었다. 긴장으로 속은 바짝 타올랐지만 은결 때문에 어느 정도 정신도 차렸고 숨도 편하게 쉬어졌다.

한참 멍하니 서 있던 이연이 숨을 깊게 들이쉬며 턱을 들어 올렸다. 굽힘없이 하지만 거만하지 않게 엘리베이터 문에 비친 자신의 모습을 가다듬었다.

이연이 말한 카페 라임으로 들어선 은결이 안을 빠르게 눈으로 훑었다. 카페 안 구석진 자리에 현준의 모친 라희가 모자와 선글라스를 착용하고 앉아 있었다. 연신 물을 들이켜는 모습이 라희도 지금 무척 긴장하고 있음을 알 수 있었다.

목표를 포착한 은결이 망설임 없이 성큼성큼 라희에게 직진했다. 그리곤 정말 우연히 라희를 발견한 것처럼 반갑게 인사를 건넸다.

"어머니! 아이고, 반가워라. 이게 얼마 만이에요?"

"어머!"

대뜸 자신의 맞은편에 앉는 은결을 라희가 놀란 표정으로 바라보았다. 어찌나 놀랐던지 쓰고 있던 선글라스가 다 벗겨질 뻔했다. 가슴에 손을 올리고 은결을 쳐다보던 라희가 마른침을 꿀꺽 삼켰다.

어색한 웃음을 달고 주변을 빠르게 살피며 라희기 은결에게 인사를 건넸다.

"은결이구나. 오랜만이다."

"여긴 어쩐 일이세요? 아, 현준이 형 만나러 오셨구나. 형 아까 근처 볼일 있다고 나갔는데. 그게 어머니 만나러 간 거였구나. 형 아직도 안 왔어요? 이상하네. 제가 전화 한번 해볼게요."

능청스럽게 말하며 휴대폰을 꺼내 드는 은결을 라희가 다급히 만류했다.

"아니야. 현준이 만나러 온 거 아니고. 다른 약속이 있어서 온 거야."

"그래요? 그래도 오신 김에 형 만나고 가세요. 요즘 좀 뜸하죠. 인기가 많아서 좀 바빠요. 형이."

웃으며 다시 휴대폰을 두드리는 은결 때문에 라희의 표정이 굳었다. 애써 아무렇지 않은 척하려 해도 마음이 불안해 쉽게 그렇게 되지 않았다. 그런 라희의 마음을 아는지 모르는지 은결이 환한 얼굴로 제 휴대폰을 가리켰다. 현준이 전화를 받았다는 뜻인 듯했다. 그와 동시에 라희의 심장이 빠르게 뛰었다.

선글라스 속 라희의 눈동자가 불안하게 흔들리며 카페 입구를 응시했다. 전화 통화를 하는 사이 이연이 올까 겁이 났다.

"어, 형. 나 은결이. 라임 커피가 마시고 싶어서 들렀는데. 내가 여기서 누굴 만났는지 알아? 형 어머니. 약속이 있으셔서 오셨다는데 그냥 보내기 그렇잖아. 얼굴 좀 비춰주고 가지 그래."

속사포처럼 말을 쏟아낸 은결이 라희에게 한쪽 눈을 찡긋했다.

마치 저 잘했죠? 칭찬해 주세요. 하는 것처럼 보였다. 그런 은결을 보며 라희는 부들거리는 입술을 억지로 끌어 올렸다.

"아, 맞다. 형수도 있었지. 같이 와라. 아직 제대로 인사도 못했다고 하지 않았어? 그래. 어. 내가 어머니 잘 모시고 있을게. 천천히 와."

선글라스 속 라희의 눈과 시선을 맞추며 뿌듯한 듯 싱긋이 웃는 은결과 달리 라희의 얼굴은 점점 사색이 되어갔다. 이연만 혼자 만나 매몰차게 한마디 해줄 요량이었다. 분수를 알고 스스로 떨어지게 만반의 준비를 갖추고 나온 길이었다.

라희는 제 옆자리에 놓아둔 핸드백을 슬쩍 곁눈질했다. 그 속에는 제인이 건네준 사진이 들어 있었다.

"형이랑 형수 곧 올 겁니다. 형수 같이 일하는 건 아시죠? 형이 어찌나 살뜰히 챙기고 아끼는지, 저 완전 닭 돼서 날아갈 뻔했다니까요. 형한테 그런 모습이 있을 줄 누가 알았겠어요. 사랑에 빠지면 바보가 된다더니. 진짜 형수밖에 모르는 바보더라니까요. 형수한테 장난 한번 잘못 쳤다가 저 그날로 세상 하직할 뻔했다는 거 아닙니까. 와아, 저 형이 그렇게 화내는 거 처음 봤어요. 어머니는 본 적 있으세요? 형이 죽일 듯이 살벌하게 노려보는 거? 아니다. 아무리 그래도 여자 때문에 어머니한테까지 그럴 형이 아니지. 하도 간담이 서늘해서 잊히지가 않더라고요. 그래서 제가 말도 안 되는 걸 물었네요."

"그랬어? 현준이가?"

"오우. 완전 한여름에 서리 내리는 줄 알았어요."

"그런 애가 아닌데. 왜 그랬지? 여자한테 빠져서 정신 못 차리고 그럼 안 되는데."

"그러니까요. 어떻게 조금 보태서 함께한 지 20년이 다 돼가는 동생한테 그럴 수가 있냐? 완전 배신감 느꼈다니까요."

은결의 말이 계속될수록 라희의 표정이 어색해졌다. 웃는 것도 우는 것도 아닌 혼란스러운 얼굴로 라희가 컵을 들어 마른 입안을 축였다.

"아, 저희 뭐 좀 마시면서 기다려요, 어머니. 여기 아이스 아메리카노가 완전 죽여주는데. 제가 특별히 얼음 팍팍 넣어서 시원하게 만들어달라고 할게요. 조금만 기다리세요."

은결이 주문을 위해 자리를 비우자 라희가 격한 숨을 토해냈다. 그리곤 타는 속을 연거푸 물을 들이켜 식혔다. 계획과 달리 일이 이상하게 꼬이고 있었다. 하필이면 은결을 여기서 만날 게 뭔지. 조금 더 멀리서 만날 걸 괜히 시간 절약하려 병원 근처로 불러낸 걸 후회했다.

오래 얼굴을 마주하고 싶지도 않았고, 퇴근 후엔 현준과 만날 것 같아 일부러 낮 시간을 이용하려 했다. 다들 근무 중이라 밖에 나올 리도 없고 이연에겐 주제를 알게 따끔하게 쏘아붙이고 현준에게서 떨어지라고 통보만 하면 끝나는 일이었다.

이연이 쉽게 떨어질 리 없겠지만 마음에 상처를 받긴 할 테고. 그 상태로 몇 번만 더 자존심을 긁어내리면 자신이 원하는 대로 될 거라 생각했다.

"그러고 보니 어머니 약속 있다고 하셨는데 왜 아직 안 오시죠? 한번 연락해 보세요."

쟁반에 아이스 아메리카노 두 잔을 올려 가져온 은결이 그중 하나를 라희 앞에 내려놓으며 말했다. 갑작스럽게 들린 은결의 말에 라희가 이번에도 화들짝 놀라 심장을 부여잡았다. 느닷없이 불쑥불쑥 나타나는 은결 때문에 이러다 심장마비에 걸릴 것 같았다.

"아니야. 괜찮아. 방금 전에 연락 왔어. 오늘 못 만날 것 같다고."

"아이고. 저 안 만났으면 괜히 허탕 칠 뻔하셨네요. 덕분에 전 이렇게 어머니랑 차도 같이 마시고 좋지만."

"나도 좋아."

좋다고 말하는 라희의 목소리엔 전혀 생기가 없었다. 은결이 싱글거리며 빨대를 입에 물고 시원하게 커피를 들이켰다. 뚫어지게 바라보는 은결의 시선에 라희가 마지못해 커피를 한 모금 마셨다.

은결은 현준의 바로 아래 후배였다. 대학 때부터 현준을 졸졸 쫓아다녀 현준이 꼬리라는 별명까지 붙을 정도였다. 심심하면 현준의 집으로 쳐들어와 자고 가곤 했다.

현준의 가족 중 은결을 모르는 사람이 없을 정도로 친분이 돈독

했다. 살가운 성격이라 친근감 있게 가족을 대하는 은결을 모두가 좋아했다. 그런 은결이기에 라희는 차마 그를 냉정하게 내치지 못했다.

"아 참, 어머니 제 친구 중에 이번에 돌싱이 된 놈이 있거든요."

은결이 갑자기 뭔가 떠올랐다는 듯 친구 이야기를 꺼냈다.

"응?"

"그놈이 진짜 착하고 성실하고 완전 효자였는데 기막히게 바람을 피워서 이혼을 당했다지 뭡니까."

"저런."

"그놈 결혼할 때 친구들이 전부 부러워했거든요. 입이 딱 벌어지는 집안 여자와 결혼한다고 얼마나 자랑을 하던지. 부러우면서 얄미운 그런 거 어머니 아시죠? 그랬는데 바람에 이혼에 말도 안 되는 일이 벌어진 거죠. 이혼당하고 여기저기서 손가락질당하고 완전 죄인 취급받으며 사는데. 대체 결혼을 왜 했나 싶더라니까요. 뭐 결국엔 여자 쪽에서도 맞바람을 피웠다곤 하는데. 유책배우자는 그놈이니까. 할 말 없죠. 얼마 전에 그놈을 우연히 만났거든요. 그래서 제가 물었죠."

"……."

"너 대체 잘난 마누라 두고 왜 그랬냐? 그러니까 그놈 하는 말이 원래부터 조건 보고 한 결혼이라 사랑이 없었다. 아무리 노력해도 좋아지지가 않더라. 사랑하는 여자와 억지로 헤어지고 결혼한 건데. 그 여자를 잊지 못하겠더라. 그래서 돌아간 거다."

말을 마치고 은결이 테이블 위에 두 팔을 올리고 지그시 라희를 바라보았다. 어느새 은결의 얘기에 빠져든 라희가 그의 입에 시선을 집중시키고 있었다. 내심 속이 뜨끔했던지 라희는 저도 모르게 아랫입술을 깨물고 있었다.

"그러고 보니 그놈 얼굴이 활짝 피었더라고요. 결혼하고는 늘 죽상이던 놈이 이혼하고 그제야 행복한 얼굴로 진심으로 웃데요. 그놈 보니까. 결혼은 꼭 좋아하는 사람이랑 해야겠구나. 아주 절절하게 느꼈습니다. 그놈이 효자다 보니 어머니 뜻을 못 어기고 억지 결혼을 한 거였더라고요. 어머니 마음도 이해는 하죠. 아들 좋은 자리에 장가보내서 편히 살게 하고 싶은 마음을 왜 모르겠어요. 그런데 그건 어머니 욕심이더라고요. 솔직히 평생 사랑도 없이 결혼한 여자랑 살 섞고 살아야 하는 건 그놈인데. 아무리 노력해도 정이 안 생기고 버린 여자만 떠오른다는데 어쩝니까. 원래 자리로 가야죠. 어머니 마음은 쓰리겠지만 아들 폐인 되는 것보단 낫죠. 어머닌 어떻게 생각하세요?"

"응?"

"결혼이요. 자신이 좋아하는 여자랑 알콩달콩 재미나게 사는 게 좋을까요? 사랑은 없지만 돈은 있는. 남자를 조금 무시하는 그런 여자와 결혼하는 게 좋을까요?"

"글쎄다. 난 잘 모르겠네. 딱 잘라 말하기가 그래."

"그래도 전 형 보면서 어머닌 역시 다르구나 감탄했습니다."

"감탄?"

"어머니의 고운 성품과 너그러운 마음에 완전 반했잖습니까. 형의 선택을 진적으로 믿고 형수까지 끌어안아 주시고. 다른 속물 근성 가득한 부모님들과 확실히 다르구나. 형이 어머니를 닮아 그렇게 성격이 좋구나. 또 한 번 깨달았다니까요."

빠져나갈 구멍도 없이 라희를 제 식대로 단정 짓는 은결의 말에 라희가 속으로 연신 한숨을 푹푹 내쉬었다. 이 상황에 아니라고 나도 그 속물 중 하나라고 말할 수는 없었다. 속물이란 말이 마음에 들지도 않았다.

"또 무슨 말로 어머니 넋을 반쯤 빼놓은 거야. 어머니, 이 녀석 언변에 넘어가시면 안 됩니다. 이놈 여자 홀리는 데는 아주 선수예요."

이야기를 나누는 동안 다가선 현준이 은결을 향해 은밀한 눈빛을 보내며 라희의 어깨에 살며시 손을 올렸다. 라희가 흠칫하며 고개를 돌렸다. 예상대로 현준의 뒤에 이연이 서 있었다. 이연이 그녀를 보고 당황한 기색 없이 차분하게 고개를 숙여 인사했다.

"오랜만에 뵙습니다. 그동안 건강히 잘 지내셨어요?"

"어, 강이연 씨. 오랜만이야."

마지못해 이연에게 인사를 하며 라희가 무언의 눈빛을 계속 보냈다. 그러면서 현준의 안색을 살피는 것도 잊지 않았다. 현준의 얼굴이 밝은 걸로 봐선 이연이 뭐라 입을 나불거린 건 아닌 모양이었다. 속으로 안도하며 라희가 가식적인 미소를 입에 달았다.

"안 그래도 우리 현준이가 얘기하기에 언제 한번 봐야지 했는데 이렇게 보게 되네?"

"제가 먼저 찾아뵈야 하는데 죄송합니다."

"아니야. 바쁜 사람인 거 아는데 뭘. 괜찮아요."

"뭘 장승처럼 서서 그래. 여기 앉아요. 내가 어머니 옆으로 갈게."

자리에서 일어선 은결이 라희의 옆으로 옮기며 두 사람을 나란히 앉혔다. 맞은편에 정답게 앉은 둘을 보는 라희의 눈 끝이 파르르 떨렸다. 현준과 시선이 마주치자 라희가 본능적으로 미소를 머금었다.

"바쁘지 않아? 의사 셋이 전부 자리를 비우면 병원은 어떡해?"

"걱정 마세요. 우리 오늘 오전 진료만 있거든요. 11시 반까지만 외래 보면 끝이에요."

라희의 눈이 절로 시계에 닿았다. 바늘은 11시 40분을 가리키고 있었다.

"제주도에서 세미나가 있어서 3시 비행기로 갑니다."

"아, 그래?"

현준의 부연 설명에 라희는 날을 잘못 잡았다는 생각이 번뜩 들었다. 현준을 피하려던 게 오히려 은결까지 합세해 셋을 다 만나게 되었다. 기다리는 동안 은결이 한 말도 있었고, 이연을 떼어내려면 이젠 정말 은밀하게 만나거나 전화로 말을 하는 수밖에 다른 방도가 없었다.

불현듯 과연 그게 가능하기나 할까 하는 생각이 들었지만 라희는 곧 그 생각을 떨쳐 냈다. 그냥 포기하기엔 핸드백 속 혼처가 너무 아까웠다.

이런저런 이야기를 주고받는 동안 분위기는 꽤 화기애애했다. 사이사이 라희가 이연을 싸늘하게 노려본 것 빼고는 모두가 좋았다. 하지만 그것도 은결과 현준 때문에 금방 온화한 눈빛으로 바뀌고 말았다. 라희에게로 향하는 시선을 자신들에게 돌린 탓이었다.

자신을 앞에 두고도 전혀 주눅 들지 않고 대화에 편안히 녹아드는 이연이 한편으론 놀랍기도 했다. 원래 저런 성격이었나 의아한 생각도 들었다.

라희가 마지막으로 만나 파혼 얘기를 꺼냈을 때만 해도 이연은 삶에 대한 아무런 의지가 없어 보였다. 결혼 따위 아무 상관 없다는 식으로 무심하기까지 했다. 그랬던 이연이 환한 미소를 머금은 채 은결과 현준은 물론 자신까지 거리낌 없이 대했다.

'어떻게 된 거야? 저게 혹시 현준이 믿고 기고만장해서 날 우습게 보고 있는 거 아니야?'

자신에 대한 부담을 전혀 느낄 수 없는 다정다감한 이연의 '어

머니' 소리에 라희는 문득 그런 생각을 했다. 라희의 마음이 불안
으로 들썩였다. 혹여 제 뜻대로 되지 않고 이연을 며느리로 맞아
야 하는 일이 생길까 봐. 못내 불안했다.

❖

병원으로 돌아와 짐을 챙기는 이연의 낯빛이 어두웠다. 아무렇
지 않은 척 웃고 떠들긴 했지만 마음이 편치는 않았다. 간혹 보이
는 자신을 향한 라희의 차가운 눈빛이 가슴에 예리하게 박혀들었
다. 누군들 좋을까. 시모로 모셔야 하는 사람에게 미움을 받고 싶
은 사람은 아무도 없을 것이다. 자신을 탐탁지 않게 여긴다는 걸
알기에 라희를 마주하고 있는 것이 몹시 불편했다.

어떻게 하면 라희의 마음을 돌릴 수 있을까. 과연 그게 가능하
기는 한 일일까. 거의 불가능한 일이었다. 그녀가 예전의 위치에
올라서지 않는 한은 라희는 그녀를 며느리로 흔쾌히 받아들이지
않을 것이다.

"후우."

"그렇게 해서 땅이 꺼지겠습니까? 더 크고 깊게 내뱉어야 조금
그럴 기미라도 보일 것 같은데."

언제 들어섰는지 현준이 입구 벽에 서서 그녀를 바라보고 있었
다. 현준의 농담에 이연의 얼굴이 조금 부드러워졌다. 심각한 얼

굴로 한숨을 푹푹 내쉬던 게 거짓말이었던 것처럼 현준을 바라보는 이연의 얼굴이 환해졌다.

"짐은 그것뿐입니까?"

"하루 다녀오는 건데 많을 필요 없잖아요."

"하루가 아닐 것 같은데."

"네?"

"내일 공휴일이라 간 김에 좀 쉬다 오려고 생각하고 있었습니다."

"아 참. 내일 쉬는 날이구나."

"물론 우리 골통들은 여전히 병원에서 죽어나겠지만. 기념품을 먹고 마실 수 있는 걸로 사오는 것으로 퉁쳤습니다."

또다시 현준과 어울리지 않는 말이 그의 입에서 나왔다. 너무 천연덕스럽게 퉁쳤다는 말을 해서 오히려 그게 더 웃음을 자아냈다. 이연이 쿡 하고 낮은 웃음을 터트렸다. 그녀 곁으로 다가온 현준이 이연의 머리를 부드럽게 쓸어내리며 짐을 들었다.

"저랑 함께 있으면 앞으로 더 웃을 일이 많을 겁니다."

이연이 고개를 들어 그를 올려다보았다. 시선이 마주치자 현준이 고개를 비스듬히 숙여 입을 맞췄다. 가볍게 이연의 입술을 머금었다 멀어지며 현준이 그녀의 등을 한 팔로 감쌌다.

"은결이 주차장에서 기다리고 있습니다. 더 지체하고 싶은데 그랬다간 그놈이 올라올 것 같아서 여기서 멈춰야 할 것 같습니다."

"네."

살짝 붉어진 얼굴로 이연이 고개를 끄덕였다. 그와 함께 진료실을 나서자 간호사들이 잘 다녀오란 인사를 건넸다. 그러다 현준이 이연을 안다시피 해서 리드하며 그녀의 짐을 들고 있는 것을 보곤 놀란 듯 눈을 동그랗게 떴다.

"다들 휴일 잘 보내고 모레 봅시다. 당직인 분들은 고생 좀 해주시고요. 그럼."

현준이 자연스럽게 인사를 건네며 목례를 했다. 얼떨결에 인사를 하는 병원 식구들을 뒤로하고 현준이 이연과 함께 엘리베이터 앞으로 걸어갔다. 그런 그들을 모두들 멍한 시선으로 지켜봤다. 이연은 그들의 뜨거운 시선이 부담스러우면서도 좋았다.

엘리베이터에 올라타 이연이 현준의 옆얼굴을 지그시 올려다봤다. 현준이 고개를 돌려 이연을 마주 바라보았다. 그의 부드러운 눈빛과 호선을 그리며 올라간 입매가 이연은 무척 사랑스러웠다. 그녀가 발을 돋웠다. 발끝으로 서서 그의 입술에 가만히 제 입술을 댔다.

제 입술을 감미롭게 머금고 물러나는 이연의 입술을 따라 현준이 얼굴을 내렸다. 그리곤 조금 더 깊게 그녀의 입술을 취했다.

"당신이 날 어떻게 보고 있는지 압니다. 그래서 도저히 키스를 하지 않고는 견딜 수가 없었습니다."

엘리베이터에서 내리기 전 현준이 이연의 귀에 나직하게 속삭였다. 그가 이연의 손에 제 손을 깍지 끼웠다. 로비를 가로질러 은결이 기다리는 주차장으로 향하는 동안 그는 당당히 맞잡은 손을 사람들에게 내보였다.

"우리 지금 놀러 가는 거 아니거든?"

차가 주차된 곳으로 가자 은결이 허리에 손을 올리고 툴툴거리고 있었다. 그의 옆으로 여행객 포스의 남녀가 서 있는 것이 보였다. 이연이 의아해하며 고개를 갸웃했다. 어쩐지 그들이 걸친 옷과 몸의 형체가 낯익었다.

"댁은 일하고 우린 놀고. 이왕 가는 길에 같이 좀 동석하자는 건데. 뭘 그렇게 떽떽거려. 오리도 아니면서."

"오리는 무슨. 너 이렇게 잘생긴 오리 본 적 있어?"

"있네. 여기 잘생긴 오리."

턱을 치켜올리고 따지듯 묻는 은결을 빤히 쳐다보며 서경이 말했다. 그에 은결의 눈이 깜빡거렸다. 이걸 좋아해야 하나 말아야 하나 고민하는 눈치였다.

"서경아, 한경 오빠."

이연이 둘을 알아보고 급히 다가섰다. 서경이 선글라스를 콧등으로 살짝 내리고 장난스럽게 이연을 맞았다.

"오호. 너 양쪽 볼에 홍시 두 개는 왜 없고 오냐? 혹시 엘리베이터 타고 오다 키스라도 했냐?"

서경의 직설적인 물음에 멈칫했던 이연이 이내 피식 웃으며 천연덕스럽게 맞받아쳤다.

"당연하지. 우린 지금 서로에게 반해가고 있는 중이거든."

"와아, 지금 내 눈앞에 있는 인간이 내가 아는 그 강이연 맞냐? 뭐가 이렇게 뻔뻔해?"

"사랑은 원래 뻔뻔한 겁니다."

짐을 트렁크에 싣고 가까이 다가온 현준이 이연의 편을 들고 나섰다. 서경의 미간이 살짝 찌푸려지더니 혀로 볼을 굴리며 가늘게 둘을 바라봤다. 그러다 옆에 서 있던 은결의 어깨에 척하니 팔을 올리곤 거만하게 물었다.

"저 불타오르기 시작한 마른 장작 같은 커플을 혼자 감당할 수 있겠어?"

은결이 절레절레 고개를 저었다.

"아니. 옆에 있다가 나도 타서 없어질 것 같다."

"그러니까. 우리가 필요한 거야. 즐겁게 저들보다 뜨거운 밤을 보내는 거지. 클럽 바닥이 닳아 없어질 정도의 열정으로."

"오케이. 누구 밑바닥이 더 많이 닳나 내기하기다."

"신발 밑창이나 두껍게 박아놓으셔."

서경이 말을 하며 바닥에 내려놓았던 짐을 들어 은결에게 건넸다. 은결이 그것을 받아 트렁크에 실었다. 한경의 짐까지 마저 싣고는 호기롭게 외쳤다.

"레츠 고! 열심히 일한 우리 즐겁게 떠나자고."

차 키를 검지에 걸어 뱅글 돌리며 은결이 보조석 문을 열었다. 서경의 머리를 한 손으로 잡아 보조석에 태우곤 문을 닫고 얼른 운전석에 올랐다. 한쪽에서 팔짱을 끼고 둘이 하는 양을 지켜보던 한경이 헛웃음을 터트리며 이연을 돌아봤다.

"도대체가 저것들은 어떤 포인트에서 맞고 어긋나는지를 모르 겠단 말이야."

"둘 다 흥이 넘쳐서 그래요. 전 보기 좋은데요?"

"그렇지. 흥. 그 흥이 둘 다 너무 과해."

혀를 쯧쯧 차며 한경이 뒷문을 열고 차에 올라탔다. 벌써 바캉 스 노래를 부르며 몸을 들썩이는 둘을 한경이 한심스럽게 바라보 며 고개를 저었다.

"우리도 차에 탈까요?"

"같이 안 가요?"

"같이 가죠. 한 차에 타긴 인원수가 많으니 차를 따로 가져가야 죠. 공항까지긴 하지만."

"아, 그러네요."

뒷자리에 앉아도 되긴 하지만 이연은 현준의 말에 동의했다. 현 준이 자신의 차 보조석 문을 열자 이연이 싱긋이 웃으며 차에 올 랐다. 문을 닫고 운전석에 오른 현준이 곧 차의 시동을 걸었다.

"어어. 뭐야. 형, 차 가지고 가?"

현준이 차를 출발시키자 은결이 창문으로 고개를 내밀었다. 그런 은결을 깔끔히 무시하고 현준이 먼저 주차장을 빠져나갔다.

"편하게 가고 좋지 뭘 그래. 고작해야 공항까진데. 비행기 같이 탈 거 아냐? 그리고 비행기에서 떠들고 놀 것도 아니고 꼭 붙어 앉아 뭐 하게."

한경이 손을 휘저으며 얼른 가자고 재촉했다. 듣고 보니 맞는 말이라 은결이 기분 좋게 차를 출발시켰다.

"예정에도 없는 단합대회를 이렇게 불쑥 가게 될 줄은 몰랐네."

"뭔 단합대회?"

서경의 혼잣말에 은결이 끼어들었다.

"한 건 했다며. 지금 그거 포상휴가 겸 단합대회 가는 거잖아. 이제부터가 진짜 시작인데. 우리도 같이 라인업해야지."

"지금 나 잘했다고 상 주는 거야?"

"아유. 말을 왜 잘라먹어. 단합대회도 포함해서 겸사겸사 가는 거라니까."

"잘라먹는 건 너지. 너 내가 분명히 한 살 많다고 했는데. 자꾸 말 잘라먹는다."

"한 살 가지고 따지기는."

"뭐?"

"친근하게 지내려고 그러는 거지. 격 없게. 다정한 오누이처럼. 이게 딱 편하고 좋잖아? 안 그래? 은결 오라버니?"

금방 노래 부르고 춤추고 난리더니 또 금방 티격태격이다. 한경이 머리를 절레절레 흔들며 눈을 감았다. 차라리 안 보고 안 듣는 게 편했다. 어쩌다 저런 조합이 만들어졌는지. 한경 입장에서는 골칫덩이 동생이 하나 더 생긴 기분이었다.

제주도에 도착해 현준이 예약해 놓은 숙소에 짐을 풀었다. 한경 과 은결이 한 방을 쓰고 현준이 혼자 방 하나를 썼다. 그리고 여자 둘은 다른 방을 잡았다. 호텔의 전경을 구경할 사이도 없이 은결 과 이연은 현준의 방에 함께 모여 세미나에 대한 것을 준비했다. 6시에 호텔 연회장에서 열리니 곧장 내려가면 되었다.

그들이 세미나에 참석하는 동안 한경과 서경은 휴식을 취했다. 세미나는 약 3시간 동안 진행될 예정이었다. 밤새도록 놀려면 미 리 자둬야 한다며 서경은 수면 안대까지 하고 잠을 청했다.

일을 할 때는 거기에 열정을 쏟는 사람들이었다. 그만큼 놀고 즐길 줄도 알았다.

9시가 조금 넘어 세미나가 끝났다. 룸이 있는 층으로 올라온 셋 이 각자 방으로 들어가 옷을 갈아입었다. 자는 한경과 서경을 깨 워 늦은 저녁을 먹기 위해 해변으로 향했다. 미리 밥을 먹을 수도 있었지만 쫓기듯 먹기 싫어 다 끝나고 느긋하게 술과 함께 배를 채우자고 마음을 맞춘 터였다.

"제주도하면 회지. 회 먹자. 회."

"칼칼한 국물이 술엔 최고지. 갈치조림 먹자."

"야, 조림에 무슨 국물이 있어. 그냥 회 먹자니까."

"그럼 갈치찌개 먹으면 되지. 갈치가 조림만 되나?"

"아, 난 이 조합 너무 피곤해."

메뉴를 놓고 옥신각신하는 서경과 은결을 떼어내고 그 사이를 지나며 한경이 툴툴거렸다. 현준과 이연이 미소 띤 얼굴로 그들을 보며 뒤따라 나란히 걸었다.

밤바람이 선선했다.

발밑에서 서걱거리는 모래의 감촉도 좋았고 머리카락을 흩날리는 바람도 좋았다. 무엇보다 현준과 손을 맞잡고 걷는 이 순간이 너무 좋았다.

"춥지 않습니까?"

"괜찮아요."

이연이 자신을 지그시 내려 보는 현준을 마주 바라보며 부드럽게 미소를 지어 보였다. 이렇게 편안한 시간을 그와 보내게 될 날이 오리라곤 생각지 못했다. 그의 눈은 언제나 진지했고 깊었고 따스했다. 그래서 현준의 눈을 바라보고 있으면 마음이 평온해졌다.

이연의 얼굴로 현준이 손을 뻗었다. 그가 다정하게 이연의 얼굴을 간질이는 머리카락을 귀 뒤로 넘겨주었다. 피부에 살짝살짝 닿는 그의 손길이 좋았다. 이연이 머리를 기울여 그의 손에 뺨을 기댔다. 현준의 미소가 짙어졌다. 그가 손바닥 전체로 이연의 볼을 감쌌다. 맞물린 시선이 점점이 세밀하게 얽혀들어 서로를 붙들었다.

"이연 씨, 저한테 하나만 약속해 주시겠습니까?"

단정하게 입을 연 현준을 흔들림 없이 바라보며 이연이 고개를 끄덕였다.

"힘들 땐 힘들다고, 슬플 땐 슬프다고, 행복할 때도 기쁠 때도 모두 저한테 이야기하기. 아프면 참지 말고 기대기. 필요할 땐 언제든 손 내밀기. 항상 내가 곁에 있다는 걸. 당신이 내게 소중한 사람이란 걸 잊지 말고 꼭 기억하기."

"하나가 아닌데요?"

"하납니다."

"응?"

"그 모든 것에 딱 하나가 공존합니다. 무언지 아시겠습니까?"

"현준 씨요?"

"땡. 틀렸습니다."

"……훗."

웃음을 자아내는 그의 말에 이연의 눈꼬리가 기분 좋게 말려 올라갔다. 현준이 조심스런 손길로 이연의 볼을 쓸어내렸다. 그의 손끝이 이연의 턱을 부드럽게 들어 올렸다. 조금씩 그의 입술이 다가왔다. 이연의 입술 위에 내려앉은 현준의 입술이 작게 달싹였다.

"우리. 그 모든 걸 함께할 우리가 그 속에 있습니다."

감미롭게 입술을 머금는 현준의 입술에 이연이 반응했다. 그의 아랫입술과 윗입술을 번갈아 탐하며 살짝 입술을 벌리자 현준의 입술이 맞물리며 그 안으로 혀가 스며들었다. 가지런한 치열을 더듬어 여린 살을 세심하게 음미하며 들어온 혀가 그녀의 혀를 찾았다. 서로의 혀를 갈구하며 입안을 오가던 혀에서 달짝지근한 향기가 느껴졌다.

'고맙습니다. 내가 다가갈 수 있게 마음을 열어주셔서.'

그의 마음이 이연의 입술로 스며들어 고스란히 심장을 적셨다.

"아 참. 뭘 모르네. 자고로 바다에 왔으면 해산물 본연의 모습을 봐줘야지. 날것 그대로의 자연미 그걸 맛봐야 한다니까."

"무슨 소리. 제주하면 구이랑 찌개지. 양념이 얼마나 맛있는데. 둘이 먹다 하나 죽어도 모른다니까."

"아우. 너랑 얘기하면 결론이 안 나."

아직도 메뉴에 대한 이견을 좁히지 못한 은결이 갑갑했던지 가슴을 치며 사방을 둘러봤다. 둘이서는 평생 얘기해도 결론이 안 날 것 같았다. 한경은 저만치 파도가 들이치는 물가에 서서 발로 장난을 치고 있었다. 아까 짜증을 내며 둘을 밀치고 갔던 걸 보면 불러도 대답하지 않을 것 같았다. 뒤를 돌아보자 오다 멈춘 커플이 가로등 불빛 아래서 키스신을 연출하고 있었다.

"저 둘은 밥보다 더 급한 게 있는 모양이네."

서경도 둘을 봤는지 입가를 끌어 올리며 정겹게 말했다.

"그러게 옥시토신을 마구 생성 중이네. 배고픈 줄도 모르겠다."

"저긴 두고 우리 배나 채웁시다."

"그래. 가자. 가. 저 둘 보니까 막 슬퍼지려고 한다. 남의 연애사에 신경 쓰느라 정작 나는 처량하게 솔로로 보내고 있다니."

"솔로도 좋아. 자유롭잖아. 제약도 없고."

"능력이 안 돼서 없는 거랑 잘나 빠졌는데 시간이 없어서 못 만드는 거랑 다르거든?"

"네네. 어련하시겠습니까."

건성으로 고개를 끄덕이며 동의하는 서경을 은결이 못마땅하게 흘겼다.

"뭐야? 그 대충대충 넘기는 말투는?"

"대충은 무슨. 우리 그냥 둘 다 가능한 곳으로 갈까? 짬짜면도 있는 세상인데 회 구이가 없겠어?"

은근슬쩍 은결의 어깨에 팔을 두르며 서경이 말을 돌렸다. 더 했다간 또 삐칠 것 같아 적당한 선에서 끊어낸 것이다.

"그럴까?"

"저 화려한 불빛을 봐. 우릴 보고 오라고 손짓하고 있잖아. 안 가주면 예의가 아니지."

"그럼. 그럼. 얼른 가자. 우린 배 채우는 게 최우선이야. 체력을 축적해야 발바닥에 불나게 비비지."

은결이 서경의 어깨를 와락 끌어안았다. 그리곤 냅다 뛰기 시작했다. 발랄하게 즐비하게 늘어선 식당을 향해 달리는 둘을 뒤늦게 한경이 발견하고 소리치며 따라갔다.

"야, 이 배신자들아. 니들 배만 배냐? 내 배도 배거든!"

한경의 목소리가 해변을 가득 채웠다. 그제야 현준이 입술을 거뒀다. 이연이 그윽한 눈길로 그를 올려다보았다. 현준이 이연의 볼을 감싼 손의 엄지로 타액으로 촉촉이 물든 그녀의 입술을 쓸어 냈다.

"우리만 버려두고 간 모양입니다."

"그런가 봐요."

"그럼 이왕 버려진 김에 천천히 합류하면 되겠습니다."

"발에 모래가 들어간 것 같은데. 바닷물에 씻어내야겠어요."

이연의 말에 현준이 그녀의 발을 내려다보았다. 편하게 샌들을 신고 나온 터라 발가락 사이사이 모래가 스며들어 있었다. 산책로를 두고 오랜만에 바닷가에 온 기분을 느끼고 싶어 일부러 모래사장을 걸었었다. 단화를 신은 현준에 비해 샌들을 신은 이연의 발은 모래에 무방비하게 노출되어 있었다.

"젖으면 더 모래가 많이 묻을 텐데."

"음. 그럴지도 모르겠네요."

바닷물에 발을 담가 모래를 씻겨 보낸다고 해도 다시 모래사장을 걷는 게 문제였다. 그럼 모래는 그전보다 더 발에 진득하게 달라붙게 된다. 한참 그녀의 발을 바라보던 현준이 이연의 손을 잡고 이끌었다.

"어디 가요?"

"일단 씻어봅시다."

"네?"

"발에 이질감 느껴지면 불편하잖습니까."

"그렇긴 한데."

한경이 물놀이를 하던 곳으로 가 멈춰 선 현준이 그녀의 손을 놓고 자세를 낮췄다. 이연이 의아해 바라보자 현준이 눈짓으로 그녀의 발을 가리켰다.

"신발 벗는 게 좋을 것 같습니다."

"아. 그게 좋겠네요."

"저한테 기대서 벗는 게 편하실 겁니다."

제 어깨를 가볍게 두드리는 현준을 물끄러미 바라보다 이연이 고개를 끄덕이며 현준의 어깨를 짚었다. 이연이 샌들을 벗자 현준이 자연스럽게 그것을 받아 들었다. 그의 다정함에 이연의 얼굴에 절로 미소가 피어올랐다.

찰박찰박.

물결이 일렁이며 만든 작은 파도가 이연의 발을 덮었다 물러나기를 반복했다. 이연이 발을 물에 담가 흔들자 발바닥에 묻어 있던 모래가 씻겨 나갔다. 젖은 발로 바닷물이 들이치는 백사장을 따라 걸었다. 현준이 내민 손을 이연이 맞잡았다. 맞물린 손을 누가 먼저랄 것도 없이 서로의 손가락과 손가락 사이에 깍지 꼈다.

그렇게 둘은 말없이 달과 별이 만들어낸 바다 위 아름답게 반짝이는 보석들을 바라보며 걸었다.

좋았다.

아무것도 하지 않고 단둘이 걷기만 해도 좋았다. 한참을 걷다 현준이 맞잡은 손을 들어 올려 그녀의 손등에 입을 맞췄다. 이연이 사랑스런 눈빛으로 그를 올려다보았다. 눈을 맞추고 서로를 향해 미소 짓고 그 단순한 일들이 이렇게 가슴 떨리게 행복한 일인지 왜 진작 알지 못했을까.

현준이 이연의 손을 놓았다. 이연이 허전해진 손을 허공에 둔 채 의아해 그를 바라보았다. 잠시 이연의 샌들을 바닥에 얌전히 내려놓고 현준이 입고 있던 카디건의 단추를 풀었다. 현준이 말없이 카디건을 벗어 이연에게 입혔다.

"전 괜찮아요."

"밤바람 만만하게 보면 안 됩니다. 원피스가 생각보다 얇아 보입니다. 괜찮다고 방심하다가 감기 들 수도 있습니다."

카디건 하나가 더해진 것뿐인데 이상하게 보호막을 걸친 듯 든든했다. 현준이 그녀에게 등을 보이며 돌아섰다. 그런 다음 자세를 낮춰 한쪽 무릎을 세워 앉았다. 그가 이연을 돌아봤다.

"무슨 의돈지 알 거라고 생각하는데."

"업히라는 건가요?"

"그 발로 다시 모래를 밟게 할 순 없으니까요."

"이 시점에서 저 감동받아야 하는 거 맞죠?"

"감동까진 아니더라도. 점수를 후하게 주시면 달갑게 받겠습니다."

"좋아요. 목적지까지 편안하게 데려다준다면 한번 생각해 볼게요."

"오케이. 리무진 못지않게 잘 모시겠습니다. 타시죠."

이연의 샌들을 한 손에 든 채로 현준이 허리에 척하니 손을 올리며 정면을 주시했다. 그의 너른 등을 바라보는 이연의 가슴이 벅차올랐다. 현준은 모든 순간을 이연을 위해 존재하는 것처럼 세심히 그녀에게 필요한 것들을 챙겨주었다. 그것이 당연한 것처럼 아주 자연스러웠다.

이연이 상체를 숙여 손을 뻗었다. 그의 어깨를 스쳐 목 아래로 팔을 겹쳐 끌어안으며 몸을 기댔다. 그녀의 머리가 자신의 어깨 위에 내려앉자 현준의 입가에 사르르 미소가 번졌다.

그가 팔을 뒤로 둘러 그녀의 허벅지 아래를 받쳤다. 한 손으로 다른 손의 손목을 잡아 단단히 결속시킨 후 자리에서 일어섰다. 모래 위를 걸어 은결 일행이 들어간 식당이 있는 쪽으로 방향을 틀었다.

이연의 온몸으로 따스한 온기가 스며들었다. 아빠 말곤 남자에게 업혀본 적이 없었다. 기대 쉬어도 좋을 만큼 편안하고 믿음직한 등을 기꺼이 이연에게 내어준 현준의 마음이 그녀의 심장에 고스란히 들어와 박혔다.

두근. 두근. 두근.

현준의 것인지 제 것인지 모를 심장의 고동 소리가 듣기 좋았다. 길이 끝나는 것이 싫을 만큼 그의 등에서 떨어지기가 아쉬웠다.

자박자박 걷는 그의 손에서 이연의 샌들이 흔들렸다. 마치 그의 마음처럼 부드러운 리듬을 타고 춤을 추는 듯했다.

"여기에 있나 봅니다."

이연을 내리지 않고 식당 앞에 멈춰 선 현준이 말했다. 안에서 먼저 들어간 셋의 목소리가 들렸다. 이연이 고개를 들고 유리 너머 식당 안을 응시했다. 자리를 잡고 앉은 셋이 벌써 음식을 시켜 놓고 주거니 받거니 술잔을 기울이고 있었다. 지켜보고 있는 것만으로도 무척 즐거워 보였다.

어느새 한경과 서경 안에 자연스럽게 스며들어 오랜 지기처럼 정다운 은결을 보자 절로 미소가 머금어졌다.

"꽉 잡고 계십시오."

현준의 말에 이연이 그의 몸에 더 밀착했다. 영문은 몰랐지만 그가 시키는 대로 몸이 반응했다. 현준이 손을 풀어 이연의 발에 샌들을 하나씩 신겼다. 그다음 이연이 바닥을 딛고 설수 있게 조심스럽게 내려앉았다. 이연이 아쉬움을 뒤로하고 몸에서 떨어지자 현준이 일어섰다. 그녀의 손을 잡고 안으로 들어서는 현준의 표정이 밝았다.

"저희 빼고 시작하는 건 반칙 아닙니까?"

현준이 기분 좋은 목소리로 농담을 건넸다. 일행이 일제히 둘을 돌아보며 반겼다.

"이것보다 더 좋은 거 먹고 있던데 뭘."

은결이 능청스럽게 받아치며 자리를 권했다. 나란히 앉은 둘에게 서경이 소주를 따라 건넸다.

"한참 꽁냥꽁냥 할 때지. 그래도 금강산도 식후경이라고 했으니까. 먹고 마시고 또 후끈 달아올라 봅시다."

"그라지. 화르륵 불타오를 때지. 아, 나도 연애하고 싶다."

서경의 말에 추임새를 넣으며 은결이 소주잔을 들었다. 서경이 은결의 잔에 제 잔을 부딪쳤다.

"연애는 철들고 나서 하는 걸로. 괜히 엄한 여자 고생시키지 말자고."

"아우. 너나 철 많이 들어. 난 무거운 거 질색이니까."

악담을 주거니 받거니 하더니 이내 다른 사람도 부추겨 건배를 하고 시원하게 잔을 비웠다. 악동 같은 모습이 꽤 잘 맞는 둘이었지만 그런 말을 했다간 둘 다 난리가 날 것 같아 이연은 입을 다물었다.

"오오! 회 나왔다."

싱싱한 회가 접시에 담겨 나오자 은결이 눈을 빛내며 젓가락을 들었다. 뒤이어 나온 산 낙지도 같이 테이블 위에 올려졌다. 은결이 두 접시를 젓가락으로 번갈아 가리키며 고민했다.

"아, 어떤 거 먼저 먹지? 둘 다 너무 싱싱하고 맛있어 보여서 고민이다."

"고민할 것도 많다."

서경의 타박에도 아랑곳 않고 눈을 빛내며 접시를 응시하던 은결이 가장 합리적인 선택 방법을 택했다.

"어느 것을 먹을까요. 알쏭달쏭하구나."

낙지 접시에서 은결의 젓가락이 멈췄다. 좋아 죽는 표정으로 꼼지락거리는 낙지를 집는 은결을 서경이 한심하다는 듯 쳐다봤다.

은결이 입맛을 다시며 낙지를 소금과 참기름을 섞어놓은 장에 묻혔다. 침을 꿀꺽이며 입으로 젓가락을 가져가는 은결의 손을 서경이 덥석 붙잡았다. 그리곤 잽싸게 낙지를 제 입에 넣었다. 오물오물 맛나게 씹는 서경의 입을 은결이 멍하니 쳐다봤다. 서경이 그런 은결을 천연덕스럽게 바라보며 고개를 끄덕였다.

"음. 싱싱하고 고소한 게 딱 좋네."

빈 젓가락을 바라보는 은결의 눈이 부들거렸다. 분노로 손이 바들거리는가 싶더니 그의 눈이 한껏 가늘어졌다. 은결이 독기 어린 눈으로 서경을 돌아봤다. 소주잔을 들어 기울이던 서경의 눈동자가 은결을 향해 굴러갔다.

"네가 정녕 죽고 싶어 환장을 한 거지? 어디 오빠가 정성 들여 참기름 묻힌 낙지를 낚아채."

"아 참. 거 아우 입에 안주 하나 넣어준 거 가지고 뭘 유난이셔."

"내가 넣었냐? 네가 뺏어갔지?"

음산하게 번뜩이는 은결의 눈빛에 그대로 있다간 골로 가겠다고 생각했던지 서경이 잔을 내려놓았다. 그리곤 냅다 밖으로 튀쳐 나갔다.

"치사 빤스다. 남자가 속이 그렇게 밴댕이 소갈딱지만 하니까 여자가 안 생기는 거야."

서경이 문밖에서 은결을 자극했다. 그에 은결의 한쪽 눈썹이 불퉁하게 들썩였다.

"저게 아주 오늘 날을 잡았구만. 너 거기 딱 서. 이 오빠가 장유유서가 얼마나 중요한 말인지 뼈저리게 느끼게 해줄라니까."

"고작 한 살 가지고 무슨 장유유서냐? 좋겠다. 몇 달 더 빨리 늙어가서."

"아우. 형, 나 말리지 마. 오늘 내가 저거 버릇을 단단히 고쳐 놓을라니까."

은결이 젓가락을 내던지고 자리에서 벌떡 일어났다. 그리곤 입바람으로 앞머리를 날리며 팔을 걷어붙였다.

"안 말려. 유치한 것들 싸움에 끼어서 같은 급으로 취급받기 싫다."

한경이 보지도 않고 손을 내저었다. 싸우든 지지고 볶든 상대하기 귀찮으니 너희 알아서 하라는 투였다.

성큼성큼 걷던 은결이 문에 가까워지자 전력 질주로 뛰기 시작했다. 그를 예감한 서경이 먼저 미친 듯 백사장으로 도망쳤다. 그때부터 한밤의 살벌한 추격전이 펼쳐졌다. 그 모습을 무심하게 바라보며 한경이 고스란히 남겨진 회와 낙지를 부지런히 입에 넣었다.

아슬아슬하게 잡을 기회를 놓치며 휘청거리고 넘어지는 은결이 불쌍해 보일 만도 한데 이상하게 모두의 얼굴에 미소가 머물러 있었다. 둘은 심각한데 지켜보는 사람들 눈에는 마치 신혼여행을 온 새내기 부부의 '나 잡아봐라' 하는 애정 행각처럼 보였다.

"서른 넘은 것들이 노는 건 꼭 애들이네."

때마침 보글보글 끓어오르기 시작한 갈치찌개를 한술 뜨며 한경이 고개를 절레절레 흔들었다.

"오, 이건 얼큰한 게 맛이 끝내주는데. 이연이도 어서 먹어봐. 현준 씨도 드세요."

찌개 맛을 본 한경이 감탄하며 현준과 이연에게 권했다. 소주잔을 절반쯤 비우고 테이블에 내려놓는 현준의 입 앞에 숟가락이 나타났다. 현준이 숟가락을 든 손의 주인을 돌아봤다. 이연이 어느새 갈치 살을 적당히 발라내 국물과 함께 떠서 현준 앞에 내민 것이다.

"잘 먹겠습니다."

현준이 눈웃음을 짓고 이연이 권한 것을 입에 머금었다. 그윽하게 자신을 바라보는 이연의 눈을 사랑스럽게 마주 보며 현준이 사르르 입가를 끌어 올렸다. 그의 입술이 작게 달싹였다.

"맛있다."

또다시 이어진 둘의 알콩달콩한 모습에 한경은 그냥 은결을 쫓아 나갈 걸 그랬다 속으로 후회했다. 밖에서 괴성을 지르며 달밤의 추격전에 열을 올리는 둘과 서로를 뜨겁게 바라보며 사랑을 속삭이는 둘 사이에서 한경은 오늘따라 무척 외로웠다.

"허전함을 먹을 걸로 채울 수밖에 없는 내 처량한 신세가 서글프다."

한경이 말과 달리 맛있게 만찬을 들었다. 다 먹어치우겠다는 강한 의지를 담아 부지런히 수저를 놀렸다.

함께 있어 더 유쾌하고 행복한 사람들의 밤이 그렇게 깊어가고 있었다.

❖

2차전을 클럽에서 펼치기로 한 은결과 서경이 빠지고 한경은 피곤하다며 제 방으로 먼저 들어갔다. 나란히 붙은 각자의 룸 앞에 이연과 현준이 서 있었다.

"오늘 즐거웠어요. 푹 주무시고 내일 봬요."

카드 키를 들고 머뭇거리던 이연이 먼저 입을 열었다. 그가 말 없이 바라보자 이연이 볼을 붉히며 살짝 아랫입술을 깨물었다. 묘한 긴장감에 이연의 손바닥에 땀이 맺혔다. 이연이 불끈 움켜쥐었던 손을 펴 옷에 문지르며 어색하게 웃었다. 그리곤 시선을 옮겨 도어락을 내려 보았다. 키를 대자 문이 열리는 소리가 났다.

"그럼."

이연이 문손잡이를 돌렸다. 문이 조금 열렸다가 다시 닫혔다. 이연의 시선이 제 손을 감싸고 있는 커다란 손에 닿았다. 그녀의 눈이 커졌다가 멍하니 깜빡거렸다. 더불어 그의 향기가 물씬 풍겨 왔다. 어느새 제 옆에 서 있는 현준을 이연이 조심스럽게 올려다 보았다.

"오늘 밤 함께 보내면 안 되겠습니까?"

그의 진지한 눈빛과 진중한 목소리가 이연을 옴짝달싹 못하게 만들었다. 현준이 이연의 손을 문손잡이에서 거둬냈다. 그의 손이 그녀의 손목을 잡아끌었다. 저항 없이 끌려오는 이연을 현준이 제

룸 앞으로 데려갔다. 한 치의 망설임도 없이 문을 열고 들어선 그가 이연을 와락 껴안아 품에 가두고 격렬하게 입을 맞췄다.

허리와 뒷목을 감싼 현준의 손이 이연을 뜨겁게 달궈놓았다. 척추를 따라 천천히 위로 오르는 현준의 손길을 따라 그녀의 감각이 살아났다. 이연의 가는 목을 감쌌던 현준의 손이 풍성한 머리카락 사이로 파고들었다. 손가락 사이로 흘러내린 이연의 머리카락이 비단처럼 부드러웠다.

집어삼킬 듯 이연의 입술을 탐한 현준의 입술이 그녀의 아랫입술을 빨았다. 이연의 입술이 제 윗입술을 부드럽게 머금었다. 서로를 탐닉하는 입술과 입술 사이에서 에로틱한 숨결이 흘러나왔다.

입술 위로 흩어진 숨결까지 모조리 핥아내며 현준이 그녀의 입술을 벌려놓았다. 이연의 입안으로 현준의 혀가 들어와 달짝지근한 타액을 뒤섞어놓았다.

"하아아."

숨을 쉴 수 있을 만큼 허용된 작은 틈으로 이연이 짙은 호흡을 내뱉었다. 아래로 내려뜬 이연의 속눈썹이 파르르 떨렸다. 홍조가 깃든 이연의 볼이 현준의 시야를 사로잡았다. 달뜬 숨결을 흩어내던 이연의 입술이 그의 입술을 삼켰다. 현준의 입술이 사르르 말려 올라가는 게 느껴졌다.

이연이 팔을 올려 현준의 목을 끌어안았다. 이연의 눈이 감기는 것을 보며 현준도 눈꺼풀을 내려놓았다. 서로를 향한 마음이 담긴 달콤하고 감미로운 키스가 이어졌다. 현준이 살포시 눈을 떠 올려 이연의 얼굴을 바라보았다. 곱고 아름다운 이연의 얼굴이 그의 두 눈 속에 스며들었다.

그의 입술이 멀어지는 것을 느끼며 이연이 눈을 떴다. 몽환적인 이연의 눈빛이 그를 빨아들일 듯 짙은 유혹의 향기를 흘려냈다. 신비로운 색채로 반짝이는 이연의 눈동자를 그윽하게 바라보며 현준이 물었다.

"제가 당신을 사랑해도 되겠습니까?"

많은 의미가 내포된 현준의 말에 이연의 심장이 설렘으로 콩닥 거렸다. 그대로 호흡이 멎을지도 모른다는 생각을 하며 이연이 깊게 숨을 들이켰다. 천천히 마신 숨을 흘려내는 이연을 현준은 재촉하지 않았다. 그는 느릿하게 이연의 머리카락을 가만가만 어루 만지며 떨리는 가슴을 애써 억누르고 있었다.

그의 손끝이 심장처럼 바르르 떨렸다.

그녀의 입술에 살랑바람이 불었다. 솜사탕처럼 달콤하고 아이 스크림처럼 베어 물면 녹아버릴 것처럼 부드러운 바람이었다. 현준은 그 바람을 머금어 삼키고 싶었다. 제 속을 그것으로 가득 채우고 싶었다. 그래서 그녀가 그랬듯 자신도 그녀를 제게 빠져들어 헤어 나오지 못하게 만들고 싶었다. 자신만 바라보게 만들고 싶었다.

오늘 밤은 현준답지 않게 강렬한 소유욕이 일었다.

강이연의 모든 것을 소유하고 그녀의 심장을 저로 가득 채우고 싶었다.

느긋이 그녀를 바라보고 있지만 지금 현준의 가슴은 새까맣게 타들어가고 있었다.

우두커니 그를 올려다보던 이연의 입꼬리가 매끄럽게 끌어 올라갔다. 이연이 현준의 뒷머리를 부드럽게 끌어당겨 귓가로 입술을 가져다 댔다. 그녀의 입술이 그의 귀에 닿은 채로 움직였다.

"이미 키스로 답은 한 것 같은데요."

귀로 전해지는 짜릿한 전율의 느낌을 어떻게 말로 표현할 수 있을까. 머리끝에서 발끝까지 속절없이 관통해 온몸을 감전시킨 그녀의 말에 현준이 미간을 꿈틀거리며 아랫입술을 깨물었다.

심장이 아릿했다.

듣고 싶은 말을 들었는데 왜 그럴까. 너무 벅차서. 너무 기뻐서. 그녀에 대한 감사와 사랑이 넘쳐서 심장이 견딜 수가 없었나 보다. 그녀에게 제 사랑을 쏟아내면 괜찮아질까.

현준이 그녀를 번쩍 안아 올렸다. 걸음을 옮기며 그녀의 이마에, 눈 위에, 콧방울에 진심을 담아 입을 맞췄다. 침대에 조심스럽게 이연을 눕혔다. 그녀의 머리를 가만가만 쓸어내리며 천천히 그녀의 입술에 제 입술을 내려놓았다.

입술을 거두고 그윽한 눈빛으로 그녀를 내려 보며 그녀의 얼굴을 손끝으로 쓸어내렸다. 아무리 머금어도 갈증이 가시지 않는 이연의 입술을 엄지로 애무하듯 어루만지다 턱과 목으로 이어지는 아름다운 라인을 따라 손을 미끄러트렸다.

이연에게서 자신의 향기가 났다. 제 카디건을 입고 있는 그녀에게서 은은히 풍겨오는 제 향기가 남자의 본능을 일깨웠다. 탐욕스런 욕망이 그의 육체를 들끓게 했다. 욕심을 채우기 위해 이연을 안으면 그건 지독한 이기심이다.

현준은 이연의 가녀린 목 위로 입술을 내렸다. 그의 입술 아래에서 이연의 경동맥이 심장의 떨림을 담아 빠르게 뛰었다. 현준의 손이 이연의 어깨에서 카디건을 벗겨 내렸다. 이제는 그녀의 몸위에 직접 제 체취를 남겨놓을 차례였다.

이연의 원피스 지퍼를 내리는 현준의 손길이 조심스러웠다. 살며시 원피스의 목 언저리를 손끝으로 끌어 내리자 매끄러운 이연의 맨어깨가 드러났다. 그 위에 현준이 입술을 지그시 눌렀다. 자분자분 이연의 맨살에 입맞춤을 한 현준이 그녀의 어깨에 입술을 댄 채로 나직하게 속삭였다.

"몸으로 하는 사랑의 밀어는 우리 둘만 있을 때 들려 드리겠습니다. 오늘은 방해꾼들이 너무 많아서 곤란할 듯합니다."

이연이 바짝 긴장한 것이 그의 입술로 고스란히 느껴졌다.

클럽에 간 두 명의 악동과 옆방에서 잠을 청하는 한경이 신경 쓰일 듯해 현준이 아쉬운 마음을 뒤로하고 그녀의 원피스 지퍼를 다시 올렸다.

"후우."

깊은 한숨을 내쉬며 한편으론 그녀에게 웃음을 지어 보이는 현준을 이연이 사랑스러운 눈길로 바라보았다. 이런 사람에게 자신이 사랑받고 있다는 게 너무 기뻤다. 현준은 자신의 여자를 아끼고 배려할 줄 아는 남자였다.

그런 남자가 바로 장현준. 내 사랑이다.

에필로그 다섯

하나에 하나를 더하면 뭐가 될까라는 아주 단순한 질문에 이연은 선뜻 답을 하지 못했다. 이 넌센스 같은 질문에 자신이 생각하는 것 이상의 무엇이 있을 거란 생각이 들어서였다.

예를 들면 '1 + 1 = 창문'이라는 아주 엉뚱하지만 그럴싸한 답 말이다. 아니라면 그런 질문을 현준이 저렇게 진지한 얼굴로 하지는 않았을 테니까.

"글쎄요. 제가 생각하는 단순한 산수는 아닐 것 같은데요."

"단순하다기보단 유치함에 가깝죠. 본인만 진지한."

"유치하다라. 그럼 사랑이랑 연관이 있겠네요."

골똘히 생각하는 척하다 이연이 현준을 돌아보며 눈을 빛냈다.

현준이 마주 보며 고개를 끄덕였다. 그의 입가에 머문 미소가 달콤했다. 입술을 머금어 그 달콤함에 젖어들고 싶을 만큼.

그의 입술에 시선을 붙박아둔 채 이연이 나른한 숨을 흘려냈다. 그녀의 숨결이 마주한 현준의 얼굴 위로 흩어졌다.

침대에 나란히 누워 한 손을 맞잡고 서로를 바라보는 이 순간이 이렇게 가슴을 설레게 하리라곤 생각지 못했다. 조금 전 서로의 몸을 탐할 뻔했던 결정적인 순간에 이연이 바짝 긴장해 떨지 않았다면. 저도 모르게 그의 손을 잡고 만류하지 않았다면. 아마도 지금쯤 둘은 뜨거운 시간을 보내고 있었을 것이다.

언제나 디데이에 대한 생각은 하고 있었다. 성인이었고, 결혼을 전제로 사귀기로 결정을 내린 터였다. 늦은 출발이 더 뜨거울 수도 있음을 이연은 요즘 새삼 실감하고 있기도 했다. 그가 다가오는 매 순간이, 그의 손길이 그녀의 심장을 강렬하게 사로잡고 있었다. 마치 그러기를 바래왔던 사람처럼 순식간에 타올랐다.

하지만 그런 속내를 현준에게 들키고 싶지 않았다. 아직은 조심스러웠고, 그에 대해 더 많이 알고 싶었으며 조금 더 확인하고 싶었다. 현준이 자신을 얼마나 원하고 있는지. 그도 자신처럼 이렇게 설레고 떨리는지. 어쩌면 그런 이연의 마음이 반영되어 저도 모르게 그의 손을 잡은 건지도 모른다.

자신의 주저함으로 섹스가 불발로 끝났을 때 얼마나 미안하고 고마웠는지. 그리고 또 한편으론 아쉬웠음을 그가 알아줬으면 좋겠다고 이연은 침대에 누워 천장을 바라보고 있는 내내 생각했다. 그렇게 한참을 서로의 숨소리만 들으며 달아오른 몸과 두근거리는 심장을 다스렸다.

적막이 무겁게 느껴질 즈음 현준이 뜬금없이 1+1 문제를 냈다. 이연의 민망함과 아쉬움을 마치 뜬금없는 닭살 언행으로 무마시키려는 것처럼 그의 말은 무척 달콤했다.

"그래서…… 답이 뭔데요?"

더 이상 시간을 끌었다간 이연이 현준의 입술을 덮칠 것만 같았다. 이연이 그의 입술에서 시선을 떼지 못한 채 물었다. 현준이 그녀의 시선을 즐기며 입술을 매혹적으로 달싹였다.

"하나."

"하나요?"

"네. 이렇게 하나가 됩니다."

현준이 상체를 일으켜 그녀의 몸 위로 겹쳐 왔다. 그녀의 머리를 감싸고 맞잡은 손을 자신의 가슴 위에 올려놓으며 부드럽게 입술을 맞물렸다. 이연의 마음과 자신의 마음이 다르지 않음을 현준이 몸소 보여준 것이다.

맞잡은 손으로 전해지는 떨림. 숨소리에서 느껴지는 아쉬움과 서로에 대한 갈망. 현준도 미칠 듯 설레고 뜨거웠음을 그가 열정적인 키스로 그녀에게 전해주었다.

「그날 밤에 그가 절 자신의 방으로 데려가지 않았다면 어쩌면 전 무척 실망했을 거예요. 참 많은 일이 있었던 하루였죠. 그의 어머니를 만났고, 그로 인해 제 곁에 든든한 지원군들이 많음도 알았고, 그의 흔들림 없는 든든한 사랑을 알았으니까요. 확신이 든 날이었어요. 아, 이 남자는 정말 내 남자구나. 절대 놓쳐서는 안 될 사람이구나. 그래서 말인데요. 솔직히 제 인내심이 조금만 얕았다면 어쩌면 그를 제가 확 덮쳤을지도 몰라요. 저 보기보다 엄청 뜨거운 여자거든요.」

—2015년 6월 제주도의 뜨거운 밤. 앙큼한 여우 강이연의 인터뷰 중.

6

요즘 들어 라희는 혼자 골똘히 생각에 빠져 있는 때가 많았다. 작정하고 이연을 찾아간 날 은결과 현준을 만나는 바람에 계획했던 것들이 어그러져 버렸다.

세미나 때문에 제주도에 간다는 말을 듣고 늦은 저녁 현준의 집에 갔었다. 현준이 집에 없을 시간을 골라 갔지만 안으로 들어갈 수는 없었다. 현준이 미리 말했던 대로 현관 비밀번호를 바꿔놓았다.

멍하니 열리지 않는 문을 바라보다 돌아서 집으로 오던 길에 라희는 처음으로 아들 때문에 눈물을 흘렸다. 자신을 향해 벽을 세우기 시작한 아들이 원망스러웠다.

원래 연애라는 게 반대하면 더 애틋해진다던데 그 말이 맞나 싶기도 해서 불안감이 엄습했다. 이러다 아들을 잃게 될까 봐. 아들이 자신을 미워하게 될까 봐 걱정이 되면서도 쉽게 마음을 돌릴 수가 없었다.

그것마저 놓으면 제게 남는 게 아무것도 없는 것처럼 느껴졌다. 라희에게 삶의 낙이라곤 아들 하나 바라보고 사는 것이었다. 저 잘되라고 애쓰는 엄마의 마음을 어찌 그리 몰라주나 야속했다.

이연에 대해서도 생각했다. 전에는 그녀의 배경에만 관심이 있었다. 그 배경을 걷어내고 보니 이연이란 아이에 대해 자세히 아는 것이 하나도 없었다.

왜 현준이 세상에 저 혼자 남겨진 것과 다름없는 아이를 좋아하게 된 걸까? 혹여 측은지심에 그런 건 아닐까. 상욱이 물었을 때 아니라곤 했지만 죄책감에 미안해서 그런 건 아닌지. 이런저런 생각으로 머리가 복잡했다.

그로부터 3일 후. 현준이 라희를 찾아왔다.

아들이 온다는 말에 예전 같으면 좋아서 어쩔 줄 몰라 했을 텐데. 어쩐지 죄인이 된 것처럼 가슴이 무겁고 간담이 졸아들었다.

현준은 차 한잔을 청하고 그것을 다 비울 때까지 마주 앉은 라희를 보지도 입을 열지도 않았다. 마침내 빈 잔을 내려놓으며 현준이 라희를 불렀다.

'어머니.'

늘 다정하고 듣기 좋았던 그 말에 라희의 심장이 덜컹 내려앉았다. 라희와 시선을 맞춘 현준이 엷은 미소를 머금었다. 그리곤 입을 열어 잔잔하게 말을 이었다.

'저 강이연 씨 많이 사랑합니다. 이연 씨와 결혼할 생각입니다. 그녀가 아니면 할 수 없는 일입니다. 어머니도 이연 씨를 아껴주세요. 저에게 그랬던 것처럼 그렇게 사랑해 주세요.'

라희는 아무 말도 할 수 없었다. 흔들림 없이 자신을 바라보는 현준의 눈에 깃든 믿음이 라희를 옴짝달싹 못하게 만들었다.

그날 이후 라희의 근심과 한숨이 늘었다.

"사모님, 전화 왔습니다."

정원의 티 테이블에 앉아 있던 라희의 곁으로 도우미가 다가왔다. 라희가 손을 내밀자 도우미가 휴대폰을 건넸다. 누구냐고 묻지도 않고 라희가 휴대폰을 귀에 댔다.

"네."

[안녕하세요. 어머니. 저 제인예요.]

"누구?"

[제인요. 청송기업 딸 소개시켜 줬던.]

"아아."

미적지근하게 알은체를 하며 라희가 미간을 좁혔다. 제인의 전화가 달갑지 않았다. 안 그래도 머리가 복잡해 터질 지경이었다. 거기에 짜증을 더하면 더했지 제인은 덜어줄 인물은 아니었다.

"그런데 무슨 일로?"

[선을 아직 안 봤다고 해서요. 날짜 제가 잡을까요?]

라희의 얼굴이 신경질적으로 구겨졌다. 두통이 밀려오는 듯 라희가 테이블에 손을 올려 머리를 짚으며 다소 딱딱하게 말했다.

"그걸 왜 제인 씨가 잡아?"

[네?]

"양쪽에서 만날 의향이 있다 싶으면 알아 잡는 거지. 안 그래요?"

[아, 그렇죠. 전 그저 빨리 둘이 맺어졌으면 하는 마음에.]

"우리 아들이 선을 별로 보고 싶지 않아 해요. 그래서 내가 아직 말을 못 꺼냈어."

[어머. 그렇다고 무작정 기다리시면 안 되죠. 그러다 일을 그르치기라도 하면 어떡해요.]

제인의 행동이 도가 지나치다 싶었다. 솔직히 따지고 보면 제인이 현준의 결혼에 두 팔 걷어붙이고 나설 이유가 하나도 없었다. 현준은 자신이 거절을 당했던 사람이었다. 아무리 그런 것에 신경을 쓰지 않는다곤 해도 직접 선을 주선하는 건 조금 이상했다.

처음엔 상대방이 욕심이 나서 혹해 제안을 받아들이긴 했지만 생각해 보니 제인의 의도가 순수해 보이진 않았다. 현준을 결혼시키지 못해 서두르는 것도 수상했다.

"우리 아들 혼사 문젠 내가 알아서 하죠. 이런 식의 개입 별로 달갑지 않네요. 내가 지금 몸이 별로 안 좋아서 전화 끊어야겠네. 이제 연락은 안 했으면 좋겠고."

일방적인 통보를 하고 라희가 전화를 끊었다. 짙은 한숨을 내쉬며 라희가 눈을 감았다. 머리가 지끈거렸다.

"나 물 좀 줘."

라희가 안을 향해 날카롭게 소리쳤다. 시원한 물을 잔에 담아 쟁반에 받쳐 들고 도우미가 다가왔다. 이미 예상해 준비하고 있던 참이었다. 잔을 들어 단숨에 물을 비워낸 라희가 미간을 찌푸린 채 눈을 떴다. 그녀가 내려놓는 잔을 쟁반에 받아 도우미가 다시 집 안으로 들어갔다.

라희가 휴대폰을 노려보다 결심을 한 듯 집어 들었다. 머릿속으로 수십 번은 눌러댔던 터라 이젠 익숙해진 번호를 누르고 얼굴을 굳힌 채 라희가 휴대폰을 귀에 댔다. 몇 번의 벨이 울리고 이어 전화를 받는 소리가 들렸다.

"나 현준이 엄마예요. 우리 이번엔 정말 단둘이만 좀 볼까요?"

[네. 알겠습니다.]

"편한 곳 말해요. 내가 그쪽으로 갈 테니까."

이연이 말한 곳은 병원과는 떨어진 곳이었다. 약속 장소를 정하고 전화를 끊은 라희가 심각한 얼굴로 자리에서 일어섰다. 집 안으로 들어서는 라희의 발걸음이 무거웠다.

이연이 퇴근한 이후로 약속 시간을 잡은 터라 그사이 틈이 길었
다. 그런 만큼 각자 생각할 시간도 많았으리라. 이연은 10분 먼저
카페에 도착했다. 저번에 라희를 그리 보낸 것이 마음에 걸렸다.
아무리 그래도 어른이었고 언젠가 시어머니가 될 사람이었다. 라
희는 어떻게 생각할지 몰라도 이연은 그렇게 마음을 굳혔다.

현준에겐 사실대로 말하고 나온 길이었다. 이번엔 혼자 어머니
와 이야기를 나눌 테니 방해하지 말아달라고 부탁까지 했었다. 현
준은 그녀의 말에 순순히 따랐다. 이연의 말대로 어머니와 단둘이
만나 해야 할 말도 분명히 있었다. 현준은 병원을 나서는 이연을
끝까지 정문까지 배웅하며 그녀를 꼭 안아주었다. 그 포옹에 이연
을 향한 믿음이 담겨 있었다.

5분 남짓이 지나자 라희가 카페로 들어섰다. 이연이 자리에서
일어나 그녀를 정중히 맞았다. 깍듯이 인사를 건네는 이연에게 라
희는 고개만 까닥해 보였다. 살가운 인사말도 다정한 스킨십도 없
었다. 이연은 라희가 자신의 인사를 차게 외면하지 않는 것만으로
다행이라 여겼다.

"먼 길 오시라 해서 죄송합니다."

라희가 자리에 앉자 이연이 앉으며 말했다. 가타부타 말없이 라
희가 이연을 똑바로 응시했다. 이연이 그런 라희를 마주하고 부드

럽게 미소를 지어 보였다. 전혀 주눅 들지 않은 얼굴과 태도였다.

"어머니, 어떤 차 좋아하세요?"

"그냥 아가씨하고 같은 걸로 마실게요."

라희는 이연의 이름을 불러주지 않았다. 거리감이 느껴지는 아가씨란 명칭을 붙이며 적당히 말꼬리도 올렸다. 라희가 엷게 웃으며 직원을 불렀다.

"저희 캐모마일 차 아이스로 두 잔 주세요."

직원이 멀어지자 다시 라희에게로 시선을 옮긴 이연이 자연스럽게 말을 이었다.

"캐모마일이 심신 안정에 효과가 좋다고 해요."

"내게 그런 게 필요해 보여요?"

불쾌함이 담긴 라희의 말에 이연이 싱긋이 웃었다. 그리곤 물잔을 잡고 있는 라희의 손을 부드럽게 감쌌다. 라희가 놀란 듯 움찔하다 표독스럽게 눈을 흘겼다.

"무슨 짓이에요? 예의 없이 남의 손을 덥석 잡고."

"어머니 혈색이 안 좋아 보이세요. 손이 차다는 건 그만큼 속에 울화가 치밀었단 뜻이죠. 그로 인해 초조하고 불안하고 화가 나기도 하고. 두통도 느끼실 거예요."

속을 꿰뚫어 보는 듯한 이연의 말에 라희가 서둘러 손을 테이블 아래로 내리며 차게 중얼거렸다.

"누가 의사 아니랄까 봐. 고리타분한 얘기를 해."

"네. 어머니. 저 의사예요."

기분 나쁘라고 한 말이었다. 그런데 이연은 오히려 웃으며 스스럼없이 받아들였다. 라희의 미간이 꿈틀거렸다. 라희를 담담히 바라보며 이연이 말을 덧붙였다.

"사회적 지위도 있고 존경받을 만한 직업이고 능력이 되니까 돈도 잘 벌고. 그 누구에게도 기대고 의지하지 않아도 될 만큼 유능하죠."

"지금 잘났다고 자랑하는 건가요?"

"네. 자랑 중이에요. 저희 부모님이 절 이렇게 잘 낳아 잘 길러 주셨다고 저 자랑 좀 하려고요. 그래서 현준 씨에게 꼭 필요한 사람이라고 어필도 하고요."

"참 당돌한 아가씨네."

"당차야 이 험한 세상 살아가죠. 저만 믿고 저만 보고 살아가겠다는 사람도 있는데 힘을 내야죠."

연신 웃음을 지우지 않은 채 자신만만하게 말하는 이연이 라희는 놀라웠다. 그녀의 말속에 담긴 인물이 누군지 알기에 라희의 심정이 착잡해졌다. 이연은 이미 라희가 할 말을 알고 있었다. 그리고 그에 자신 있게 맞섰다. 자신이 가진 것이 무엇인지 라희에게 내어 보이며.

"우리 현준이한테 아가씨보다 더 잘 어울리는 여자가 있을 거란 생각은 안 해요?"

"아니요. 그런 생각 안 해요, 어머니."

"하아."

헛웃음을 터트리며 팔짱을 끼는 라희를 이연은 흔들림 없이 바라봤다. 그리고 차분히 입을 열었다.

"같은 직업이라 서로 윈윈 효과도 있고 얼마나 힘든지 바쁜지 다 이해할 수 있고. 무엇보다 서로 사랑하니까. 그게 가장 우선이니까. 현준 씨에게 저보다 나은 사람은 없다고 봐요."

말문이 턱 막혔다. 어쩌면 저렇게 막힘없이 술술 말을 할까. 서로 사랑한다는 말이 라희의 가슴에 비수처럼 박혔다.

사랑이 뭐라고. 그게 평생 가는 것도 아닌데 그것 하나만 믿고 결혼을 감행하기엔 사랑의 수명이 너무 짧았다. 그래서 라희는 현준이 조금 더 현실적이길 바랐다.

그래서 사랑이 사라지고 난 자리를 대신 채워줄 것을 선택하길 원했다. 사랑이 얼마나 부질없는 건데 그걸 아직 몰라 그런다. 라희의 눈에 현준과 이연 둘 다 아직 뭐가 중요한지 모르는 바보 같은 아이들로 보였다.

"사랑 그거 믿을 거 못 돼요. 현준이도 언젠가 변해. 그거 하나 믿고 아무도 반기지 않는 집에 시집오는 거 너무 무모한 짓 아닌가?"

"그렇겠죠. 현준 씨도 저도 언젠간 변하겠죠. 하지만 어머니. 사랑이 변한다고 그게 없어지는 건 아니에요. 그 속에서 정이 피어나고 믿음이 깊어지죠. 우리 부모님이 그랬던 것처럼 자식에게 그 사랑이 나눠지겠죠. 그 사랑으로 또 가족이란 이름 아래 함께 살아가게 되는 거 아닐까요? 전 그렇게 생각해요. 사랑은 나누어 지고 때론 다른 이름으로 변하기도 하지만 없어지진 않는 거라고."

"참 말은 잘해."

"어머니, 전 다 가져봤잖아요. 돈도 명예도 배경도 모두. 그리고 또 한순간에 모든 걸 다 잃어도 봤어요. 그것들 다 있으면 좋죠. 하지만 없어도 살아요. 돈은 벌면 되는 거고. 물론 그전보단 못하겠지만 명예도 적당히 가질 수 있어요. 배경은 사라졌지만 그렇다고 제 근본이 흔들리진 않죠. 그런데 그중에 잃어서 가장 아팠고 견디기 힘들었던 건 바로 사랑이에요. 가장 사랑하는 사람들의 부재. 그게 제일 슬픈 거예요. 아직 어머니 곁에 있는 사랑. 지키셨으면 좋겠어요. 진심으로."

구겨졌던 라희의 표정이 서서히 풀어졌다. 딱히 이연에 대한 생각이 바뀌진 않았지만 대신 가슴 한켠이 먹먹해졌다. 그 이유를 알 수 없었다. 이연의 언변에 자신이 속아 넘어가 버린 것일 수도 있었다. 뭐라고 받아쳐 상처를 줘야 마땅한데 라희의 입이 쉽사리 떨어지지 않았다.

남에게 상처를 주면 그 상처가 결국 부메랑처럼 자신에게 돌아와 더 큰 생채기를 낸다던 현준의 말이 떠올랐다. 라희의 가슴에 생채기가 나는 걸 저는 원치 않는다고 했었다.

"어머니, 저랑 차 말고 술 한잔하실래요?"

깊은 생각에 잠긴 라희를 일깨운 건 이연이 꺼낸 뜻밖의 말 때문이었다. 라희가 잘못 들었나 싶어 쳐다보자 이연이 환하게 웃으며 다시 권했다.

"술 한잔하세요. 저랑."

❖

얼떨결에 이연을 따라 들어선 가게는 Bar도 아니었고, 룸이 있는 조용한 곳도 아니었다. 사람으로 북적이는 어묵 가게의 한자리를 차지하고 앉은 라희의 머릿속이 멍했다. 대체 자신이 왜 이런 곳에 있는지 이해할 수가 없었다.

자신을 탐탁지 않게 여기는 애인의 어머니였다. 그런 어려운 사람을 이런 곳에 데려온다는 게 라희는 상식적으로 이해가 되지 않았다.

"어머니! 소주, 맥주, 탁주, 과일주. 어떤 걸로 드릴까요?"

이연의 친구라고 자신을 소개한 서경이 라희의 양어깨를 덥석 잡으며 살갑게 물었다. 흠칫 놀란 라희가 눈을 동그랗게 뜨고 서경을 돌아봤다. 서경이 싱긋이 웃으며 손으로 술잔을 잡아 들이켜는 시늉을 했다.

"아니면 금가루 살짝 첨가된 럭셔리 주(酒)로 드릴까요?"

"저기 난."

"우리 어머닌 와인 과지. 너처럼 아무거나 안 드신다."

라희가 자리를 떨치고 일어나려는 찰나 누군가 가게 안으로 들어서며 대화에 끼어들었다. 익숙한 목소리에 라희가 고개를 돌렸다. 냉큼 곁으로 다가와 서경의 등을 찰싹 때리는 인물은 다름 아닌 은결이었다.

"은결아."

"어머니, 잘 지내셨어요?"

"어. 그런데 은결이 네가 여긴 어쩐 일이니?"

"어머니 오셨다기에 같이 합석하려고 왔죠. 이 험악한 녀석이 어머니께 무슨 짓을 할지 걱정돼서 가만히 있을 수가 있어야죠?"

은결이 입을 내밀고 눈을 부라리는 서경에게 마주 응수하며 자리에 앉았다.

"이 아가씨 알아?"

"알죠. 형수 친군데. 당연히 알아야죠."

"형수 친구를 이렇게 막 대하시나? 형수 친구도 형수처럼 잘 모셔야 되는 거 아닌가?"

서경이 은결의 머리를 마구 헝클이며 투덜거렸다. 은결이 서경의 손을 잡아 물 듯이 겁을 주며 눈을 흘겼다.

"그럼 너도 형수처럼 좀 고상해 보던가. 세탁기도 아니고 만날 탈탈거리면서 뭘 바라? 어머니, 얘가 수준이 좀 저질이에요. 아무 거나 막 받아먹지 마세요. 잘못하면 탈나요."

"응?"

은결이 능청스럽게 말하며 자신의 귀를 잡아당기는 서경의 손을 잡아 결박시켰다. 하지만 그대로 당하고 있을 서경이 아니었다. 재빨리 손을 풀어 은결의 목을 휘감아 응징했다. 캑캑거리면서 천진하게 웃고 있는 은결을 라희가 이상하게 쳐다봤다.

"또. 또. 본전도 못 찾을 짓 한다. 그놈은 그렇게 해선 절대 못 이긴다니까. 약 먹여 재우던가 해야지. 절대 맨정신엔 안 돼."

어묵 전골을 테이블 위에 내려놓으며 한경이 혀를 찼다. 한경을 향해 내민 도움의 손길을 요청하는 은결을 그가 냉정하게 외면했다.

"형, 도와줘요."

"어머님, 이건 저희 가게 특제 메뉴입니다. 맛있게 드십시오."

"아잉, 형."

"네가 긁었으니까. 네가 알아서 해."

"뭐가 이렇게 매정해."

"아유, 오라버니. 날 너무 모르신다. 내가 얼마나 싹싹하고 착한데. 이 동생이 이렇게 마사지도 해주는데. 그렇게 모함을 하면 내가 너무 섭섭하지."

한경이 주문받은 음식을 챙기기 위해 주방으로 돌아갔다. 그런 한경을 애절하게 바라보던 은결의 입에서 억눌린 비명이 새어 나왔다. 서경이 싱긋이 웃으며 그의 어깨를 팔꿈치로 눌렀다. 뭉친 근육을 풀어준다는 명목으로 행해진 마사지는 팔꿈치의 놀림이 빨라질수록 비명도 잦아졌다.

서경이 놀라 굳은 얼굴로 바라보는 라희를 향해 환한 미소를 지어 보였다. 그에 라희의 눈이 커졌다.

"어머니, 제 친구 좀 잘 봐주세요. 제 친구라서 하는 말이 아니라. 이연이가 심성이 참 바르고 성격도 똑 부러지거든요. 많이 사랑해 주세요. 부탁드려요."

간드러지는 목소리를 첨가한 서경을 은결이 뜨악한 얼굴로 돌아봤다.

"와아, 이건 부탁이 아니고 협박이지. 목소리 봐라. 무섭다. 무서워. 어머니, 얘 지금 협박하는 거예요. 형수 예쁘게 안 봐주면 당장 달려갈걸요? 제가 장담하는데 이놈 DNA에 분명히 헐크 염색체가 들어 있을 겁니다."

"내 목소리가 어디가 어때서요? 나름 엄청 신경 쓴 건데. 오빠?"

"하지 마. 그런 목소리로 부를 거면 오빠라고 하지 마. 소름 돋는다."

"이 씨. 야, 김은결."

"그렇지. 이게 딱 이서경이지."

둘을 보고 있노라니 정신이 하나도 없었다. 라희가 한숨을 내쉬며 고개를 돌렸다. 대각선 방향에 이연이 앉아 있었다. 정신 사나운 둘을 보다 이연을 보니 어쩐지 차분해지는 기분이 들었다. 라희의 시선을 느낀 이연이 그녀를 돌아봤다. 부드럽게 말려 올라간 입매가 보기 좋았다.

라희가 곧 반대로 얼굴로 돌렸지만 얼굴을 찌푸리거나 싫은 소리를 한 건 아니었다.

"어머니, 제가 맛있는 와인 가져왔습니다. 이거 드세요. 이거."

은결이 테이블 위에 상자 하나를 올려놓았다. 상자를 열어 와인을 꺼내 흔들며 은결이 매력적으로 입꼬리를 끌어 올렸다. 눈웃음을 치며 뿌듯해하던 은결이 서경에게 손을 척 내밀었다. 멀뚱히 은결의 손바닥을 쳐다보던 서경이 찰싹 소리가 나게 하이파이브를 했다.

"아야! 이거 말고. 와인 딸 거 달라고."

"없는데."

당연하다는 듯 말하는 서경을 은결이 무표정하게 돌아봤다.

"설마."

"여긴 소주, 맥주, 막걸리 같은 주류만 있어. 돌려 따고 꺾어 따고 흔들어 따고. 찔러 따는 것 따윈 없어."

깔끔하게 정리하며 옆으로 손을 긋는 서경을 바라보던 은결의 눈썹이 한쪽만 들썩였다. 이걸 어찌해야 하나 머리를 굴리는 은결의 눈앞으로 서경이 척하니 젓가락을 내밀었다.

"뭐냐. 이건?"

"후벼 파."

"이걸로?"

"어."

"될까?"

"해보면 알겠지."

달리 방법이 없어 보였던지 은결이 젓가락을 받아 들었다. 와인을 다리 사이에 끼고 젓가락으로 코르크를 헤집는 은결을 물끄러미 바라보다 서경이 자리에서 일어섰다.

"야, 어디 가."

"난 소주 체질이라서."

냉장고로 걸어가 소주를 꺼내온 서경이 은결의 옆이 아닌 이연의 맞은편에 앉았다. 은결이 힐끔 서경을 쳐다보며 물었다.

"너 왜 거기 앉아."

"작업에 방해될까 봐."

"……."

젓가락으로 씨름 중이던 은결의 손길이 멎었다. 그의 눈썹이 불만을 담아 물결처럼 일렁였다.

"너 내가 부끄러워?"

"응. 조금."

서경이 소주 뚜껑을 돌리며 무덤덤하게 말했다. 그런 서경을 가늘게 흘기던 은결이 다시 젓가락을 꾹꾹 눌렀다.

"지나치게 솔직한 자식."

"그게 내 매력이지."

소주잔을 들어 라희에게 내밀며 서경이 친근하게 말했다.

"어머니, 와인 따도 잔이 없어요. 컵에 마시느니 제대로 된 잔에 소주 드시는 게 조금 덜 쪽팔리시리라 생각됩니다."

서경이 내민 잔을 안 받기도 그래서 라희가 잔을 들었다. 그 잔을 적당히 채우고 이어 이연과 제 잔을 채운 서경이 이연에게 눈짓을 하며 라희의 잔에 제 잔을 부딪쳤다.

"우아하고 아름다우신 우리 이연이 예비 시어머님의 건강을 위하여."

"뭐야, 나만 빼고 지금 건배한 거야?"

은결이 열심히 와인을 따다 고개를 번쩍 들고 불만을 토로했다. 서경이 자신이 마시던 잔을 은결에 입에 갖다 댔다. 벌어진 은결의 입에 잔을 기울여 술을 넣어주자 눈꼬리가 살짝 유순해졌다.

"지금 많이 바쁘잖아. 내가 먹여줄 테니까. 열심히 하셔."

"술만 주나?"

"안주도 주지."

서경이 숟가락에 어묵 전골을 떠서 은결의 입에 넣어줬다. 은결의 눈이 단박에 커졌다. 그가 따던 와인을 바닥에 내려놓고 본격적으로 숟가락을 들고 덤볐다.

"와아, 형 나왔을 때는 이런 거 안 주더니. 현준 형 어머니 오시니까 내놓네."

"특별 메뉴잖아. 아무한테나 주겠어?"

"하긴."

인정도 빠른 은결이었다. 고개를 끄덕이며 숟가락을 부지런히 놀리는 은결을 서경이 기분 좋게 바라봤다.

받아 든 잔을 가만히 들고만 있는 라희를 이연이 부드럽게 응시했다. 그녀가 라희의 잔에 제 잔을 살짝 부딪쳤다. 라희가 이연을 돌아봤다. 이연이 싱긋이 웃었다.

"잘 부탁드립니다, 어머니."

고개를 돌려 예의를 갖춰 조심스럽게 잔을 기울여 입술을 적시는 이연을 라희가 말없이 지켜보았다. 왁자지껄한 분위기와 소주가 몹시 잘 어울리는 것 같았다. 부담 없이 마시고 즐길 수 있는 가장 보편적인 술 중의 하나였다. 결혼 전 라희가 친구들과 즐겨 마시던 것이기도 했다.

친구 좋아하고 놀기 좋아했던 라희였다.

왁자지껄한 분위기를 만들어내는 사람 중 하나이기도 했다. 분위기 메이커라고 불리던 자신의 젊은 시절이 불현듯 떠올랐다. 라희가 낮은 숨을 내쉬며 가만히 잔을 입술에 댔다. 살짝 흘려 넣은 소주의 알싸한 맛이 입안에 번지자 오랫동안 잊혔던 추억들이 조금씩 되살아났다.

가게를 찾는 사람들 대부분이 젊은 층이었고 가족같이 친근했
다. 훈훈한 정감이 묻어나는 그곳에 함께 있는 라희의 기분이 묘
했다.

주거니 받거니 술자리가 길어졌다. 처음 가게에 들어설 때와 달
리 라희의 표정도 한결 부드러워졌다. 손님이 다 빠져나간 가게
안엔 서경 남매와 은결, 이연과 라희만 남겨졌다. 라희의 방문으
로 평소보다 일찍 손님들을 보내고 문을 닫았다.

젊음의 열기가 물씬 묻어나는 일행들의 모습을 가만히 지켜보
고 있던 라희를 이연이 나직이 불렀다.

"어머니."

라희가 답 없이 고개를 돌려 이연을 마주했다. 이연이 밝은 얼
굴로 라희를 바라보며 말을 이었다.

"제가 사랑하는 사람들이에요. 참 좋은 사람들이죠."

라희의 입가에도 보일 듯 말 듯 엷은 미소가 머금어졌다. 확
실히 이연의 말대로 호들갑스럽긴 해도 사람들은 좋아 보였다.
그들을 보고 있자니 제 젊은 날이 떠올라 덩달아 기분도 좋아졌
다.

"어머니, 저를 받아주시면요. 이 사람들까지 어머니 사람이 돼
요. 어머니 곁에 좋은 사람들이 가득하게 되는 거죠. 언제든 어머
니와 어울려 분위기를 맞춰줄 수 있는 사람들이에요. 욕심나지 않

으세요?"

부드러운 미소를 머금은 이연의 얼굴을 라희가 한참 동안 말없이 바라보았다.

마음이 복잡해진 라희가 먼저 자리에서 일어났다. 시간도 늦었고 술도 어느 정도 마신 터라 라희를 더 붙잡지 않았다. 일제히 일어나 라희를 깍듯이 배웅했다. 모두 그녀를 어머니라 부르며 살갑게 대했다.

이연도 더 부담을 주면 안 될 것 같아 남았다. 마음은 집까지 모셔다 드리고 싶은데 라희가 그것까지는 허용하지 않을 것 같았다. 집으로 돌아가는 길에 라희 혼자 생각할 시간도 필요할 것 같았다.

"수고했다, 친구."

라희를 태운 차가 멀어지는 것을 바라보고 선 이연의 어깨에 서경이 팔을 둘렀다.

"너도 고생했다, 똥강아지."

서경의 어깨에 어깨동무를 하며 은결이 말했다. 그런 은결의 어깨에 한경이 척하니 턱을 괬다.

"이왕 고생한 김에 조금만 더 고생해라, 동생."

"네?"

"뒤를 부탁한다."

"무슨 뒤?"

의아해 묻는 은결을 두고 터벅터벅 걸어 가게로 들어간 한경이 문을 걸어 잠갔다.

"뭐지? 한경이 형이 왜 문을 잠그는 거야?"

"책임 회피지."

"에?"

"더 이상 술 마시는 것도 버겁고, 우리 상대하는 것도 힘들어서 떠넘긴 거야."

"누굴 누구한테?"

"우릴 You한테."

서경이 어깨에 올렸던 손을 거두고 이연과 자신을 가리켰다. 그리곤 검지로 콕 하고 은결의 볼을 찔렀다. 그 손가락을 잡아 은결이 꽉 깨물었다.

"아야!"

"어디다가 삿대질이야."

"이 씨. 친절하게 가르쳐 준 거지. 그렇다고 무냐?"

"그렇다고 부러트릴 순 없잖아?"

"와아. 여자한테 말하는 거 봐라. 다른 데서 이유 찾을 필요 없어. 이러니까 애인이 없는 거야."

둘이 또다시 티격태격 말싸움을 벌였다. 애 같은 모습에 설레설레 고개를 젓던 이연의 어깨를 누군가 가볍게 톡톡 두드렸다. 이연이 고개를 돌렸다. 그 순간 그녀의 입술에 부드러운 것이 닿았다. 현준의 입술이었다. 이연의 입술 위에서 현준의 입술이 달싹였다.

"우린 이쯤에서 빠지는 게 좋겠습니다."

"언제 왔어요?"

입술을 거두는 현준을 놀란 눈으로 바라보며 이연이 물었다. 현준이 입술에 검지를 세우곤 이연의 손을 잡았다.

"쉿."

잡은 손을 끌며 현준이 실랑이가 한참인 둘과는 반대쪽으로 걸어갔다. 이연이 뒤를 돌아보다 이내 현준에게로 바짝 다가섰다. 자신은 현준이 책임지면 은결은 서경 하나만 떠맡으면 된다. 그게 훨씬 편할 거란 생각을 하며 이연은 현준에게 몰입했다.

"우리 어디 가요?"

"어디 가고 싶으십니까?"

"음. 조용한 곳?"

"딱 적당한 곳이 있습니다. 가시죠."

현준이 자신의 차로 걸어가 보조석 문을 열었다. 이연을 태우고 운전석에 오른 현준이 시동을 걸었다. 차를 몰아 도착한 곳은 현준의 오피스텔이었다. 차를 주차시키는 현준에게 창밖을 살피던 이연이 물었다.

"어디예요? 여기가?"

"제 집입니다."

"네?"

생각지 못한 장소였던지 이연의 눈이 동그래졌다. 그런 이연을 두고 차에서 내린 현준이 보조석으로 다가와 문을 열었다. 그리곤 그녀를 향해 손을 내밀었다. 그 손을 물끄러미 바라보다 시선을 들어 올려 현준의 얼굴을 마주했다. 꾸밈없이 바라보는 현준의 눈빛에 이연이 미소를 머금었다.

그녀가 현준의 손에 제 손을 올려놓았다. 그 손을 부드럽게 감싸며 현준도 마주 미소를 지어 보였다.

나란히 걸어 엘리베이터 앞에 멈춰 선 둘이 눈을 맞추며 풋 하고 웃어버렸다. 집이라는 단어가 주는 어감이 이럴 땐 참 은밀하게 다가왔다. 지레 이럴 거라고 전제를 달고 생각하니 집이 야릇한 장소가 되는 것이다. 이연은 제가 그런 생각을 했다는 것이 재미있었다.

"내 속에 음란마녀가 있나 봐요."

엘리베이터에 올라 현준이 층 버튼을 누르는 걸 보며 이연이 고백했다.

"그놈은 제 속에도 있습니다. 염색체가 좀 다르긴 하지만."

"누구에게나 있을 거예요. 남녀관계에선 없을 수가 없겠죠?"

"안심하십시오. 제 속에 있는 놈은 개중에 매너가 있는 편이니까."

"알아요."

현준의 집 앞에 도착해 그가 열어주는 문 안으로 들어서며 이연이 담담하게 말했다. 성인 남녀 둘이 한집에 같이 있다 보면 일어날 수 있는 변수는 무수히 많았다. 게다가 사랑하는 사람들이었다. 서로에 대한 갈증이 어느 순간 폭발할 수도 있는 일이었다.

하지만 현준이 말했듯 그는 여자가 원하지 않을 때 무작정 밀어붙이는 사람은 아니었다. 그래서 이연은 그가 더 좋았다.

"술은 어느 정도 마신 것 같으니까. 저랑은 차를 마시는 게 어떻습니까."

"네. 좋아요."

"그쪽에 앉아 계시면 제가 준비해서 가겠습니다."

이연에게 소파에 앉을 것을 권하며 현준이 주방으로 걸어갔다. 그가 주방에서 찻주전자에 생수를 붓는 걸 보다 이연이 발코니 앞 유리문으로 가 커튼을 걷었다. 밤이 짙어진 도시의 모습이 유리문 밖으로 보였다. 멀리 강도 보였다. 오가는 차가 흘려내는 불빛조차 아름다웠다.

"여기 뷰가 좋네요."

이연이 소파 뒤에 엉덩이를 걸쳐 기댔다. 그 옆으로 다가온 현준이 들고 있던 찻잔을 이연에게 건넸다.

"온도는 적당히 맞췄습니다. 뜨겁지 않을 겁니다."

현준의 말처럼 손에 닿은 찻잔의 온도가 적당했다. 이연이 찻잔의 위 테두리를 손끝으로 어루만지다 시선을 들어 현준을 바라봤다. 그의 옆얼굴을 가만히 바라보던 이연이 고개를 모로 기울였다.

"현준 씨는 왜 제게만 말을 높이죠?"

이연의 물음에 현준이 그녀를 돌아봤다.

"이상합니까?"

"너무 경어라 좀 거리감도 들고 딱딱한 감도 있어서요."

그의 입술이 부드러운 곡선을 그리며 위로 말려 올라갔다. 그가 차분히 입을 열었다.

"존경하고 싶어서라고 말하면 답이 되겠습니까?"

"존경이요?"

"제가 평생 사랑할 사람이니까. 내 아이의 어머니가 될 사람이니까. 모든 어머니는 위대하니까. 존경받아 마땅하니까."

진지한 표정의 그를 물끄러미 바라보던 이연이 싱긋이 입가를 끌어 올렸다. 그녀가 손을 뻗어 현준의 입술을 가만히 쓸었다. 현준이 그녀의 손길에 지그시 눈을 감았다가 떠올렸다.

"그런 의미도 좋지만 전 우리가 조금 더 부담 없는 사이가 되었으면 좋겠어요."

"부담스럽습니까?"

"들을 때마다 기분이 조금 그랬어요. 제가 나이도 어리고, 직급도 현준 씨가 윈데 말투는 반대니까 어색하죠. 전 편하게 대해줬으면 좋겠어요."

"그럴…… 까요?"

"네. 이게 훨씬 좋아요."

"그럼 제게 상을 주셔야겠네요."

"상이요?"

"내 주관을 이연 씨 때문에 꺾었으니까. 받아야 되지 않을까요? 예를 들면 이런 거?"

현준이 상체를 기울여 이연의 얼굴 가까이 다가왔다. 그가 고개를 틀어 이연의 입술에 제 입술을 맞물렸다. 손에 든 찻잔이 살짝 흔들렸다. 현준이 제 것을 사이드 테이블에 내려놓고 이연의 것도 거둬 옆에 두었다.

그의 손이 이연의 두 볼을 부드럽게 감쌌다. 현준에겐 미안했지만 그가 준 차보다 지금은 그의 키스가 더 맛이 좋았다. 그의 입술이 소주보다 더 그녀를 취하게 만들었다.

요즘 술 마시는 날이 많아지긴 했지만 늘 그렇듯 은결은 적당히 페이스를 조절하며 마셨다. 하지만 어젠 분위기에 취해 너무 달렸던 모양이다. 눈꺼풀도 무겁고 머리도 지끈거리고 속도 불편했다. 찌뿌둥한 몸을 이리저리 뒤척이다 기지개를 쭉 켰다.

"하암."

은결은 길게 하품을 하고 일어나기 싫어 꼼지락거렸다. 포근한 이불의 감촉이 좋았다. 이불을 목까지 끌어 올려 둘둘 말고 나니 기분 좋은 미소가 사르르 번졌다.

"일어나지? 굼벵이 짓 더 하다간 출근 늦어."

갑자기 들려온 목소리에 은결이 실눈을 떴다. 익숙한데 어딘가 집에서 듣던 목소리와는 달랐다. 은결이 소리가 들린 쪽으로 느릿하게 머리를 돌렸다. 제 맨발 너머로 수건을 머리에 두르고 작은 화장대에 앉아 있는 사람의 모습이 보였다. 초점이 흐릿해서 누군지 잘 알 수가 없었다. 은결이 미간을 찌푸리며 눈을 감았다 떴다.

"누구야?"

"목소리 들으면 모르냐?"

익숙하다, 너무 익숙한 목소리다.

다시 떠올린 눈동자에 저를 돌아보는 여자의 얼굴이 점점 선명하게 들어왔다. 서경이 혀를 차더니 거울을 돌아보며 얼굴에 미스트를 뿌렸다. 은결의 눈이 동그랗게 떠졌다.

"너. 너. 네가 왜 여기 있어!"

화들짝 놀란 은결이 이불을 들척이려 요동을 쳤다. 둘둘 말고 있던 이불이 쉽게 풀어지지 않아 격하게 움직이다 침대 밑으로 떨어졌다.

"아야."

"혼자 아주 난리 블루스를 추고 계시고요."

손으로 더듬어 제 몸 상태를 체크한 은결이 안도의 한숨을 내쉬며 이불을 걷어냈다. 다행히 옷은 입고 있었다. 은결이 상체를 세워 천연덕스럽게 수건으로 머리를 닦아내는 서경을 쳐다봤다.

"너 거기서 뭐 하냐?"

"보면 모르냐?"

"씻었어?"

"아침이잖아. 일어났으면 씻는 게 당연하지."

"그러니까. 왜 여기서 씻고 있냐고."

어떻게 된 일인지는 모르겠지만 어쨌든 정황상 자신이 서경과 함께 아침을 맞은 건 확실했다. 필름이 끊긴 듯 서경과 집으로 들어선 기억이 은결에겐 없었다. 머리를 긁적이며 어젯밤 행적에 관해 골똘히 생각했다. 그런 은결의 곁으로 서경이 성큼성큼 다가왔다.

"왜냐니. 내 집이니까 당연히 내가 있는 거지. 그 질문은 내가 해야 되는 거 아닌가? 왜 김은결이 내 집 내 침대에서 자고 있는 거지? 그것도 남의 옷을 입고?"

"무슨 헛소리야. 여기가 왜…… 너네 집이야?"

콧방귀를 뀌며 주변을 두리번거리던 은결의 눈이 깜빡거렸다. 자신의 방이라고 생각했는데 낯선 곳이었다. 서경의 말이 맞는 모양이었다. 은결이 서경을 돌아보며 멍하니 묻자 서경이 태연하게 답했다.

"어. 마이 홈그라운드라네."

"나 왜 여기 있냐?"

"글쎄올시다. 나도 그게 미스터리네. 씻고 옷이나 벗어. 왜 남의 옷은 주워 입고 난리야."

고개를 절레절레 흔들며 서경이 젖은 수건을 떨어트려 은결의 얼굴을 덮었다. 정신 좀 차리라는 의미에서였다.

은결이 수건을 걷어내며 제 옷을 살폈다. 서경의 말 그대로였다. 옷을 입고 있긴 한데 이것도 제 옷은 아니었다. 상의가 품이 넉넉한 XL 사이즈라 불편함이 없어 제 옷인 줄 알았다. 서경이 그런 옷들을 즐겨 입다 보니 그냥 막 주워 입어도 편한 것들이었다. 와이셔츠가 불편해 그걸 벗고 손에 잡히는 대로 갈아입었던 모양이다.

은결이 다시 화장대로 걸어가 로션을 바르는 서경을 새초롬하게 흘겼다. 그리곤 가슴을 오버스럽게 양손으로 크로스해서 감싸고 의심스런 목소리로 물었다.

"너 혹시 나 덮쳤냐?"

"내가 미쳤냐?"

"정상은 아니잖아."

주둥이를 함부로 놀리면 안 되는데 아침부터 영양가 없는 농담을 하다가 은결이 쿠션을 직통으로 얼굴에 맞았다. 맞은 곳을 문지르며 미간을 찌푸리는 은결을 서경이 사납게 쏘아붙였다.

"사돈 남 말하지 말고 얼른 씻고 나가! 더 꾸물대면 진짜 지각이야."

"아. 병원! 지금 몇 시야?"

"7시 40분."

"으아아. 큰일이다."

벌떡 자리를 털고 일어난 은결이 이불을 들어 다시 침대에 올리곤 이리저리 방황하며 동분서주했다. 서경이 제 왼편을 손가락으로 가리키자 은결이 재빨리 서경을 스쳐 욕실로 향했다. 문이 닫혔다 열리며 은결이 고개를 배꼼 내밀었다.

"남는 칫솔 없어?"

"욕실장 열어봐. 면도기 여자 거라도 상관없으면 걸려 있는 거써도 돼."

"너 면도도 하냐?"

"왜 남자 아니냐고 대놓고 묻지. 수염 아니고 다른 데 쓴다. 여자도 털은 나거든?"

"어디?"

"닥치고 씻어라."

서경이 으르렁거리며 화장대 위에 놓인 각 티슈를 잡았다. 그것이 와락 구겨지는 것을 보고 은결이 순순히 욕실로 사라졌다.

"별걸 다 묻고 난리야."

씩씩거리며 UV차단제를 손등에 짜던 서경의 귓불이 붉게 달아

올라 있었다. 아무래도 은결은 서경이 여자라는 것 자체를 인지를 못하고 있는 모양이다.

"사람이면 나는 데 털 다 나지. 어디 나면 뭐 지가 직접 밀어줄 거야? 그런 건 왜 물어?"

얼굴에 차단제를 펴 바르다 말고 서경이 물소리가 들리는 욕실을 째려봤다.

남의 집에서 샤워를 하기가 뭣해 은결이 머리만 감고 간단히 씻었다. 문을 열고 나오려던 은결의 눈앞에 뭔가가 불쑥 내밀어졌다. 은결이 비닐 포장지에 쌓인 그것을 물끄러미 보다 서경을 쳐다봤다.

"갈아입어."

"오우. 우리 동생 센스 죽이네. 땡큐."

척보면 척이라고 서경에게서 속옷을 받아 든 은결이 다시 욕실 문을 닫았다. 속옷을 갈아입으려고 보니 여태 아랫바지를 입고 있었던 게 아닌 드로즈 차림이었다는 걸 깨달았다. 은결이 얼굴을 손으로 덮고 고개를 절레절레 흔들었다.

"맙소사."

아무리 편한 사이라고 해도 이건 좀 아니지 싶었다. 모른 척해 준 서경이 고맙기까지 했다.

"자식이 마음 씀씀이가 꽤 괜찮단 말이지."

은결이 수건을 허리에 대충 두르고 나오자 서경이 이번엔 머그

컵 하나를 내밀었다.

"우유?"

"숙취 해소제."

"무슨 숙취 해소제를 컵에 따라 마셔?"

"우리 마마표라서 그래."

"오오. 그런 귀한 걸."

은결이 반색하며 컵을 받아 들었다. 컵을 입에 가져가 마시는 은결의 머리카락에 물기가 남아 있었다.

"야. 내 옷에 물 다 묻잖아."

서경이 은결의 등짝을 철썩 때리곤 그의 한쪽 어깨에 걸쳐 있던 수건을 뺏었다. 그리곤 수건으로 그의 머리를 덮어 사정없이 헝클었다. 서경이 닦아내기 쉽게 은결이 머리를 숙여주었다. 부스스한 사자 머리가 되어가는데도 은결은 아랑곳하지 않았다. 그의 입가에 맺힌 미소가 싱그러웠다. 수건을 치우고 서경이 그의 머리를 만지작거렸다.

"이 정도면 됐고."

서경이 돌아서 화장대에서 뭔가를 집어 들었다. 그 모습을 보며 은결이 컵을 마저 비웠다. 서경이 은결의 손에서 컵을 받아 화장대 위에 내려놓았다. 그녀가 은결의 턱을 손끝으로 잡아 고정시켰다.

"눈 감아."

"뭐 하려고."

눈을 야릇하게 내려뜨는 은결을 불퉁하게 보며 서경이 툭 내뱉었다.

"안 잡아먹는다."

쿡. 낮은 웃음을 터트리며 은결이 눈을 감자 서경이 미스트를 사정없이 뿌렸다.

"우푸푸. 야. 너무 뿌렸잖아."

"아우. 수분 촉촉하니 좋구만. 요즘 물광이 대세야. 번들번들하니 딱 좋네. 저기 옷 있어."

서경이 턱으로 옷걸이에 걸어놓은 은결의 양복을 가리켰다. 전날 입어 구겨져 있었을 텐데. 나름 신경 써 다린 듯했다. 슈트와 와이셔츠를 분리하며 은결이 낮게 휘파람을 불었다.

"오. 우리 털털이 꽤 섬세한데?"

"남들이 오해할까 봐 그런다. 병원 가면 이연이랑 현준 씨 볼 거 아냐. 슈트야 비슷한 거라고 우겨도 구겨진 채로 가면 이상하게 생각할 수도 있잖아."

"배려 돋는 말발. 죽여줘."

은결이 한쪽 눈을 찡긋하며 서경을 등지고 돌아섰다. 허리에 두른 수건을 걷고 바지를 먼저 입었다. 어릴 때부터 한경과 남매보다는 형제처럼 지낸 터라 남자의 벗은 몸이 새삼스럽지 않았다. 은결이 드로즈 차림으로 당당히 욕실로 걸어가는 바람에 본의 아니게 거울 속에 비친 그의 하체를 보기도 했다.

그런데 은결이 서슴없이 티를 위로 벗어 올리자 서경이 입을 삐죽 내밀며 고개를 돌렸다. 티를 침대 위에 두고 셔츠를 걸쳐 단추를 잠그는 동안 서경은 괜히 화장대 위를 정리했다. 의외로 탄탄한 은결의 헐벗은 상체를 보자 기분이 묘했다. 재킷까지 말끔하게 차려입은 은결이 입구에 얌전히 놓여 있는 가방을 들었다.

"이 신세는 언젠간 꼭 갚아주마."

"됐어. 그거 갚아준다는 핑계로 더 엉겨 붙지나 마."

"이런, 너 그사이 날 너무 많이 알아버렸구나. 작전 실패다."

"숙박비는 우리 이연이 도와준 걸로 퉁쳐 줄게."

"야. 그건 아니지. 내 형수기도 하거든. 그건 당연히 해야 하는 거지. 내가 또 공과 사는 확실하거든. 언제 밥 한 끼 근사하게 살게. 기대해."

신발을 신고 현관을 나서기 전 은결이 서경에게 새끼손가락을 내밀었다. 그걸 물끄러미 바라보던 서경이 어깨를 으쓱하며 제 새끼손가락을 걸었다. 도장도 찍고 복사도 마친 둘이 주먹을 쥐어 살짝 부딪혔다. 말하지 않아도 이런 건 참 쿵짝이 잘도 맞았다.

"오늘 하루도 파이팅!"

"애들 울리지 말고 잘해."

"나 인기 짱이야. 왜 이래."

"꺼지쇼."

"쿡. 전화할게."

문을 열고나서 마지막 인사까지 잊지 않고 애교스럽게 마친 은결이 문밖으로 사라졌다. 팔짱을 끼고 서서 그를 심드렁하게 배웅한 서경이 한참을 닫힌 문을 보고 서 있다가 실없이 웃었다. 늘 해가 중천에 뜨고서야 혼자 꾸역꾸역 일어나던 서경이었다. 오늘 아침은 다른 날과 달리 무척 분주했다. 남의 침대를 마치 제 침대처럼 차지하고 누운 파렴치한 침입자 때문이었다.

"택시에 타서 2차로 클럽에 간 것까진 생각이 나는데 말이야. 어쩌다가 우리 집까지 같이 온 거지?"

고개를 갸웃하던 서경이 이내 머리를 흔들었다.

"아, 몰라. 몰라. 너무 일찍 일어나서 피곤해 죽을 것 같다."

씻은 것이 허망하게 서경은 그대로 몸을 날려 침대에 대자로 엎드려 뻗었다. 뭐가 자꾸 몸을 끌어안아 떼어내다 귀찮아 눈을 떴는데 바로 앞에 은결의 얼굴이 있어 깜짝 놀라 비명을 지를 뻔했다. 아무 일 없는 건 확인했지만 같은 침대에 그대로 엉겨 붙어 누워 있을 수가 없었다. 게다가 은결의 출근 시간이 가까워오고 있었다.

"근데 얜 대체 어제 어디서 잔 거야?"

눈을 감은 채 중얼거리던 서경의 미간이 꿈틀거렸다. 엉큼한 상상이 나래를 펴려 하자 귀차니즘으로 물리치고 곧 잠을 청했다. 다 큰 성인이고 사랑하는 사람들인데 뭘 하든 서경이 관여할 바가 아니었다.

"하아. 남자랑 한 침대에서 자도 별일이 없는 이 굴욕스런 현실이라니. 참 기분 꿀꿀하네."

졸음이 몰려왔다. 그와 함께 이불과 베개에서 은은하게 은결의 체취가 느껴졌다. 뭔가 기분이 야릇했다.

"소아 황달의 경우엔 생리적인 것과 모유로 인한 것, 병적 황달로 나뉘는데 사랑이의 경우엔 모유로 인한 황달이라는 검사 결과가 나왔습니다. 증상이 조금 심해 보이고 10일 이상 지속되는 게 일반적입니다. 일단 하루 이틀 모유를 끊고 경과를 지켜봐야 할 것 같습니다. 보통은 모유 수유만 잠시 끊어도 괜찮아지니 크게 걱정하지 않으셔도 됩니다."

생후 5일 된 신생아가 황달기가 있어 병원을 찾았다. 첫 아이라 걱정이 많은 부모는 가슴을 졸이며 현준의 말을 경청했다. 괜찮을 거라는 현준의 말에 안도의 한숨을 내쉰 부모와 아이를 보내고 현준이 시계를 확인했다.

"10분 뒤에 점심시간이네."

현준이 모니터를 응시했다. 대기 환자가 아직 셋이나 더 있었다. 노크 소리가 들리고 다음 환자와 간호사가 같이 진료실로 들어왔다.

"과장님, 감기 때문에 내방하셨고요. 열은 36.7부고요. 콧물과 기침 증상이 있습니다."

"네. 알겠습니다. 은규, 여기 앉아볼까?"

차트에서 이름을 확인한 현준이 아이의 이름을 다정히 부르며 진료 의자를 가리켰다. 은규가 겁먹은 눈으로 엄마의 손을 잡고 현준과 마주 앉았다.

"우리 하마랑 은규랑 누가 더 입이 큰지 한번 벌려볼까?"

현준이 책상 위에 놓아둔 하마 인형을 손에 끼고 하마의 입을 쩍 벌렸다. 병원이 무서워 눈물을 글썽이던 아이가 호기심을 보이며 하마 인형을 쳐다봤다. 현준이 장난스럽게 하마의 입을 닫았다 열었다를 반복했다.

"아아. 하마가 입 운동한다. 어쩌지? 이러다 하마가 은규 이기겠는데? 우리 은규도 크게 한번 벌려볼까?"

"응."

"그래. 선생님이 응원해 줄게. 아, 하고 벌려보자."

은규가 입을 크게 벌리자 하마도 따라 벌렸다. 하지만 은규보다는 조금 작았다.

"어디 누가 큰지 한번 재어볼까?"

현준이 먼저 은규의 입안을 살폈다. 다음 하마의 입도 들여다보는 척하며 은규에게 엄지를 들어 보였다.

"은규가 이겼다. 하마보다 약간 컸어."

하마를 이용해 경계심을 풀어놓은 현준이 이번엔 좀 더 수월하게 청진기로 진료를 했다.

"심하지 않아서 약 3일 치만 처방해 드리겠습니다. 요즘 미세먼지 때문에 호흡기 질병이 많이 발생하니까 평소에도 주의하시구요."

"네. 감사합니다."

"은규 상 받아야지. 하마 이겼으니까 달콤한 사탕 줄게. 먹고 이꼭 닦기, 약속."

현준이 자세를 낮춰 눈높이를 맞추며 은규에게 사탕을 내밀었다. 사탕을 받아 든 은규의 얼굴에 웃음꽃이 활짝 피었다.

모든 병은 사람이 약해졌을 때 몸을 침입해 오는 법이다. 웃음이 가장 좋은 치료법이란 말을 현준은 믿어 의심치 않았다. 아이는 슬픔보다 기쁨을, 아픔보다 즐거움을, 울음보단 웃음을 더 많이 알아가야 한다. 현준은 자신이 만난 모든 아이들이 웃으며 병원을 나설 수 있기를 바랐다.

오전 마지막 환자를 보고 자리에서 일어서던 현준이 문이 열리는 소리에 고개를 들어 입구를 봤다. 간호사일 거라 생각했는데 아니었다. 이연이 문 안으로 들어서 그의 곁으로 다가오고 있었다.

"점심 드셔야죠."

"그래야죠. 같이 갈까요?"

"우리 식당 밥 말고 다른 거 먹어요."

"어떤 거?"

현준이 가운을 벗어 옷걸이에 걸었다. 책상을 돌아 나오자 이연이 곁으로 바짝 다가왔다. 현준이 자연스럽게 손을 뻗어 이연의 앞머리를 정돈해 주었다. 이연이 턱을 들어 올려 현준을 빤히 바라보았다.

"나 분식 먹고 싶은데."

"분식이요? 떡볶이, 쫄면, 우동 이런 거?"

"네. 그런 거."

"가요. 물론 장소는 이미 정해져 있겠죠?"

"가까워요. 걸어서 5분에서 10분?"

"어디든 당신이 원하는 곳이라면 난 무조건 콜."

"음. 먹고 죽지는 않을 거예요."

이연이 현준의 팔에 팔짱을 끼며 장난스럽게 콧잔등을 찡그렸다. 그런 이연을 사랑스럽게 바라보며 현준이 문을 열었다.

병원을 나서 길게 이어진 도로 옆 가로수 길을 따라 걸었다. 조금 걷다 보니 분수가 설치된 광장이 나왔다. 여름의 길목이 가까워지고 있었다. 늦봄이라는 말이 무색하게 날이 조금 더웠다. 분수에서 쏟아져 나온 물이 더위를 조금 가시게 했다.

아이들이 물줄기를 찾아 이리저리 뛰어다녔다. 일부러 물을 맞으려고 그런 것이다. 흠뻑 젖었으면서도 웃음이 끊이질 않았다. 아이들의 모습을 기분 좋게 바라보며 광장을 지나 조금 더 걷자 시장으로 이어진 길목이 나타났다.

"재킷 벗고 오길 잘했어요. 날이 점점 더 더워지는 것 같아요."

"다른 계절이 짧아지고 여름이 길어진다고 봐야죠. 이쪽?"

"네. 이쪽."

요즘 시대에 맞춰 변화된 재래시장은 푹푹 찌는 더위를 피해 높은 천장을 만들었다. 햇살과 비가 직접 들이치지 않아 장을 보는 데 제약이 없게 설계되었다. 목적지가 분명한 외출이었다. 이연은 망설임 없이 시장 안을 가로질렀다.

점심식사를 분식으로 때우는 건 현준에겐 처음 있는 일이었다. 하지만 상관없었다. 무엇을 먹든 그게 이연이 좋아하는 것이라면 괜찮았다. 그녀에 대해 하나하나 알아간다는 기쁨이 그에겐 더 중요한 일이었다.

"아, 있다. 여기예요."

이연이 반색하며 저만치 보이는 허름한 출입문의 오래된 분식집을 가리켰다. 현준이 고개를 끄덕이며 이연이 이끄는 대로 분식집 안으로 들어섰다.

건물이 오래된 것에 비해 안은 비교적 깔끔했다. 벽 이곳저곳 빼곡하게 채워진 낙서는 이곳을 다녀간 사람들의 추억이 담겨 있는 것이었다. 현준은 이연이 권한 자리에 앉으며 이곳 어딘가에 이연의 추억도 자리하고 있겠구나 생각했다.

"뭐 드릴까요?"

"저기 예전에 여기 할머니가 하셨는데. 어디 가셨어요?"

이연이 주방 쪽을 기웃거리며 주문을 받으러 온 젊은 아가씨에게 물었다. 주방에는 오십 정도로 보이는 아주머니가 한 분 계셨다. 이연이 찾는 할머니의 모습은 보이지 않았다.

"아, 우리 할머니요."

"할머니세요?"

"2년 전에 돌아가셨어요. 당뇨 합병증으로."

"아, 그랬구나. 참 좋은 분이셔서 오래 기억에 남았는데. 죄송해요. 곤란한 걸 물어서."

이연의 얼굴과 목소리에 아쉬움과 안타까움이 묻어났다. 아가씨가 고개를 흔들며 엷은 미소를 지었다.

"아니에요. 가끔 예전에 단골이셨던 분들이 와서 묻곤 하세요. 저희야 잊지 않고 오시면 좋죠."

"네."

"음식은 여전하니까 걱정하지 마세요. 저희 엄마가 할머니한테 직접 전수받았거든요."

"네. 저희 떡볶이랑 김밥. 떡라면도 하나 주세요."

"네. 조금만 기다리세요."

아가씨가 주방으로 들어가자 이연이 현준을 보며 싱긋이 웃었다.

"부실하게 먹여서 미안해요."

"세 가지나 시켜놓고 부실하다고 말하면 내 배가 민망하죠."

"그런가요?"

현준이 냅킨을 뽑아 수저를 닦아 늘 그렇듯 이연 앞에 먼저 놓았다. 그리곤 제 것을 챙기고 나서 자리에서 일어섰다.

"어디 가요?"

"물은 셀프라서요."

"아. 그건 제가 할게요."

늘 그가 챙겨주는 것을 받기만 해 미안했다. 미처 물에 대해 생각하지 못했는데 현준이 놓치지 않고 세심하게 챙겼다. 현준이 일어나려는 이연의 어깨를 가볍게 두드렸다.

"어디 가지 말고 딱 앉아서 기다려요."

명령하듯 말하는 현준의 입술이 곱게 말려 올라갔다.

"네. 과장님."

현준이 물을 떠오는 동안 이연은 그에게서 시선을 떼지 않았다. 양손에 물 잔을 들고 저를 향해 다가오는 현준이 좋았다. 어디든 가림 없이 그녀가 원하는 것이라면 무조건 오케이를 외치는 사람이었다. 어떻게 저토록 한 여자에게 올인할 수 있을까. 그것도 단한 번 만난 것이 전부였던 자신에게.

이연은 그에 대해 생각하면 할수록 신기하고 의아했다. 자신의 무엇이 현준의 마음을 사로잡았을까. 아무리 생각해도 알 수 없었다.

현준이 이연 앞에 잔을 내려놓으며 상체를 숙였다. 그녀의 귀에 가만히 입술을 대고 그가 나직하게 속삭였다.

"그런 눈빛으로 자꾸 쳐다보면 유혹하는 걸로 생각할 거예요."

"유혹이요?"

자신의 자리에 앉는 현준을 보고 이연이 물었다. 현준이 잔을 들어 물을 마셨다. 그의 입술에 물기가 남아 반짝거렸다. 현준이 매끄럽게 입꼬리를 끌어 올리곤 혀로 입술을 핥았다. 그것도 아주 요염하게.

"뭐 하는 거예요?"

이연이 눈을 동그랗게 뜨고 물었다. 자신이 뭘 잘못 본 게 아닌가 싶었다. 유혹은 이연이 했다고 하더니 정작 그녀를 설레게 한 건 현준이었다. 이연의 물음에 현준이 무슨 말인지 모르겠다는 듯 되물었다.

"내가 뭘요?"

"방금 그거."

이연이 그의 입술을 손끝으로 가리켰다. 현준이 엄지로 천천히 제 입술을 쓸면서 또 능청스럽게 말했다.

"방금 뭐?"

이연의 입이 벌어져 다물어지지 않았다. 싱긋이 웃는 현준의 입술에 장난기가 스며들었다.

"주문하신 음식 나왔습니다."

테이블 위에 음식들이 올려졌다. 현준이 그것들을 보며 눈을 반짝 빛냈다.

"맛있겠다."

젓가락으로 떡볶이 하나를 집어 든 현준이 그것을 이연의 입 앞으로 가져갔다. 현준이 그녀를 다정하게 바라보며 입술에 콕 하고 떡볶이를 대었다. 이연이 입을 벌리자 그 안에 떡볶이를 넣곤 싱긋이 미소를 지었다. 그의 싱그러운 미소를 보며 이연이 떡볶이를 꼭꼭 씹어 삼켰다.

"가끔 현준 씨한테 은결 씨가 보여요."

"아니죠."

"네?"

이번엔 김밥을 집어 이연의 입에 물리며 현준이 그녀의 말을 정정했다.

"은결이가 나의 일면을 닮은 거죠."

"……아. 그런 거예요?"

"네. 그런 거예요."

하필 능청스럽고 개구쟁이 같은 면을 닮았을까. 속으로 생각하다 풋 하고 웃음이 터졌다. 하나만 닮아도 그렇게 넘치는데 다른 면까지 모조리 닮으면 은결이 결국 우주로 진출할 것 같다는 생각이 들어서였다.

"이래 봬도 까도남이라고요. 내가."

"까도남? 까칠한 도시 남자?"

"아니요. 까도 까도 항상 새로운 남자."

때를 맞춰 벌어진 이연의 입으로 현준이 숟가락을 넣었다. 라면을 담은 수저였다. 행여 뜨거울까 먼저 입바람으로 식히고 난 후라 먹기에 적당했다. 이연에게 세 가지 음식을 골고루 먹이고 나서야 현준이 김밥을 입에 넣었다.

"하지만 내 여자를 향한 사랑은 변하지 않는 순정적인 남자이기도 하죠."

"자뻑남 기질도 다분히 있어 보이는데요?"

이연이 핀잔을 주듯 말하며 미소를 띠었다. 현준이 그랬듯 라면을 적당히 숟가락에 떠올린 이연이 그것을 그의 입술 앞에 내밀었다. 현준이 기분 좋게 받아먹으며 고개를 끄덕였다.

"빙고. 나에 대해 또 하나 알았네요."

"인정도 잘해."

"그것도 내 장점 중 하나죠?"

"음. 양파 같은 남자 매력 있어요."

어느새 둘이 함께 있는 게 너무 편해졌다. 처음 다가오지 말라고 벽을 쳤던 그때가 오히려 어색할 정도로 지금이 훨씬 자연스러웠다. 이 모든 게 이연은 그저 신기했다.

음식이 거의 바닥을 보일 무렵 이연이 조심스럽게 입을 열었다.

"나 어릴 때 엄마랑 아빠가 너무 바빠서 가끔 학교 행사에 못 오실 때가 있었어요. 화가 나서 며칠째 뾰루퉁해 있으면 엄마가 절 여기로 데려오곤 했어요."

현준이 부드러운 시선으로 그녀를 바라보았다. 이연이 한 팔을 테이블 위에 올려 턱을 괬다. 지그시 현준을 바라보며 그녀가 차분하게 말을 이었다.

"학교 앞 분식도 좋은데. 여기서 엄마랑 먹는 게 더 맛있을 거라면서. 운동회 때는 짜장면이 진리라고 툭 받아치긴 했지만. 솔직히 좋았어요. 엄마랑 나 식성이 비슷했거든요."

"참 오랜만이겠네요."

"엄청 오랜만이죠. 크고 나선 엄마랑 뭘 하는 일이 거의 없었으니까."

"다들 그렇죠."

"엄마하면 떠오르는 곳 중에 여기가 제일 선명하게 기억에 남아 있어요. 나는 어렸고, 엄마는 젊었고."

이연이 숨을 깊게 들이쉬었다. 그녀의 눈망울이 촉촉이 물들어 갔다. 그럼에도 그녀는 미소를 머금었다.

"더 많은 추억을 남기지 못한 게 너무 아쉬워요. 엄마가 나이 들어가는 모습, 내가 커가는 모습이 함께 어우러진 행복한 시간들이 없었다는 게 슬퍼요."

현준이 손을 뻗어 이연의 눈가를 쓸었다. 눈을 감고 엷은 미소를 띤 이연이 울음기 섞인 목소리로 말을 이었다.

"나는 하지 못했지만 내가 사랑하는 당신은 그럴 수 있었으면 좋겠어요. 어머니에게도 당신에게도 좋은 추억이 많이 만들어졌으면 좋겠어요."

"응. 그럴게요. 당신이 원하면 그렇게 할게요."

자신 때문에 행여 현준과 라희의 사이가 멀어질까 염려하는 이연의 마음이 느껴졌다. 그리고 고마웠다. 어머니를 외면하지 않고 보듬어줘서. 이연의 고운 마음이 그를 행복한 사람으로 만들었다. 아무도 잃지 않고 다 같이 함께할 수 있게 이연이 신경 써준 것이 고맙고 감사했다.

해외 지사에 나가 있다 한 달 만에 귀국하는 정준을 현준이 직접 공항까지 마중 나갔다.

게이트를 빠져나온 정준이 현준을 발견하곤 반갑게 웃으며 다가왔다. 현준이 여행 가방을 받아 밀자 정준이 그런 현준의 머리를 부스스 헝클었다.

"기특하네. 우리 현준이가 형 마중을 다 나오고."

"특별히 시간 내서 온 거니까 맛있는 거 사줘야 돼."

"누가 나오래? 왜 내 마누라 자식도 안 나오는데 네가 설쳐."

"캐나다에서 여기까지 어떻게 마중을 와. 기러기 아빠 신세 처량할까 봐 나와줬더니 타박이야."

"그래, 그래. 우리 동생 와줘서 너무 고맙다. 형이 감격해서 눈물이 다 나오려고 한다."

공항 로비를 빠져나와 주차장으로 가기 위해 길을 건너며 현준이 의미심장한 말을 건넸다.

"비싸고 맛있는 걸로 2인분이다."

"당연하지. 난 그럼 굶어?"

"형 빼고 2인분."

"뭐?"

현준이 정준을 두고 저만치 자신의 차가 세워진 곳으로 달리다시피 뛰었다. 정준이 의아해하며 현준을 쳐다보다 자동으로 열리는 보조석 문으로 시선을 옮겼다. 현준의 차 보조석에서 누군가 내렸다. 여자였다. 정준의 걸음이 우뚝 멈췄다. 그가 다시 한 번 자세히 여자를 살폈다. 시선이 마주치자 여자가 자신을 향해 정중히 고개를 숙여 보였다. 얼떨결에 마주 인사를 하던 정준의 입가에 사르르 미소가 번졌다.

현준이 그녀의 옆에 나란히 서서 자랑하듯 그를 바라보고 있었다.

"자식이 언제 애인을 만들었어."

정준의 발걸음이 빨라졌다. 곁으로 다가서자 현준이 이연을 소개했다.

"인사해요. 이쪽은 제 형인 장정준. 그리고 여긴 내가 사랑하는 강이연 씨."

"안녕하십니까. 현준이 형입니다."

"안녕하세요. 강이연입니다."

"곧 한 식구 될 거니까. 가족처럼 아껴줘요."

"이 녀석. 너 너무 앞서가는 거 아냐?"

"뭐가?"

"이연 씨, 이놈 제대로 청혼은 하던가요?"

"아니요. 아직."

"그럼 속 많이 끓이게 한참 뜸 들이다 받아주세요. 어디서 청혼도 안 하고 설레발이야."

정준이 장난스럽게 현준의 머리에 알밤을 먹였다. 스스럼없는 그들의 행동에 내내 긴장하고 있던 이연의 마음이 조금 편안해졌다.

공항으로 오는 길에 현준이 자신과 형이 8살이나 나이 차이가 나는 배다른 형제라고 말했을 때 묘한 기분이 들었다. 다른 형제들보다 더 살갑다는 현준의 덧붙인 말에도 혹시 갑작스런 자신의 동행으로 분위기가 이상해지진 않을지 걱정이 되었다.

하지만 직접 마주한 정준은 현준 못지않게 매너 좋고 약간의 유머러스한 면도 있는 중년의 신사였다.

현준은 정준 앞에서 영락없는 장난꾸러기 동생이었다. 정준이 워낙 잘 받아주기도 했지만 현준이 정준을 대하는 태도 역시 정이 듬뿍 묻어났다. 정준과 현준은 서로를 아껴주고 사랑하는 마음이 깊었다. 현준이 형을 믿고 따랐고, 정준 역시 현준을 사랑으로 보듬어주었다.

정준은 현준이 말한 것보다 더 근사한 저녁을 사주었다. 저녁을 먹는 내내 그들의 대화는 즐겁고 유쾌하게 이어졌다.

"혹시 이 녀석이 속 썩이거나 하면 저한테 일러요. 제가 정신 바짝 차리게 만들어줄 테니까."

정준이 호언장담하며 이연에게 장난스런 윙크를 건넸다. 현준이 이연의 접시에 샐러드를 정갈하게 놓아주며 한쪽 눈썹을 치켜올렸다.

"예뻐 죽을 판인데 속을 왜 썩이냐? 내가 형이야?"

"와아, 이놈 보게. 대놓고 팔불출질이네."

"아우. 그건 형이 한 수 위지. 팔불출 그거 아무나 하나? 형만한 아우 없다고. 형수한테 형이 하는 거 따라가려면 난 한참 멀었지."

"이래서 피는 못 속인다고 하나 보다 형제가 다 제대로 팔불출이야."

"그러게."

다투는 것 같다가도 또 금방 변죽이 잘 맞아 다정하게 눈빛을 주고받는 둘의 모습이 너무 보기 좋았다. 절로 이연의 입가에 미소가 피어올랐다.

"어머닌?"

후식으로 나온 디저트를 먹으며 정준이 짐짓 무겁지 않게 지나는 투로 물었다. 이연이 푸딩을 떠올리던 손을 움찔하는 것으로 보아 아직 그리 좋은 관계 형성은 못한 듯싶었다.

역시 어머니가 가장 거대한 장벽인가? 자신과 달리 현준에게 애착이 강한 분이었다. 그만큼 현준에게 거는 기대도 컸고, 그의 인생 전반에 대한 계획까지 손수 짤 만큼 모든 것을 주관하려던 분이다.

그에 현준도 몇 년 전까지 참 잘 따랐었다. 정준은 현준의 변화가 반가우면서도 염려스러웠다. 그로 인해 모친이 받을 상처가 염려되어 그런 것이다. 제가 어찌해 줄 수 없는 일들이라 더 그랬다.

이연과의 인연에 대해 현준이 설명해 주었을 때 정준은 솔직히 적잖이 놀랐다. 어머니가 끊어낸 인연이었다. 그 인연을 현준이 제 손으로 다시 이은 것이다. 어머니의 반대를 무릅쓰고 한 행동이었다. 현준이 이연과 결혼하겠다고 선언했을 때 모친의 심경이 어땠을지 가히 상상이 갔다.

그 반대가 만만치 않았을 텐데. 의외로 현준은 무척 담담하고 평화로워 보였다. 이것 또한 정준의 예상을 벗어난 것이었다. 모친의 뜻을 단 한 번도 거스른 적 없는 효자 아들 현준이 가장 큰 충격과 배신을 안기면서도 저리 태연한 것이 신기할 정도였다.

"결국 사랑하실 수밖에 없을 거야. 우리 이연 씨와 내가 그렇게 만들 거니까. 걱정하지 마, 형."

"그래. 아무도 상처받지 않고 사랑하고 사랑받으며 행복하게 살아야지."

"형은 어때?"

"나 뭐?"

"이연 씨. 어떻게 생각해?"

현준의 말에 이연이 조심스럽게 정준을 바라봤다. 살짝 긴장한 것이 느껴졌다. 정준의 태도로 보아 자신에게 반감을 가지고 있지 않은 것 같긴 한데 확실히 듣지 않았으니 확신은 할 수 없었다. 정준이 싱긋이 웃으며 이연의 커피에 자신의 시럽을 조금 부어주었다.

"우리 철부지 아우 잘 부탁합니다, 제수씨."

아까 이연이 커피에 시럽을 붓다 시럽이 조금 모자란 듯 시럽잔을 흔드는 것을 본 모양이다. 이연이 반색하며 정준에게 살포시 미소를 지어 보였다. 아마도 배려가 몸에 밴 것은 형제가 똑같은 모양이다. 정준이 자신에 대한 호감을 이렇게 직접 표현해 주니 너무 좋았다. 그의 가족에게 받은 배려 깊은 마음에 심장이 따스해졌다.

첫 만남치곤 함께 한 시간이 꽤 길었다. 대화도 재미있었고 분위기도 훈훈했다. 정준은 이연을 있는 그대로 받아주었다. 가림 없이 제수씨라고 불러주는 친근함이 동생에 대한 믿음과 사랑이란 걸 이연은 느낌으로 알 수 있었다.

현준의 가족 중 자신에게 호의적인 조력자를 얻은 것이 이연은 너무 좋았다. 이들을 키운 어머니 라희도 어쩌면 무척 여린 사람인지도 몰랐다. 마음을 다해 진심으로 다가서면 이연을 따스하게 감싸 안아주지 않을까. 이연은 정준과의 만남에서 많은 힘을 얻었다.

아쉬움을 뒤로한 채 헤어지면서 이연과 현준은 정준을 집까지 배웅했다. 기러기 아빠라 적막한 집에 혼자 들어가야 하는 정준이 안쓰러워 오래토록 그와 함께 있고 싶었으나, 오랜 비행에도 불구하고 현준과 이연을 위해 시간을 내어준 정준의 피로를 생각해 이만 물러나기로 했다.

"해외출장 다녀온 길이라 집에 먹을 건 없지만 물이라도 한 잔 마시고 갈래?"

"됐어. 시간 너무 늦었다. 이연 씨도 집에 들어가야지."

"아이쿠. 벌써 10시가 넘었네. 내가 너무 오래 붙잡았구나. 미안해요, 제수씨."

"아니에요. 저도 즐거워서 시간 가는 줄 몰랐어요. 많이 피곤하실 텐데 시간 내달라고 해서 제가 더 죄송해요."

"집에 들어가도 할 일도 없는데요. 전 아주 유쾌한 시간이었습니다. 앞으로도 종종 이런 시간 가지도록 해요."

"네."

현준과 정준이 다정하게 인사를 하는 것으로 첫 만남은 끝이 났다.

다음 날 퇴근 후 현준이 잠시 들를 곳이 있다고 같이 갈 수 있겠냐고 물었다. 이연이 흔쾌히 승낙하자 현준이 곧장 차를 목적지로 몰았다. 현준이 차를 세운 곳은 하늘수목장이었다.

이연의 부모님이 잠든 곳이었다.

현준이 차에서 내려 트렁크로 문을 열고 뭔가를 꺼냈다. 국화 대신 노란 장미가 한가득인 꽃다발을 들고 그가 이연에게로 돌아왔다. 이연이 차에서 내려 그의 손에 들린 노란 장미를 바라보았다.

"어떻게 알았어요?"

"장모님께 잘 보이려고 열심히 알아봤죠."

이연이 손을 들어 장미의 여린 꽃잎을 조심스럽게 어루만졌다. 엄마가 좋아하던 꽃이었다. 노란 장미의 꽃말 중에 변하지 않는 사랑이 가장 좋다고 늘 변함없이 사랑하며 살겠다고 말하던 엄마였다.

"예쁘다. 엄마가 참 좋아하겠다."

"그래 주시면 정말 좋을 텐데."

현준이 옷매무새를 다시 가다듬으며 이연에게 손을 내밀었다. 이연이 그 손을 꽉 붙잡아 깍지 꼈다. 시선을 맞추고 서로에게 다정한 미소를 보내며 둘이 동시에 걸음을 옮겼다. 공원처럼 가꿔진 하늘수목장의 나무 밑에는 이 세상을 떠난 분들의 집이 만들어져 있었다.

푸른 잎사귀가 빛을 받아 보석처럼 빛나는 나무 앞에 이연이 멈춰 섰다. 나무 앞에는 이연이 오래전 만들어놓은 하트 모양의 팻말이 있었다.

—세상에서 가장 행복한 딸 강이연이 될 수 있게 만들어주신 사랑하는 나의 부모님.

이연이 팻말 앞에 앉아 가만가만 손끝으로 그것을 어루만졌다.

"엄마, 아빠, 저 왔어요. 너무 오랜만에 와서 미안해. 바쁘다는 핑계는 옛날이나 지금이나 여전하지? 그래도 오늘은 혼자 아니니까 조금만 봐줘요."

현준이 들고 있던 꽃다발을 팻말 앞에 내려놓았다. 그리고 지갑 속에서 뭔가를 꺼내 나란히 놓았다. 사진이었다. 이연과 현준이 행복하게 웃고 있는 모습이 담긴.

맨바닥인데도 개의치 않고 현준이 정중히 절을 했다. 돌아가신 분들에 대한 예의를 다해 인사를 드리고 그대로 무릎을 꿇고 앉았다. 그리곤 손으로 바닥을 조심스럽게 파며 입을 열었다.

"아버님, 어머님. 저 사위로 받아주십시오. 이연 씨 오래토록 아끼고 사랑하며 행복하게 만들어주겠습니다."

어느 정도 적당하게 땅을 판 현준이 그 안에 사진을 넣고 다시 흙을 덮었다. 이연이 의아해 돌아보자 현준이 땅을 다독이며 말을 이었다.

"혹시 제가 못마땅하시더라도 예쁘게 봐주셨으면 합니다. 그럼 내년엔 셋이 함께 오도록 제가 아주 많이 노력하겠습니다."

"셋이라뇨?"

"올해 결혼하고 아이 가져서 내년엔 같이 올 겁니다."

"네?"

"안 되면 뱃속에 만들어서라도 올 겁니다."

너무 확고한 그의 말에 이연이 말을 잊지 못하고 멍하니 그를 바라봤다.

'그러니까. 아이를 만들려면 그전에 결혼을 해야 하고 1년 뒤에 아이를 데려오려면…….'

거기까지 생각한 이연의 볼이 붉게 물들었다. 아주 많이 노력하겠다는 말이 자꾸만 머릿속에서 메아리쳤다. 화끈거리는 두 뺨을 손으로 감싸고 고개를 푹 숙인 채 아랫입술을 깨문 이연을 사랑스럽게 바라보며 현준이 마지막으로 톡톡 사진을 묻어둔 땅을 두드렸다.

"날아가면 안 되니까. 저희 예쁜 모습 어머니 아버지 가슴속에 꼭 담아주십시오. 저희 아주 많이 사랑하며 살겠습니다."

현준이 이연을 따스하게 바라보았다. 그가 이연의 머리를 부드럽게 쓰다듬었다. 이연이 고개를 들어 그를 마주 바라보았다. 현준이 엷은 미소를 머금고 그녀의 얼굴을 마음으로 세심히 더듬어 내렸다.

"내 청혼은 당신이 아니라, 지금 여기서 부모님께 드렸습니다."

현준을 바라보는 이연의 눈동자가 흔들렸다.

"방금 내 귀에 들린 말 이연 씨도 들었을 겁니다."

그의 큰 손이 이연의 얼굴을 감쌌다. 그가 코끝을 마주대고 진지하게 말했다.

"장현준은 내 딸 강이연을 죽는 순간까지 사랑해야 한다."

"아."

"이제 빼도 박도 못해. 부모님이 허락해 주셨거든. 당신 내 여자라고."

현준이 가늘게 떨고 있는 이연의 입술을 머금었다. 사르르 번지는 이연의 미소가 그의 입술로 그의 심장으로 깊숙이 녹아들었다. 부모님을 이용한 약간의 반칙은 이연도 이해해 주리라 믿었다. 하늘에 계신 두 분이 지켜보는 매 순간 순간을 사랑하며 보내기 위해서니까.

둘만의 언약이 아닌 그분들과 함께한 약속이니 이 사랑은 영원히 깨어질 수 없다.

에필로그 여섯

　"와아. 이건 정말 말도 안 되는 일이야. 어떻게 다들 우릴 버리고 갈 수가 있지? 우리가 얼마나 중요한 사람인데."

　순식간에 둘만 남기고 사라진 사람들을 원망하며 은결이 툴툴거렸다. 그런 은결의 어깨에 척하니 손을 올리고 서경이 의미심장한 눈빛을 보냈다. 은결이 시선을 맞추자 서경이 눈썹을 들썩였다.

　"이왕 이렇게 된 거 자네 나와 뜨거운 밤을 보내지 않겠나?"

　"얼마나 뜨거운가가 중요하지."

　"후끈 달아오를걸."

　"좋아. 고고!"

순식간에 의기투합한 서경과 은결이 도로로 나가 택시를 잡았다. 그들이 향한 곳은 강남에서 가장 핫한 클럽 에로스였다. 그들은 미친 듯 춤을 추며 스테이지를 후끈 달아오르게 만든 후 유유히 자리를 떴다.

　떠날 때를 알고 떠나는 사람의 뒷모습은 얼마나 아름다운가 하는 얼토당토않은 말을 남기고 그들이 간 곳은 길거리 포장마차였다.

　이른바 막차라는 3차를 즐기고 새벽 4시가 다 되어서야 주섬주섬 자리에서 일어섰다. 둘 다 밤새우는 데는 도가 튼 인간들이었다. 술을 즐기긴 하지만 그다지 잘 마시진 못하는 둘이었다. 휘청거리며 택시를 잡은 은결이 서경을 태웠다.

　"아저씨, 그 뭐냐. 얘네 집에 애 좀 내려주세요."

　"집이 어딘데요?"

　"뭔 룸이었는데. 어디지."

　"정확하게 말해야 가죠."

　보아하니 술이 좀 많이 과했던 모양이다. 횡설수설하는 게 영 정신을 못 차리는 것처럼 보였다 택시기사의 시선이 뒷좌석에 드러눕다시피 앉은 서경에게 머물렀다. 여자는 아예 정신을 잃은 것 같았다.

　"야야. 너네 집 어디냐?"

　은결이 반쯤 택시 안에 몸을 집어넣어 서경의 얼굴을 흔들었다.

서경이 몸을 뒤척이며 짜증을 냈다.

"아 씨. 깨우지 마. 나 자고 싶단 말이야."

"나도 엄청 졸리거든. 너만 자고 싶냐?"

"에이, 그럼 같이 자던가."

서경이 은결의 목을 와락 끌어안아 그를 택시 안으로 끌어 들였다. 그리곤 상체를 일으켜 문을 닫았다.

"아저씨, 블루그린 원룸텔이요!"

서경의 호기로운 외침에 택시기사가 차를 출발시켰다. 둘은 차 안에서도 옥신각신 싸웠다가 까르르 웃어댔다가를 반복했다. 꼭 실성한 사람들 같았다. 얼른 목적지에 둘을 내려주고 택시는 뒤도 돌아보지 않고 떠났다.

"너 내가 혹시 무슨 일 있을까 봐 데려다준 거야. 절대 끌려온 거 아니다."

"알써. 알써. 데려다주려면 집 안까지 완벽하게 넣어줘야지."

서경이 은결의 뒤로 걸어가 그의 목에 팔을 둘렀다. 그리곤 폴짝 뛰어올라 업혔다. 갑작스럽게 등을 습격한 탓에 은결의 몸이 휘청거렸다. 하지만 곧 중심을 잡고 반사적으로 서경의 엉덩이를 두 손으로 받쳐 들었다.

"넘어질 뻔했잖아."

"나 계단 올라가기 귀찮아. 업어줘."

"이미 업혔거든."

"어. 그러네."

"몇 층이냐?"

"운동하기 딱 좋아. 3층."

"자기는 걷기 싫다면서 누굴 운동시켜."

툴툴거리면서도 은결을 서경의 몸을 추슬러 계단을 올라가기 시작했다. 헉헉거리는 은결의 거친 숨소리를 들으며 서경이 배시시 웃었다. 기분이 좋은지 발을 동동거리는 통에 하마터면 계단에서 넘어질 뻔했다.

"발 스톱!"

"아잉. 아잉."

"이게 어디서 귀염을 떨어. 확 물어버린다. 귀여운 짓도 그만."

문을 열고 안으로 들어서자 현관 센서등이 켜졌다. 눈이 부셔 둘 다 실눈을 뜨고 움직였다. 서경의 신발을 벗기고 저도 벗어 작은 원룸 안으로 성큼 걸어 들어갔다. 서경을 침대 위에 내동댕이 치고 은결도 뻗어버렸다.

"헉헉. 나 물 좀 주라."

"물. 잠깐만."

거친 숨을 몰아쉬는 은결의 몸을 더듬어 침대에서 내려간 서경이 냉장고 문을 열어 생수를 꺼냈다. 그사이 상체를 일으킨 은결이 셔츠의 단추를 풀었다. 그리곤 침대 위에 나뒹구는 티를 집어 갈아입었다. 갑갑했던 셔츠는 아무 데나 던져 버렸다.

"여기 물."

서경이 내민 생수를 받아 은결이 벌컥벌컥 들이켰다. 그 옆에 털썩 주저앉은 서경이 게슴츠레한 눈으로 그를 돌아보며 손을 내밀었다. 은결이 생수를 건네자 서경이 아무렇지 않게 입을 대고 물을 들이켰다. 물이 조금 새어 나와 서경의 입술과 턱을 적셨다.

멍하니 그를 돌아보던 은결이 눈을 깜빡이다 서경의 입술을 제 입술로 덮었다. 쪽 소리가 나게 서경의 입술을 빨곤 턱에 흘러내린 물을 혀로 핥았다. 그리곤 그녀의 입술에 툴툴거렸다.

"칠칠맞지 못하게."

서경이 가물거리는 눈으로 그를 바라보았다. 그의 얼굴이 너무 가까이 있어 초점이 맞지 않았다.

"하암. 졸리다. 나 자고 갈래."

은결이 나른하게 하품을 하곤 서경을 안은 채 그대로 침대 위로 쓰러졌다. 서경도 그의 품 안에서 눈을 깜빡거리다 잠이 들었다.

「나 참. 제가 무슨 의도가 있어서 그런 건 아니고요. 진짜 너무 피곤해서 잠깐만 눈만 붙이고 일어나서 가려고 했거든요. 솔직히 서경이 안고 자도 아무 느낌도 없었어요. 아니, 그냥 뭐. 포근한 인형? 그런 거 안고 자는 기분이었다니까요? 그리고 제가 가자고 했나요? 서경이가 절 억지로 택시에 태워서 끌고 간 거지? 정말 맹세코 그날 밤 전 불순한 의도가 눈곱만큼도 없었습니다. 입술은…… 닦을 게 마땅찮아서 제 입술이. 흠. 그건 아주 순수한 마음에서 그런 겁니다. 진정.」

—2015년 서경의 집에서 눈을 뜬 날
전날 밤의 일들을 떠올린 은결의 인터뷰 중.

7

현준의 아버지와 따로 만날 약속을 잡는 것보단 두 분을 함께 보는 것이 좋겠다는 이연의 말에 함께 밥을 먹기로 했다.

라희와는 벌써 여러 번 만나 대화를 해보긴 했지만 쉽게 마음을 열지는 않았다. 그렇다고 싫은 내색을 대놓고 하는 것도 아니었다. 어쩔 수 없이 둘 사이를 인정하는 티가 역력했다.

이연은 현준의 부모님에 대해 좀 더 많은 것을 알고 싶었다. 그래서 두 분을 함께 만나고 싶었다. 밥을 먹는 내내 분위기는 모호했다. 비교적 잔잔한 식사시간이었으나 부모님 간의 보이지 않는 벽 같은 것이 느껴졌다. 대면한 것이 보통 권태기를 지난 부부 간의 일반적인 모습이라지만 이연이 느끼기엔 그보다 근본적인 문제가 있는 것처럼 보였다.

　두 분과 헤어지고 난 후 이연이 부모님에 대해 현준에게 물었다. 자신이 가진 의문이 맞는지 알고 싶었다. 라희에게서 느껴지는 외로움과 허무가 혹여 아버지 상욱과의 관계 때문은 아닌지. 조심스런 이연의 물음에 현준은 솔직하게 자신의 가정사를 털어놓았다.

　상욱은 아버지로서의 권위와 대외적인 책임감, 타인에 대한 깊은 배려와 성품은 나무랄 데 없었지만 라희에게만은 참으로 매정한 남편이었다. 라희의 아픔과 외로움이 이연의 가슴을 적셨다.

　라희에 대한 이연의 애정과 살뜰함도 더불어 깊어졌다. 이연이 혼자서 상욱의 집무실을 찾은 것도 그 때문이었다. 세상에 기댈 곳 하나 없는 삶이 얼마나 슬픈 것인지. 남편이 있음에도 단 한 번도 사랑받고 있다고 느끼지 못한 여자의 마음이 얼마나 비참한지 직설적으로 말하진 않았지만 라희의 입장에서 그의 힘이 되어주고자 노력했다.

　이연은 상욱의 마음을 떠보았다. 혹여 라희에 대한 애정이 없는 것은 아닌지. 사랑도 없이 오직 필요에 의해 그 긴 세월 살아왔다고는 생각지 않았다. 겉으로 드러내 표현하지 못한 사랑이 있을 거라는 확신을 품고 이연은 솔직하게 말해줬다.

　"사랑하는 사람을 잃었던 사람의 마음에 두려움이 자라는 건 당연한 일이에요. 저도 그랬으니까요. 하지만요, 아버님. 그게 두려워서 내색조차 하지 않고 상대의 마음에 비수가 꽂히는 것을 외면한다면 정말 후회하게 되실 거예요. 그 사람은 절망 속에 하루하루 죽어가고 있으니까요. 나는 널 잃는 것이 두려워 미처 말을 못했다고 널 아꼈다고, 그렇게 말한들 이미 곁에 없는 사람에겐 들리지도 느끼지도 못해요. 사랑하다 행복하게 살다 가도 아쉬운 세상이에요. 어머님 지금도 사랑하시죠? 그럼 더 이상 아프지 않게 보듬어주세요. 어머니를 가장 행복하게 지켜줄 수 있는 분은 아버님뿐이세요. 표현해 주세요. 어머니를 사랑하신다면 그래야 해요. 어머니 너무 많이 기다리셨어요."

여태 권위적인 면만 내 보이던 상욱에겐 무척 난감한 일이었다. 이연이 라희와 상욱을 불러내 영화도 함께 보고 식사도 하며 전에 없이 집 밖에서 보내는 시간을 만들어주었지만 둘 사이는 여전히 서먹했다.

이연과 현준이 잠시 마실 거리를 사오겠다 자리를 비운 사이, 노을이 지는 산책로를 상욱과 라희 단둘이 거닐었다. 평소처럼 거침없이 걸어가는 상욱에 보조를 맞추다 지쳤던지 라희가 조금씩 뒤로 처졌다.

라희가 곁에 없음을 알아챈 상욱이 뒤를 돌아보았다. 저만치 걸음을 멈추고 어딘가를 보고 있는 라희가 보였다. 거기서 뭐 하고 있느냐 부르려던 상욱이 멈칫했다. 라희가 바라보는 쪽에 시선이 닿은 탓이었다.

부러움이 깃든 그윽한 눈길로 라희가 보고 있는 것은 황혼의 부부였다. 나란히 벤치에 앉아 아내의 옷을 단단히 여며주고 다정히 말을 주고받는 부부의 모습에서 라희는 눈을 떼지 못했다.

'나도 늙으면 저렇게 살고 싶어.'

언젠가 드라마를 보며 라희가 했던 말이 떠올랐다. 할 일 없어 그런 걸 본다 타박하는 대신 상욱은 라희의 말을 못 들은 척 외면했다. 서로서로 살뜰히 챙겨주며 그렇게 살면 참 좋겠다. 혼잣소리를 중얼거리던 라희의 쓸쓸한 얼굴이 새삼 상욱의 가슴을 뭉클하게 만들었다.

같이 늙어가며 서로에게 힘이 되고 의지가 될 존재는 부부밖에 없었다. 그런 귀한 존재가 라희임을 알면서도 상욱은 너무 당연시 여기며 무시해 왔다. 여자로서 참 많이 힘들고 외로웠을 텐데 내색 한 번 하지 않았다. 전부인의 아이까지 키워준 여자였다.

처음부터 라희가 정준을 대면하게 대한 건 아니었다. 아무리 노력해도 자신을 보아주지 않는 사람의 아이를 사랑하는 게 쉬운 일은 아닐 터였다.

여자로서 사랑받지 못하고 산다고 생각하며 사는 게 얼마나 비참했을까. 결국 라희를 저렇게 만든 건 상욱이었다.

라희의 입가에 엷은 미소가 머물렀다. 반면 그녀의 눈은 슬펐다. 그를 보는 상욱의 가슴이 저려왔다.

"내가 대체 저 여자에게 무슨 짓을 하며 살아왔던가."

상욱은 그제야 뼈저린 후회를 했다.

밤이 깊어도 잠을 쉬이 이루지 못한 라희가 정원으로 나가 티테이블에 앉았다. 이런저런 생각에 심란한 마음이 잠을 앗아간 모양이었다.

"나랑 술 한잔하지."

티 테이블 위에 소주와 소주잔이 놓여졌다. 라희가 맞은편에 앉는 상욱을 묘하게 쳐다봤다. 상욱이 소주를 따서 라희 앞에 놓인 잔을 채웠다. 결혼 전에도 이후에도 그와 살아온 그 긴 세월 동안 단 한 번도 없던 일이었다.

"무슨 변덕이에요?"

"죽을 때가 됐나 보지."

상욱이 제 잔을 채워 입으로 가져갔다. 안주도 없이 술과 잔만 달랑 가져와 술을 마시자고 하더니, 혼자 자작을 하는 상욱의 모습이 기막혔다. 라희가 헛웃음을 터트리며 고개를 돌렸다. 상욱이 잔을 내려 손안에서 빙글 돌리며 씁쓸하게 말했다.

"안 해본 짓 하려니 쑥스러워 그런다. 자네가 좀 이해해."

"그러게 왜 안 하던 행동을 하냐고요. 이 야밤에 자지도 않고 나와서."

상욱이 낮게 웃으며 잔을 마저 비웠다.

"오늘 이연이 그 아일 만났어."

이연의 이름이 상욱에게서 나오자 라희가 반사적으로 그를 돌아봤다.

"내가 아주 많이 부끄러운 말을 하더군."

"맹랑하게 어른한테 또 무슨 말을 했대?"

아닌 척 관심을 가지고 묻는 라희를 마주 응시하며 상욱이 엷은 미소를 지어 보였다. 그에 라희가 괜히 머쓱했던지 얼굴을 손으로 쓸었다.

"애정 결핍은 아이들한테만 있는 게 아니라고."

"애정 결핍? 뜬금없이 그게 무슨 소리야?"

"자네가 애정 결핍이란다."

"뭐라고요?"

라희의 미간이 와락 구겨졌다. 당장 자리에서 일어나려는 라희의 손을 상욱이 붙잡았다. 그의 손이 제 손을 감싸자 라희가 흠칫 놀라며 그를 빤히 쳐다봤다. 결혼하고 한 번도 이렇게 다정하게 손을 잡아본 적이 없었다. 나란히 걸을 때도 늘 적당한 거리를 유지하고 결혼 초 몇 번 같이 잠을 잔 이후로 스킨십도 제대로 해본 적이 없었다.

같이 잤던 그 밤마저도 정준이 동생을 갖고 싶어서란 걸 라희는 나중에 알게 되었다. 얼마나 비참했던지. 그래도 사랑받는 여자이고 싶어서 상욱에게 무수히 애교를 떨고 살갑게 행동했다. 하지만 요지부동 돌부처가 따로 없는 상욱에게 지친 라희는 그 모든 것이 부질없음을 깨닫고 마음을 닫았다.

어쩌면 정준을 향한 라희의 삐뚤어진 마음도 현준에게 쏟아부은 지나친 애정도 모두 그것이 계기가 되었던 건지도 모른다.

"사랑을 한 번 잃어버렸던 사람은 그게 두려워서 쉬이 마음을 못 연단다. 그래서 또 다른 사랑이 와도 솔직한 제 마음을 표현하지 않는다는군."

"……."

"라희야, 내가 너를 잃을까 봐 겁이 나서. 너무 사랑하게 될까 봐 두려워서. 네 사랑을 보지 못했다. 네 상처를 보듬어주지 못했어."

"뭐라는 거야."

자신의 손을 어루만지는 상욱의 손을 내치지 못하고 라희가 작게 투덜거렸다.

"지금 네 앞에서 상처받고 아파하고 있는 사람을 자세히 제대로 바라보라더군."

고개 돌려 허공을 바라보고 있는 라희의 눈동자가 흔들렸다. 울컥 치밀어 오르는 마음을 애써 억누르며 라희는 겉으로 아무렇지 않은 척 자신을 포장했다.

"과연 내가 그 사람을 잃고도 아무렇지 않을 수 있는지. 그 사람에게 얼마나 의지하고 있는지. 가슴으로 느껴보면 알 거란다."

상욱이 잡은 라희의 손을 제 가슴으로 가져갔다. 라희가 흠칫 몸을 떨었지만 반항하진 않았다.

"너 없으면 내가 못 산다는 거."

라희의 입술이 파르르 떨렸다.

눈물이 차올라 시야를 가렸지만 라희는 그대로 가만히 있었다.

"미안했다. 내가 아주 많이 잘못했어."

"하아. 난 정말 소주 취향 아닌데. 왜 다들 소주만 권하는지 모르겠네."

라희가 툴툴거리며 소주잔을 입으로 가져갔다. 소주를 기울이자 알싸한 맛이 입안으로 스며들었다. 써야 하는데 오늘따라 소주가 달았다.

라희의 볼로 눈물 한 방울이 흘러내렸다. 그것을 아무렇지 않게 손등으로 닦아내며 라희가 새침하게 말했다.

"그렇다고 야속하게 한 잔만 줄 거예요?"

"앞으로는 자주 마시자. 둘이 같이."

"다음엔 안주 제대로 챙겨와요. 속 쓰려."

상욱이 잡은 손을 놓지 않은 채 한 손으로 술을 따랐다. 라희가 잔을 들어 술이 채워지는 상욱의 잔에 톡 하고 부딪쳤다.

"건배는 해야죠. 아님 혼자 마시던가."

달빛이 고운 빛으로 정원을 내리비췄다. 정원등이 그와 겹쳐져 만든 은은한 불빛을 바라보며 라희가 천천히 잔을 기울였다. 바람이 차지 않은 게 여름이 발밑으로 성큼 다가오고 있는 듯했다.

고즈넉한 밤, 밤잠 없는 부부가 정원에서 같이 술을 기울이는 것도 제법 괜찮다는 생각이 들었다.

"현준이 너무 걱정하지 마라. 자네가 바라던 대로 참한 아내와 병원 둘 다 갖게 될 거다."

의미심장한 말을 하며 잔을 비우는 상욱을 라희가 의아하게 바라보았다. 그런 라희를 향해 상욱이 잔잔한 미소를 지어 보였다.

"그래서 이렇게 계속 연애만 할 거니?"

처음 결혼 얘기가 나온 건 뜻밖에도 라희의 입을 통해서였다. 상욱과 외식을 하고 들어가는 길이라며 이연과 현준의 데이트 장소에 나타난 라희가 느닷없이 툭 내뱉은 말이었다. 무슨 뜻인지 몰라 갸웃하는 이연과 달리 현준은 반색하며 냉큼 라희의 말꼬리를 물었다.

"안 그래도 헤어지기가 무지 싫어지던 참이에요."

"싫으면 하지 말아야지."

"그렇죠? 좋은 걸 하고 살아도 짧은 게 인생인데 싫은 걸 계속하면 억울하겠죠?"

능청스레 받아내는 현준을 라희가 새침하게 흘겼다. 어째 이연보다 제 아들이 더 안달이 난 것 같았다. 정준 못지않은 팔불출 현준이 못마땅했다. 원래 저런 놈이 아니었는데 사랑 앞엔 장사 없단 말이 맞는 것 같았다.

"친구 원룸에서 같이 지낸다며?"

라희가 현준을 외면하고 이연에게 물었다.

"네."

"그거 엄청난 민폐인 거 알지?"

"아, 네."

"서경이라고 했나? 그 친구도 남자도 만나고 사랑도 해야 할 거 아냐. 방해꾼 노릇하면 쓰나."

"그게 서경이가 아직 애인이 없어서."

"무슨 소리야? 내 보기엔 은결이랑 아주 쿵짝이 잘 맞던데. 둘이 사귀는 거 아닌가?"

금시초문이지만 아니라고 딱 잘라 말하기도 뭣했다. 둘이 요즘 분위기가 묘하긴 했다. 의형제나 다름없다고, 여자 남자 그런 건 절대 아니라곤 하는데 옆에서 보기엔 왠지 썸에 가까웠다.

"현준이랑 같이 살아."

생각에 빠져 있던 이연을 화들짝 놀라게 할 발언을 라희가 아무렇지 않게 했다. 그리곤 커피 잔을 우아하게 기울였다. 이연이 눈을 깜빡거리며 확인차 되물었다.

"저 어머니, 방금 하신 말씀이."

"저흰 좀 더 깊이 있게 연애를 하고 싶었지만 굳이 어머니가 그렇게 말씀하신다면 서둘러 보겠습니다."

이연의 말을 가로채며 현준이 나섰다. 좀체 없는 일이었다. 혹여 라희가 말을 거둘까 쐐기를 박을 요량으로 그런 것이다. 이연이 의아한 시선으로 현준을 돌아봤다. 현준이 이연을 마주 보며 싱긋이 웃었다.

"제 집에 들어오실래요, 이연 씨?"

"네?"

"저는 그랬으면 좋겠는데요. 같이 살아요. 우리."

"아……."

이연은 제가 들은 것이 결혼을 의미하는 게 맞다는 걸 현준의 입을 통해 제대로 확인했다. 기대감 가득한 눈으로 간절히 이연의 입에서 허락이 떨어지길 바라는 현준을 라희가 기막힌 듯 쳐다보며 혀를 찼다.

"쯧쯧. 저 팔불출."

고개를 절레절레 흔드는 라희의 입가에도 미소가 번졌다. 그를 본 이연이 사르르 입가를 미소로 물들이며 고개를 끄덕였다.

"네. 그럴게요."

드디어 라희의 허락이 떨어졌다는 말에 서경 남매와 은결이 마치 제 일인 양 기뻐했다. 이런 날 그냥 보낼 수 없다며 서경과 은결이 나섰고 갑작스런 축하파티가 벌어졌다.

"자자, 우리의 프로젝트 성공을 축하하며. 위하여!"

마칠 시간도 되지 않았는데 일찍 문을 걸어 닫은 오! 땡! 달구지가 파티 장소가 되었다. 서경이 모두의 잔에 술을 따른 후 산을 높이 치켜들었다. 서경의 선창에 모두들 '위하여'를 외치며 잔을 부딪쳤다.

분위기가 무르익고 술이 은근히 취하자 감성이 풍부한 은결이 감격에 겨운 나머지 어깨를 들썩이며 울먹였다.

"흑흑. 정말 내가 나서서 안 되는 일이 없어. 난 왜 이렇게 잘났니? 서경 너도 알지? 내가 저 두 사람을 위해서 얼마나 성심성의껏 노력했는지."

"암. 알다마다. 아주 주둥이에 모터를 달았지. 화려한 언변. 인정."

"씁. 주둥이가 뭐냐? 오빠의 아리따운 입술을 그런 식으로 까면 안 되지."

"주둥이나 입이나 그게 그거지."

"야. 그건 입술을 아주 속되게 이르는 말이거든. 너 내 입술이 얼마나 고귀한지 한 번 맛보고 다시 평가해. 이리 와. 이리 와."

은결이 옆에 앉은 서경의 얼굴을 두 손으로 붙잡고 입술을 쭉 내밀었다. 서경이 뜨악해 눈을 부라리며 주먹을 쥐어 그의 눈앞에 들이밀었다.

"아무데나 굴리던 주둥이를 어디다가 갖다 대! 맞기 전에 치워
라."

"이씨. 아무데나 굴리긴 어딜! 나 정말 오래 묵혀둔 거거든."

"나 묵힌 거 싫어한다."

"일단 맛을 봐요. 그럼 생각이 확 달라진다니까."

"아, 진짜! 내가 네 주둥이 맛을 왜 보냐!"

자리를 박차고 일어난 서경이 문을 열고 밖으로 나서자 은결이
비틀거리며 그 뒤를 따랐다. 바닷가에서부터 심취했던 나 잡아봐
라 놀이를 여기서도 할 모양이었다.

"둘이 분위기가 요상하단 말이야."

한경이 술잔으로 활짝 열린 문 밖으로 보이는 둘을 번갈아 가리
키며 눈을 가늘게 흘겼다. 이연과 현준도 둘을 바라보며 고개를
끄덕였다.

"뭔가 있는 것 같은데 아니라고 계속 우기네요."

"서로에게 좋은 감정은 있는 것 같은데 둘 다 뭔가 망설이는 것
같아요."

"그거지. 이 선 넘어오면 짐승."

한경이 테이블 위에 손가락으로 선을 긋고는 의미심장하게 말
했다. 보이지 않는 선을 내려 보며 현준이 싱긋이 웃었다. 이연이
고개를 갸웃하자 한경이 부연 설명을 붙였다.

"원래가 모든 남자 놈들은 짐승인데 말이야. 또 대놓고 짐승 소

리 듣기는 싫고, 그냥 확 넘어가고는 싶은데 눈치는 보이고. 짐승 취급 받기 싫으면 오지 말라고 선은 그었는데 안 넘어오면 어쩌지 하고 속으로 끙끙거리는 거지."

"아, 맞네요. 딱 그러네."

"둘만 모르는 거지. 지들이 지금 어떤지."

"잘됐으면 좋겠어요. 진심으로."

"옆에서 부추기면 뭐 해. 그럴수록 아니라고 발뺌하는데. 냅둬. 저러다 또 확 불붙으면 아무도 못 말려."

한경의 말에 이번에도 둘 다 수긍했다. 원래가 남녀의 연애사엔 타인이 관여하는 게 아니었다. 시작도 끝도 본인들이 내는 것이었다.

"축하한다. 오래오래 서로 사랑하면서 그렇게 살아. 현준 씨, 우리 이연이 잘 부탁합니다. 이건 친정오빠로서 하는 말입니다."

한경이 잔을 들어 두 사람에게 건배를 청했다.

"이연 씨 많이 아끼고 사랑하겠습니다. 한경 씨도 항상 곁에서 힘이 되어주십시오."

"오빠, 고마워요."

셋이 기분 좋게 건배를 하는 순간 은결이 문으로 뛰어들며 제지를 가했다.

"스톱! 뭐야. 왜 우리만 빼고 건배야. 치사하게."

"진짜. 우리도 끼워야지. 이러면 반칙이야. 울 은결 오빠 공이 제일 크구만."

뒤이어 들어선 서경이 은결의 목을 와락 끌어안아 안으로 들어
서며 말했다.

"누가 달밤에 뜀박질하러 나가래? 어서 붙어. 팔 떨어져."

한경의 타박에 냉큼 자리에 앉은 둘이 잔을 채워 들어 올렸다.

"어여쁜 이연이와 듬직한 현준 씨의 결혼을 위하여!"

"위하여!"

그날 오! 땅! 달구지의 화기애애한 분위기는 날이 밝도록 식을
줄을 몰랐다.

별다른 이견이 없다면 결혼 날짜를 되도록 빨리 잡자고 상욱이
제안했다. 이연이 친구 집에 얹혀사는 것도 그렇고 라희가 못 이
기는 척 한발 물러났을 때기 적기라고. 더 끌 이유가 없다는 게 상
욱의 말이었다.

현준도 상욱의 의견에 동의했다. 갑작스럽게 진행된 결혼 얘기
에 이연은 정신이 없었다. 결혼을 전제로 연애를 시작하긴 했지만
두 달 뒤에 식을 올리자는 말엔 적잖이 놀랐다.

마음 변하기 전에 얼른 하는 게 좋을 거라는 라희의 말에 이연
도 할 수 없이 수락했다. 부모님이 없는 이연은 자신이 챙기겠다
며 라희가 나섰다. 모두 놀랐지만 내색은 하지 않았다.

결혼식 날까진 자신이 이연의 친정 엄마 노릇을 하겠다고 선언

하며 라희가 본격적인 살림 장만에 나섰다.

걱정이 앞섰지만 말릴 수도 없었다. 이연을 대동하고 라희가 가전제품과 가구들을 보러 매장에 들렀다. 예상대로 라희는 이연이 감당하기 벅찬 금액의 물건들만 골랐다. 대부분이 최고의 상품이라고 매장에서 권하는 것들이었다.

"저기, 어머니."

"엄마야."

"네?"

"당분간은 내가 네 엄마라고."

엄마라는 말에 이연이 일순 말을 잃었다. 그런 이연을 두고 라희가 냉장고 문을 열어 이리저리 세심하게 살폈다. 냉장고 겉면에 붙여진 가격표에 이연이 번뜩 정신을 차리고 크게 숨을 들이셨다.

"저기. 어, 엄마."

"그냥 있어."

"네?"

"나 이거 살 거야."

"……저도 사드리고 싶긴 한데."

이연이 아랫입술을 잘근 깨물었다 놓으며 곤란한 표정을 지었다. 라희가 냉장고 문을 닫고 빙글 몸을 돌려 이연을 마주했다. 이연이 미소를 지어 보이며 제 카드를 꺼냈다.

"제가 그렇게 많은 돈을 가지고 있지 않아서요."

"그게 뭐?"

"그래서 엄…… 마가 고르신 건 사기가 좀 힘들어요."

"너 내 말 어디로 들었니?"

"네?"

"내가 살 거라고 했잖아. 딸 시집보내면서 돈 내놓으라는 친정 엄마가 어디 있어?"

새침하게 말하며 라희가 손을 들어 매장 직원을 불렀다. 이연이 눈을 깜빡이며 곰곰이 생각에 빠져 있는 사이 라희가 핸드백에서 카드를 꺼내 직원에게 내밀었다.

"아까 고른 것들하고 이것까지 다 계산해 주세요."

"예. 감사합니다."

직원이 라희의 카드를 들고 멀어지자 이연이 다급하게 라희의 팔을 붙잡았다. 자신이 해가야 하는 것들이었다. 꼭 필요한 것들만 현준과 상의해 제 여건에 맞춰 마련하려고 했었다.

그런데 라희가 사주겠다며 계산을 하려 했다. 아무리 생각해도 이건 아닌 것 같았다. 라희의 기분을 맞춰주려고 그녀가 하는 대로 응했는데 이렇게 될 줄은 몰랐다.

라희가 제 팔을 잡은 이연의 손을 가만히 내려 보다 시선을 들어 그녀를 지그시 응시했다.

"엄마랑 딸은 이렇게 팔짱을 끼고 다니니? 난 아들만 둘 있어서 모녀 사이가 어떤지 잘 몰라."

"아. 그러니까. 이게."

"최고의 최고만 해줄 거야."

"네?"

"부모 마음이 그래."

이연의 팔을 제 팔에 더 깊숙이 기대게 하며 라희가 걸음을 옮겼다. 그런 라희를 따라 걸으며 이연이 귀를 기울였다.

"자식한텐 뭐든 최고만 해주고 싶은 거야. 네 부모님이 살아 계셨으면 아마 더하면 더했지. 덜하진 않으셨을걸."

"……."

"내가 보고 깜짝 놀랐을 만큼 좋은 것만 사줄 거야. 절대 안 꿀리게. 지금은 내가 우리 이연이 엄마니까. 아들한테 못한 거 죄다 할 거야. 딸 시집보내는 마음으로."

도도하게 턱을 세우고 걸음을 옮기는 라희의 입가에 부드러운 미소가 걸렸다. 그런 라희 얼굴을 바라보며 이연이 울컥하고 뜨겁게 밀려오는 감정을 느꼈다. 이연의 눈시울이 붉게 물들었다. 울음이 터질까 봐 아랫입술을 꽉 깨물고 고개를 숙인 이연의 어깨가 가늘게 떨렸다.

라희가 걸음을 멈추고 이연을 돌아봤다. 그녀가 혀를 차며 손수건을 꺼내 이연의 눈을 닦아주었다.

"가장 아름다워야 되는 신부가 울면 어떡해. 피부 망가져. 울지 마."

"훗. 네."

라희다운 말에 이연이 웃음을 터트렸다. 톡톡 부드럽게 눈가를 닦아낸 라희가 손수건을 거두고 다시 걸음을 옮겼다.

"너무 걸어 다녔더니 다리도 아프고. 우리 밥 먹으러 가자. 배고파."

앞서 걸어가며 직원에게서 카드를 건네받은 라희가 배달 날짜와 주소를 다시 한 번 점검했다. 그런 라희를 이연이 가만히 바라보고 섰다.

남자만 셋이나 있는 집. 뻑 하면 도와달라 손 내미는 친정. 그런 친정과 담을 쌓고 산 지 이십여 년이 지났다고 했다. 전처가 낳은 아들과 자신에게 무심한 남편, 저 하나만 바라보고 살았는데 끝내 어머니의 뜻을 저버린 막내아들. 그 속에서 얼마나 외로웠을까. 딸이라도 하나 있었으면 덜 외롭지 않았을까. 어쩐지 지금 이러는 라희의 마음이 이해가 되었다.

그리고 고마웠다. 자신을 딸이라고 말만 하는 것이 아니라 정말 딸처럼 최선을 다해 준비해 주려는 라희의 속내가 이연의 가슴에 진한 감동을 주었다.

"같이 가야죠."

라희의 옆으로 다가간 이연이 그녀의 팔을 더 꽉 붙잡았다. 싱긋이 웃는 이연을 의아하게 쳐다보던 라희가 고개를 갸웃 기울였다. 라희를 마주 보며 이연이 입을 달싹였다.

"엄마."

조금 전과는 사뭇 다른 느낌의 어감에 라희의 눈동자가 흔들렸다. 이연이 살갑게 라희의 팔에 매달리며 졸라댔다.

"빨리 가요. 나도 엄청 배고파. 우리 밥 먹고 옷도 사러 가요, 엄마."

"뭐, 그러든가."

새침하게 답하며 고개를 돌린 라희의 입가에 기분 좋은 미소가 머물렀다. 그를 흐뭇하게 바라보며 이연이 라희와 보조를 맞춰 걸었다.

근처 레스토랑에서 가볍게 식사를 하고 백화점으로 장소를 옮겨 본격적으로 쇼핑을 했다. 주로 아이쇼핑을 하며 매장을 돌아다녔다. 마치 다정한 모녀처럼 둘의 모습이 정겨웠다.

명품 매장에 들어서자 라희가 옷을 몇 벌 골라 이연에게 입어보라고 했다. 그냥 거절하면 라희의 기분이 상할 것 같았다. 이연은 흔쾌히 입어는 보겠지만 마음에 안 들면 안 사겠다고 말하며 피팅룸으로 들어갔다.

이연을 기다리며 다른 옷들을 구경하고 있는 라희에게 누군가 반가운 인사를 건네며 다가왔다.

"어머! 어머니! 여기서 또 뵙네요?"

라희가 고개를 돌려 상대를 확인했다. 제인이었다. 명품으로 도배한 제인 옆에 그녀보다 조금 더 젊어 보이는 아가씨가 동행하고 있었다. 둘을 번갈아 살핀 라희가 미간을 살짝 찌푸리며 건성으로 고개를 끄덕였다.

"그러네요."

어딘가 낯이 익다 싶던 옆의 아가씨가 누군지 떠올린 라희가 다시 몸을 돌려 진열대에 올려진 가방을 둘러봤다. 그런 라희의 곁을 졸졸 따라붙으며 제인이 옆의 아가씨에게 은밀하게 눈짓을 해 보였다. 전에 말한 장현준의 엄마라고 입모양으로 말하곤 라희 곁에 바짝 붙어 그녀의 비위를 맞추기 시작했다.

"이거 어머니랑 너무 잘 어울리는 것 같아요. 그렇지 않니? 수지야?"

"응. 모던한 게 어머니가 들면 참 품위 있어 보일 것 같아."

"그렇지? 넌 참 보는 눈이 있어."

라희의 시선이 멈춘 백이 있으면 그것을 가리키며 호들갑을 떨었다. 라희가 걸음을 멈추고 둘을 돌아보았다. 제인이 미소를 지어 보이며 수지라는 여자를 슬쩍 앞으로 밀었다. 라희의 시선이 수지에게 닿았다. 수지가 고상을 떨며 라희를 마주 응시했다.

"이봐요."

"네, 어머니. 제 이름 여수지라고 해요."

"이름이야 내 알 바 아니고. 우리가 언제 본 적이 있었던가?"

"네?"

"안면도 없는 사이에 아무나 보고 어머니라니. 난 댁한테 그런 말 들을 이유가 없는데. 왜 그렇게 부르지? 그리고 당신."

라희가 수지를 손끝으로 밀어내고 제인을 서늘하게 노려봤다. 제인의 얼굴에서 서서히 웃음기가 사라졌다. 뭔가 예감이 안 좋았다. 라희가 검지로 제인을 가리켰다. 그리곤 딱딱하고 차갑게 말했다.

"내가 다신 아는 척하지 말라고 했을 텐데. 아직 젊은 사람이 기억력이 영 아닌가 봐?"

"어, 어머니."

"아, 정말. 이 사람들이 왜 이래? 내가 왜 당신들 어머니야? 집에 가서 찾아 그런 사람."

제인의 얼굴이 사색이 되었다. 옆에 서 있던 수지가 기막힌 듯 헛웃음을 터트렸다. 결혼에 관심도 없는데 제인이 스펙 짱짱하고 페이스 완벽한 멋진 남자 소개시켜 주겠다며 수지를 꼬셔댔었다. 어느 집 아들에 의사에 하는 말을 들으니 꽤 괜찮은 조건인 것 같았다. 그래서 한번 보기는 하겠다고 말했던 참이다.

하염없이 밀려지는 만남에 오늘은 수지가 어떻게 되어가느냐고 직접 전화를 걸어 물었다. 남자가 의사에 직급이 과장이라 많이 바쁘다며 조금만 더 기다려 보라 수지를 구슬렸다. 기분 전환이나 하자며 불러내 백화점 쇼핑을 나온 길이었다.

그런데 남자 쪽에서도 만나지 못해 안타까워한다던 제인의 말은 새빨간 거짓말이었던 모양이다. 어머니가 엄청 마음에 들어 열

심히 추진 중이라더니. 수지가 누군지 알면서도 그녀를 대하는 라
희의 태도가 무척 냉랭했다.

"엄마."

누군가 다정하게 엄마를 불렀다. 그 목소리에 즉각 반응하며 라
희가 둘 사이를 지나쳐 피팅룸이 있는 곳으로 걸어갔다. 이연이
고가의 원피스를 입고 있었다. 라희를 향해 환하게 웃던 이연이
제인을 발견하고 미간을 찌푸렸다.

라희와 제인 사이에 있었던 일에 대해선 알지 못했지만 일단 제
인을 만나면 기분 나쁜 일이 생겼다. 자신을 향한 비아냥거림을
가만히 당하고만 있을 이연도 아니었지만 상대할 가치가 없는 인
간이기도 했다.

결국은 본인의 가치를 떨어트리는 말만 하게 되는 제인이었다.
마주하는 시간조차 아까웠다.

이연의 표정이 굳는 것을 본 라희가 제인을 돌아봤다. 제인의
입술이 한쪽으로 비스듬히 치켜 올라갔다. 거만한 입꼬리가 이연
을 향한 것임을 직감했다. 라희가 이연의 어깨를 부드럽게 감싸
거울 쪽으로 돌려 세웠다.

"어머! 우리 딸 어떻게 입는 것마다 이렇게 잘 어울려? 마음이
고우니까 얼굴도 따라 예뻐져서 뭘 입어도 아름답게 보이나 보다.
그렇지?"

"……."

거울을 통해 저를 바라보는 이연에게 라희가 부드러운 미소를 지어 보였다. 그리곤 직원을 불러 자신이 골라났던 옷들을 다 계산해 달라고 했다. 라희가 또다시 카드를 꺼내 들자 이연이 놀라 말렸다.

"하지만 이건 너무 많아요."

"괜찮아. 이거 네 아빠 카드야. 내 거 아니야."

농담인지 진담인지 라희가 싱긋이 웃으며 이연의 손을 거두고 카드를 직원에게 건넸다. 라희가 이연의 손을 잡았다. 부드럽게 잡아 은근히 힘을 주는 라희의 손을 이연이 내려 보았다.

"홍제인 씨? 여긴 내 딸 강이연이에요."

이연을 살갑게 대하는 라희의 태도에 놀라 얼굴을 구긴 채 쳐다보고 있던 제인을 라희가 아는체 했다. 아까는 다시는 보지 말자던 라희가 오히려 이연을 데리고 가까이 다가와 직접 인사를 시켰다.

"누가 누구 딸이라구요?"

"응. 내 딸. 강이연."

"하아. 어떻게 얘가 현준 씨 어머니 딸이에요?"

"왜요? 내가 딸 삼으면 딸인 거지. 안 될 이유가 뭐야?"

라희가 이연의 머리를 다정다감하게 쓰다듬으며 날카롭게 반문했다. 기가 막혀 헛웃음을 터트린 제인이 제정신이냐는 눈빛으로 라희를 돌아봤다. 라희가 그 눈빛을 차게 내치며 제인이 했던 것처럼 한쪽 입꼬리만 비틀어 올렸다.

"우리 이연이 시집가요. 시간 나면 결혼식에 와요."

"시집을 간다고요? 누구한테요?"

"내 아들."

"네?"

"내 아들한테 시집보낼 거예요. 세상에서 가장 아름다운 신부가 될 거야. 그죠? 지금도 이렇게 예쁜데 신부가 되면 얼마나 눈부실까. 누구와는 비교가 안 될 만큼 예쁠 거야. 우리 딸 아주 행복한 결혼식이 되게 해줄 거야. 내가."

곁에서 듣고 있던 수지가 진저리를 치며 돌아섰다. 그런 수지를 제인이 재빨리 따라나섰다. 수지의 부모가 하는 금융업은 제인의 시댁에 중요한 돈 줄이었다. 사업 자금을 조금 더 대출 받기 위해선 그들의 기분을 상하게 해선 안 됐다. 화난 수지의 뒤를 쫓으며 제인이 연신 그녀의 비위를 맞추려 애썼다.

"아유. 머리 빈 것들 상대하려면 피곤해."

거울에 모습을 비춰보며 라희가 머리를 손으로 매만졌다. 너무나 태연한 그 모습에 이연이 쿡 하고 웃음을 터트렸다. 그런 이연을 새초롬하게 돌아보던 라희가 이연의 입꼬리 아래에 살짝 들어간 보조개를 보고 반색했다.

"어머, 너 나랑 똑같은 곳에 보조개가 들어가는구나."

"정말 그러네요?"

신기한 듯 거울에 얼굴을 비춰보며 서로 보조개가 들어가는 부분을 자세히 살폈다. 누가 봐도 둘은 시어머니와 예비 며느리라기보단 정말 딸과 엄마 같았다. 조금 새침하고 도도한 엄마와 차분하고 단정한 딸로 보였다.

❖

쇼핑을 마치고 저녁 늦게 라희의 집으로 함께 들어섰다.

현준이 기다리고 있다가 냉큼 문을 열었다. 아닌 척하지만 걱정을 하고 있었던 게 분명했다. 둘을 살피는 현준의 눈이 분주하게 움직이는 걸 보면 말이다.

"얘 차에 가서 짐 좀 들고 와."

"짐이요?"

평소 현준이라면 끔찍이 귀하게 여기던 라희였다. 그래서 집에 있을 때는 손끝 하나 까딱하지 않게 했다. 그랬던 라희가 손가락 끝에 차 키를 걸어 현준 앞에 흔들며 그에게 짐꾼 노릇을 시켰다. 되묻는 현준을 새침하게 바라보며 라희가 물었다.

"왜, 싫어?"

"싫긴요. 너무 좋습니다. 들어가세요. 제가 나가서 들고 올게요."

흔쾌히 답하며 현준이 키를 받아 들었다.

"그래. 이연아. 우린 들어가서 좀 쉬자. 저녁 먹기 전에 다리 부기부터 풀어야겠어."

"네, 엄마."

둘이 현준을 스쳐 다정하게 안으로 들어섰다. 그런 둘을 현준이 따스한 시선으로 바라봤다. 걱정했던 것이 무색하게 둘의 사이가 더없이 좋아 보였다. 현준이 현관을 나서며 미소를 머금었다.

"엄마라. 좋은데."

어릴 때 말고는 불러본 적이 없는 말이었다. 어머니라고 말하는 것과 엄마는 어감부터가 달랐다. 이연이 라희를 엄마라고 부르는 것도 신기했고 그것을 자연스럽게 받아들이며 미소 짓는 라희도 묘했다.

집 앞에 주차된 차로 가 트렁크를 연 현준의 미간이 움찔했다. 그가 팔짱을 끼고 낮게 휘파람을 불었다. 트렁크 가득 쇼핑백이 들어 있었다. 대부분이 젊은 층이 입는 옷인 걸로 봐선 다 이연의 것인 듯했다. 이연이 이것들을 자기 돈 주고 샀을 리는 없었다.

쇼핑백을 꺼내 양손에 들고 트렁크를 닫으며 현준이 웃음을 터트렸다. 대문 안으로 들어선 그가 고개를 절레절레 흔들며 혼잣소리를 했다.

"아버지 당분간 많이 힘드시겠네."

정준까지 시간에 맞춰 집으로 오자 저녁이 마련되었다.

온 가족이 모여 결혼 전에 식사나 한번 하자고 상욱이 운을 떼어 마련된 자리였다. 상욱이 상석에 앉고 라희와 이연이 나란히 앉았다. 그 맞은편에 정준과 현준이 자리했다.

"오랜만에 다 같이 모였네. 이제 새 식구 들어오면 가끔 이렇게 함께 모여서 식사도 하고 그러자꾸나."

"난 반대예요."

말이 끝나기가 무섭게 라희가 반대 의사를 내놓았다. 모두가 그녀를 돌아봤다. 라희가 숟가락을 들어 태연하게 국을 떠 입에 넣었다. 국이 입에 맞았던지 고개를 끄덕이며 한술 더 떴다.

"간이 삼삼한 게 맛있네. 너도 한번 먹어봐."

라희가 곁에 앉은 이연에게 숟가락을 내밀었다. 이연이 국을 후루룩 들이켰다.

"으음. 그러네요. 이모님 음식 솜씨가 좋으세요."

"우리 아줌마가 손끝이 야물어."

처음 듣는 라희의 칭찬에 도우미 아주머니가 놀라 돌아보았다. 라희가 이것도 먹어보라 저것도 먹어보라 권하며 이연을 챙겼다. 그런 모습이 무척 낯설었다.

"왜 반대인고?"

둘의 모습을 세심히 바라보며 상욱이 물었다.

"내 딸 고생하잖아."

"뭐?"

"시댁 식구들 모여서 밥 먹는 자리 얼마나 불편한데. 난 내 딸 마음 불편한 거 싫어."

"그러는 당신이 가장 위험한 시댁 어른인 거 몰라?"

"시집보낼 때까진 내 딸이야. 어쩌면 시집가도 계속 그럴지도 모르고."

연신 도도하고 까칠하게 말하는 라희를 이연이 사랑스럽게 바라보았다. 몰랐는데 라희의 이런 모습이 은근히 귀여웠다. 어른에게 귀엽다고 말하는 게 무척 실례되는 일이라 차마 입 밖에 내지는 못했다.

상욱이 미간을 좁히고 라희를 가만히 바라보다 수저를 들었다. 현준과 정준도 그제야 숟가락을 들었다.

"아무래도 너희 엄마가 새 취미에 흠뻑 빠진 모양이다."

"취미요?"

정준이 분위기를 살피며 묻자 상욱이 태연하게 말했다.

"다중이 놀이."

"네?"

"친정 엄마 됐다가 시모 됐다가 다중이 놀이가 꽤 재밌나 보다."

"풋."

국을 떠 맛보던 현준이 웃음을 터트렸다. 그 때문에 본의 아니게 국물이 튀었다. 현준이 사과하며 냅킨으로 입술을 닦았다. 정준이 뒤늦게 말뜻을 알아듣고 희미하게 미소를 머금었다. 식탁 위의 분위기가 훈훈하고 정겨웠다.

저를 제외하고 웃느라 정신이 없는 사람들을 새침하게 쏘아보며 라희가 콧방귀를 뀌었다.

❖

식사가 끝나고 이연과 현준이 함께 집을 나섰다.

늦었으니 자고 가라고 붙잡는 라희 때문에 정준은 결혼 전 자신이 쓰던 방에서 자기로 했다. 씻고 방 안으로 들어가니 라희가 침대에 앉아 가만가만 시트를 어루만지고 있었다. 놀란 정준이 멈칫했다가 이내 미소를 띠며 곁으로 다가섰다.

"하루 종일 무척 바쁘셨다던데 안 피곤하세요?"

정준이 말을 걸자 라희가 그를 올려다봤다. 물끄러미 정준을 바라보던 라희가 옆자리를 툭툭 두드렸다.

"여기 앉아봐."

"네, 어머니."

정준이 깍듯이 답하며 앉자 라희가 바닥에 두었던 쇼핑백을 침대 위에 올렸다. 그리곤 그것들을 정준 앞으로 슬쩍 밀었다. 정준이 의아해하며 쇼핑백을 보자 라희가 조금 머쓱하게 입을 열었다.

"그중에 세 개는 애들 보내줘. 생각해 보니 할머니가 돼서 한 번도 제대로 뭘 사준 적이 없네."

라희의 말에 정준의 미소가 짙어졌다.

"네. 그럴게요. 감사합니다, 어머니."

"하나는 며늘아기 거고."

"네."

"이건 네 거야."

따로 놓아둔 것을 정준에게 직접 건네며 라희가 그를 응시했다. 정준이 그녀에게서 쇼핑백을 받아 안을 들여다보았다. 셔츠와 넥타이가 들어 있었다. 둘 다 정준이 좋아하는 스타일이었다. 모를 줄 알았는데 그의 취향을 라희가 알고 있는 게 신기했다.

"슈트는 따로 올 거야. 동생 결혼인데 새 슈트 입어야지."

"고맙습니다."

"고마운 건 나지."

라희가 시선을 내려 시트 위를 손가락으로 사르르 문지르며 작게 말했다. 그런 말을 정준에게 하기가 부끄러운 모양이었다. 정준이 따스하게 그녀를 바라보았다.

"들어와 여기서 같이 지내."

라희의 뜻밖의 말에 정준의 눈이 커졌다.

"네?"

"애들이랑 와이프 외국에 보내고 많이 외롭잖아. 혼자 밥 먹고 텅 빈 집 혼자 지키는 거 너무 힘든 거야. 나도 적적하니까 들어와. 방도 많이 비었고. 이 방 그대로 써도 되고 다른 방도 같이 써도 되고."

라희가 시선을 들어 정준을 마주했다. 정준의 눈이 그윽하게 물들어 있었다.

"애들 들어올 때까지 같이 있어. 나랑."

진심 어린 라희의 말에 정준이 고개를 끄덕이며 차분하게 입을 열었다.

"네, 어머니."

단번에 거리가 좁혀지고 사이가 좋아질 거란 기대는 하지 않았다. 하지만 그럴 수 있는 기회를 만들었다는 것이 중요했다. 문제가 무엇인지 알고 있으면서도 그것을 해결할 시도조차 하지 않는건 어리석은 짓이었다. 엉킨 실타래가 있다면 어느 한 부분을 잡고 천천히 풀 수 있는 방법을 찾으면 된다.

매듭은 묶은 사람이 아니면 풀기 힘들다. 그것을 풀 수 있는 건 오직 매듭을 처음 묶었던 사람이다. 가장 어려운 건 엉킨 매듭보다 그것을 풀 용기를 내는 것이다.

본가에서 나온 이연과 현준은 곧장 헤어지기 서운해 둘만의 시간을 갖기로 했다.

오늘 하루 있었던 일들도 이야기하고 결혼에 대해서도 할 말이 많았다. 둘은 이견 없이 현준의 집으로 갔다. 결혼 후 둘이 함께 살 집이기도 해서 부담이 없었다.

좋은 기분을 계속 이어가고 싶어 가볍게 술을 한잔하기로 했다.

현준이 와인과 잔을 들고 소파 뒤쪽으로 걸어왔다. 바닥에 앉아서 창문 밖 뷰를 감상하며 기다리던 이연이 그를 반겼다. 현준이 그녀 옆에 나란히 앉아 바닥에 잔과 와인을 내려놓았다.

"어디서 많이 보던 와인인데요?"

"은결이가 준 건데. 사연이 참 많아 보이죠?"

와인의 코르크에 여기저기 파헤쳐진 흔적이 남아 있었다. 라희에게 주려고 서경에 가게에 들고 왔던 와인이 분명했다. 그쪽 인간들은 이런 거 안 마신다더라며 현준에게 던져 주고 간 것이었다.

현준이 와인 오프너로 능숙하게 코르크를 제거했다. 향긋하게 달콤한 향기가 공기 중으로 스며들었다. 현준이 와인을 잔에 따랐다. 이연에게 하나를 건네고 자신도 하나를 들었다.

"우리의 결혼을 위해."

"치얼스."

현준이 기울인 잔에 이연이 제 잔을 부딪쳤다. 향만큼이나 맛의 풍미도 좋았다. 이연이 고개를 끄덕이며 입안에 남은 와인의 향을 음미했다.

"으음. 맛있어요."

"은결이가 와인에 대해선 빠삭해요. 마니아거든. 아마 여자들 취향을 저격해서 고른 거라 마음에 쏙 들 거예요."

"와아, 대체 은결 선생님은 못하는 게 뭐예요? 다재다능한데요?"

이연이 선홍색의 와인이 담긴 잔을 빙글 돌리며 흡족한 미소를 머금었다. 그런 이연을 물끄러미 바라보다 현준이 어깨를 으쓱했다.

"은결이가 능력자긴 하죠. 예전엔 어장 관리도 참 잘했는데."

현준이 시선을 정면으로 돌려 와인을 머금었다. 그런 현준의 옆얼굴을 이연이 빤히 올려다보았다. 그녀의 입술이 씰룩거렸다.

"혹시 지금 질투하는 거예요?"

"설마요. 나처럼 잘난 남자가 그런 유치한 놈을 질투할 리가."

그러면서 현준이 와인 병을 들어 마구 흔들었다. 그가 자신의 잔에 다시 와인을 따랐다. 반쯤은 거품이었다. 잔을 들어 눈앞에 가져가며 현준이 입을 삐죽거렸다.

"이거 불량품 아냐? 은결이 그놈 와인을 영 잘못 고른 것 같은데요?"

이연을 돌아보며 현준이 태연하게 말했다. 방금 자신이 눈앞에서 와인 병을 흔들어 거품을 만드는 것을 봤는데 무척 뻔뻔하게 시치미를 뗐다. 이연이 아랫입술을 살짝 깨물었다. 이 남자 생각보다 귀여운 구석이 있었다.

늘 근엄하고 자상한 면을 보다 가끔 능청스런 모습도 보였는데. 이렇게 질투하는 건 처음이었다. 유치한 걸로 따지자면 지금은 현준이 은결보다 한 수 위였다.

이연이 웃음기를 거두지 않은 채 와인 잔을 기울였다. 단숨에 잔을 비운 이연이 다시 와인을 따라 순식간에 비워냈다. 지켜보던 현준의 눈이 커졌다.

"너무 많이 마시는 거 아닌가?"

"술기운을 조금 빌려야 할 일이 있어서요."

"취했다는 핑계로 뭔가 할 말이 있다는 뜻인가요?"

"역시 눈치 하난 끝내줘요. 우리 과장님."

"무슨 말인데요?"

현준이 살짝 긴장한 눈빛으로 이연을 응시하며 조심히 물었다. 이연이 싱긋이 웃으며 빈 잔에 와인을 따랐다. 너무 많이 따르는 것 같아 현준이 와인을 잡은 이연의 손을 감싸 저지시켰다.

"천천히 마셔요. 이러다 취중진담을 하기도 전에 취해서 쓰러지겠어요."

"그러면 안 되지. 일단 이건 여기서 그만."

이연이 말 잘 듣는 아이처럼 순순히 와인과 잔을 내려놓았다. 그런 다음 현준을 향해 돌아앉았다. 현준이 이연을 마주 보며 그녀의 입술을 손끝으로 가만히 쓸었다. 입술에 남은 와인의 잔해가 그의 손에 묻어 나왔다.

"나 오늘 정식으로 외박할 거예요."

"……외박?"

"오늘은 아주 특별한 날이니까. 끝까지 특별하고 싶어요."

"어떻게 특별한 날이었는데요?"

"음. 내게 또 다른 엄마가 생긴 날. 가족이 될 분들과 행복한 식사를 처음 한 날."

"좋은 날이네요."

현준이 고개를 끄덕였다. 그녀의 말대로 오늘은 특별한 날이었다. 이연에게도 그렇겠지만 현준에게도 오래토록 기억하고픈 날이었다.

이연이 손을 뻗어 그의 커다란 손을 잡았다. 그 손을 제 입술로 가져가 그의 손바닥에 가만히 입술을 눌렀다. 그리곤 입술을 댄 채로 말을 이었다. 현준의 손바닥이 이연의 숨결로 간질거렸다.

"그리고 사랑하는 나의 연인과 하나가 된 뜻깊은 날."

이연을 바라보는 현준의 눈이 그윽한 빛깔로 물들었다. 이연이 살짝 시선을 들어 그를 응시했다.

"몸도 마음도. 모두."

깊고 진지한 눈빛으로 이연을 바라보던 현준의 얼굴에 사르르 미소가 번졌다. 그가 그녀의 입술을 막고 있던 손을 거둬내며 이연의 팔을 잡아 부드럽게 끌어당겼다. 이연이 현준의 품에 쏙 안겨들었다.

그의 커다란 손이 이연의 비단결 같은 머리카락을 헤집고 뒷머리를 받쳐 감쌌다. 떨림을 감춘 그녀의 눈동자가 현준을 두 눈 가득 담아냈다. 그가 얼굴을 틀어 천천히 기울였다. 내려뜬 눈이 그녀의 입술을 뜨겁게 응시했다. 그의 입술이 이연의 입술을 달콤하고 감미롭게 머금었다.

완벽하게 틀어 맞춘 입술이 다른 방향으로 틈을 만들며 벌어졌다. 그 짧은 공백을 견딜 수 없다는 듯 다시 입술이 맞물렸다. 서로의 입술을 빨고 핥아 음미하는 순간이 더할 나위 없이 만족스러웠다.

현준의 혀가 이연의 벌어진 입술 사이로 스며들어 그녀의 가지런한 치열을 훑었다. 그녀가 입술의 경계에 머문 현준의 혀를 찾아 강하게 빨아들였다. 입안으로 들어온 혀를 제 혀로 휘감아 탐하며 이연이 달아오른 숨결을 녹여냈다.

"사랑합니다."

현준이 이연의 입안으로 고백을 흘려 넣었다. 이연의 입술이 매끄러운 곡선을 그리며 흡족하게 올라갔다.

"앞으로도 영원히 그럴 겁니다."

현준이 그녀를 바닥에 눕혀 그 위에 몸을 겹쳤다. 묵직하게 눌러오는 현준의 체중이 그녀를 흥분시켰다. 이연의 심장이 미칠 듯이 뛰어댔다. 현준이 그녀의 왼쪽 가슴 위에 입술을 내렸다. 옷 아래 숨겨진 심장의 벅찬 떨림이 그의 입술에 고스란히 전달되었다.

"당신의 사랑이 변하지 않도록 제가 많이 노력하겠습니다."

현준의 손이 이연의 머리 위에서 미끄러지듯 흘러내려 그녀의 귓불을 어루만지고 가녀린 목 위로 내려앉았다. 심장의 고동을 간 직한 정동맥을 따라 손을 움직여 이연의 여린 피부를 쓸었다. 그 의 손이 지나간 행로를 따라 그의 입술이 자분자분 키스를 남겼 다.

예쁘게 윤곽을 드러낸 쇄골에 입술을 맞추고 그보다 앞선 손으 로 그녀의 블라우스 단추를 풀었다. 벌어진 블라우스의 틈으로 그 녀의 새하얀 속살과 봉긋한 가슴이 모습을 드러냈다. 그녀의 가슴 골에 얼굴을 내려 입술을 누르자 이연이 움찔거렸다.

배꼽 아래까지 풀어헤친 블라우스가 양옆으로 완벽하게 벌어졌 다. 매끄러운 배를 손끝으로 어루만지며 그녀의 가슴을 가둔 브래 지어 위로 손을 옮겼다.

"후우."

깊게 숨을 들이켰다 내쉬는 이연의 가슴이 부풀어 올랐다가 천 천히 내려앉았다. 그가 노크를 하듯 조심스럽게 이연의 브래지어 언저리를 쓸며 톡톡 손가락을 움직였다. 현준이 상체를 들어 이연 의 얼굴을 부드러운 눈길로 내려 보았다.

"강이연 씨, 저와 결혼해 주시겠습니까?"

이연이 눈을 감았다가 떠올렸다. 그녀의 눈꼬리가 살짝 말려 올 라갔다. 그녀의 미소도 짙어졌다.

"빼도 박도 못하게 만들어놓고 그렇게 물으면 안 되는 거 아닌 가요?"

현준의 입매가 야릇한 빛을 띠었다. 그가 이연의 브래지어를 아래로 내리며 단숨에 가슴을 머금었다. 입안 가득 달콤하고 부드러운 살결의 아찔한 맛이 번졌다.

현준이 혀로 가슴을 핥아 자극하자 이연이 허리를 휘며 크게 심호흡을 했다. 아래로 내려앉는 이연의 입술 사이로 농도 짙은 숨결이 새어 나왔다. 현준이 그녀의 옷을 벗겨내며 은밀하게 속삭였다.

"확인차 물어본 겁니다. 다시 되새겨 주려고."

"으음. 결혼에 대해서요?"

"내가 당신 남자라는 걸 명확히 알고 있는지에 대해서."

현준이 이연의 손을 잡아 제 셔츠의 단추 위에 올려놓았다. 이연이 싱긋이 웃으며 망설임 없이 단추를 풀어 내렸다. 셔츠를 벗겨내자 탄탄한 상체가 드러났다. 잔 근육이 보기 좋게 자리 잡아 남성적인 섹시함을 어필했다. 그의 가슴을 쓸어내리며 아래로 손을 내린 이연이 바지 버클과 지퍼를 동시에 무장해제시켰다.

"다시 제대로 새겨줘요. 내 몸에 직접."

도발적인 이연의 말에 현준이 옅은 웃음을 터트렸다. 그가 살짝 아랫입술을 깨물었다. 그 모습이 야하게 섹시했다.

현준이 그녀의 스커트를 끌어 내리며 함께 아래로 움직였다. 스커트를 벗겨 등 뒤로 던진 현준이 그녀의 다리를 벌려 그 사이에 자리했다. 현준이 가늘게 눈을 빛내며 이연의 속옷을 입으로 물었다.

살짝만 끌어내려 그 안의 여린 살을 혀로 핥짝이자 이연의 입에서 절로 신음이 흘러나왔다. 현준이 그녀의 속옷 위로 은밀한 부위를 머금었다. 아찔한 자극에 이연이 허리를 뒤틀었다. 그가 멈춤 없이 속옷 위를 혀로 핥아 촉촉이 젖어들게 만들었다. 숨이 멎을 것 같았다. 이연이 그의 어깨를 붙잡았다. 현준이 자신의 바지를 벗어 발아래로 던졌다.

그리곤 이연의 길고 예쁜 다리를 따라 그녀의 속옷을 천천히 벗겨 내렸다. 속옷과 함께 그의 손이 피부에 닿아 움직일 때마다 점점 뜨겁게 몸이 달아올랐다.

달빛과 별빛이 아름답게 어우러진 밤하늘을 배경 삼아 그들의 밤도 깊어갔다.

현준이 그녀의 다리를 어루만져 올라 한쪽을 제 어깨 위로 걸쳐 놓으며 의미심장하게 속삭였다.

"오늘부터 아이 만들기 시작해 볼까요?"

이연은 아무래도 오늘 잠을 잘 수 없을 거란 예상을 하며 흔쾌히 고개를 끄덕였다. 그는 이연의 부모님께 한 약속을 잊지 않고 지켰다. 내년에 아이와 함께 가기 위해 많은 노력을 기울였다. 뜨겁게 열정적으로.

띵동.

─장현준 & 강이연의 모바일 청첩장이 도착했습니다!

햇빛 찬란한 아름다운 여름날. 그보다 더 뜨겁게 타오를 우리들의 결혼식에 여러분을 초대합니다. 부디 오셔서 함께 행복한 추억 만들어가시길 바랍니다. 우리 사랑의 증인이 되어주시겠습니까? 여러분의 기억 속에 영원히 남을 변치 않는 사랑하며 살겠습니다.

─Dear my friend.

THE END ✛

에필로그 일곱

상욱의 호출에 현준이 드물게 그의 사무실을 찾았다.

"차 마시자."

현준이 소파에 앉자 상욱이 인터폰으로 비서에게 차를 가져오라 시켰다. 비서가 가져다주는 차를 한 모금 마신 상욱이 현준을 향해 단도직입적으로 말했다.

"병원 그만둬라."

"아버지."

"시키는 대로 해."

"전 사업에 관심 없습니다. 의사가 사람을 고쳐야지 서류만 들여다봐서 되겠습니까."

"녀석이 누굴 가르치려 들어."

자신의 뜻을 굽히지 않고 자신에게 반기를 드는 현준을 상욱이 기분 좋게 타박했다. 찻잔을 테이블 위에 내려놓고 그가 사이드 테이블의 서랍을 열어 서류 봉투 하나를 꺼냈다. 그것을 현준 앞에 툭 던지자 현준이 의아하게 상욱과 서류 봉투를 번갈아봤다.

"열어봐."

상욱의 말을 따라 봉투를 열자 안에서 서류가 나왔다. 매각처분된 병원의 등기권리증이었다. 서류를 살피던 현준의 미간이 미미하게 움찔거렸다. 동인병원이었다. 부도 위기에 놓였다는 말을 듣고 내내 마음이 쓰여 어떻게 살릴 방법이 없을까 현준이 여기저기 알아보던 차였다.

"이건."

"동인으로 옮겨."

"……."

"네가 맡은 분야에서 최고로 유능한 병원으로 키워. 나머지 과는 내가 인맥 동원해서 충원할 테니까."

"소아청소년과에 대한 인사 전권 저한테 주십시오."

현준이 눈을 빛내며 상욱을 상대로 딜을 했다. 상욱이 그럴 줄 알았다는 듯 피식 웃었다.

"대신 최고로 못 만들면 책임 물어서 손해배상 청구할 거야."

"그건 아마 필요 없을 겁니다. 최고의 최고가 될 테니까요."

"자만심은."

상욱의 타박에 현준이 기분 좋게 웃었다.

"그런데 동인은 어떻게 인수하신 겁니까? 제가 백방으로 알아볼 때는 이미 다른 사람에게 매각되었다고 들었는데."

"공중분해 될 뻔했지. 덕분에 내가 아주 헐값에 샀다. 적재적소에 투자해서 이득을 얻는 게 원래 사업하는 사람들의 습성이야."

"덕분에 전 좋은 기회를 얻었습니다."

"잘해봐. 나중에 너 결혼하면 다 넘겨줄 수도 있으니까."

"결혼이요?"

"대신 공동명의야. 부부가 동등해야 잡소리가 없지. 아니면 골치 아파."

"인연이 닿는 사람이 있으면 한번 생각해 보겠습니다."

현준은 머릿속에 단 한 사람을 떠올렸다. 동인이 최고의 병원으로 거듭났을 때 가장 좋아할 사람이었다.

"2년 준다. 일단 명성부터 되찾아봐."

"1년이면 충분합니다."

"섣불리 장담하지 말고."

"걱정하지 않으셔도 됩니다. 제가 죽도록 노력할 테니까요."

그로부터 5년 뒤.

최고의 의료진을 갖춘 동인병원 소아청소년과에 결원이 생겼다. 어쩌면 처음부터 없던 자리였는지도 몰랐다. 현준과 은결이 맡고 있던 제1진료실과 제2진료실 외에 제3진료실은 단 한 번도 제 주인을 맞지 못했으니까. 그 빈자리에 누군가가 오기로 했다.

인천에서 실력을 갈고닦은 최고의 의사였다.

강이연 그녀가 되돌아온다.

아직 끊어지지 않은 운명의 끈을 잡고 자신의 인연을 찾아.

「제가 남자 보는 눈이 유독 높아서요. 다른 사람은 아예 눈에 들어오지도 않았거든요. 딱 한 사람 제 남편만 빼고. 그 남자의 가족이 된 게 정말 행복해요. 어머니, 아니, 저희 엄마가 절 아주 많이 예뻐하시거든요. 아버님이 저 뭐 하나 시키려고 하면 철벽방어로 절대 못하게 하세요. 애지중지 얼마나 아끼시는데요. 아버님이요? 물론 완전한 제 편이시죠. 부끄러움이 많으셔서 대놓고 표현하지는 않으신데. 매번 제 생일날 신랑보다 더 크고 풍성한 꽃다발을 보내신다니까요. 역시 며느리 사랑은 시아버지구나. 절실히 느껴요. 요즘 그분들 사랑이 다른 곳으로 향해서 쬐끔 서운하긴 한데. 원래 사랑이란 게 내리사랑이니까. 이해해요. 어쩌겠어요. 그렇다고 저희 남편처럼 제 자식한테 질투를 할 순 없잖아요. 아, 저기 우리 아들 장예일이에요. 올해 미운 세 살에 접어들었어요. 꽤 까칠해요. 이름이 특이하다고요? 이건 비밀인데요. 엄마가 꼭 예일대에 보낼 거라고 지은 이름이에요. 엄마가 저희 시어머닌 건 아시죠? 요즘 재테크 들어가셨어요. 제 아들 대상으로. 과연 그게 뜻대로 될지는 저도 장담 못하겠어요. 어디 자식 일이 부모 마음대로 되던가요? 아,

죄송해요. 자꾸 웃음이 나서. 저요? 행복하냐고요? 보시면 모르겠어요? 아주 행복해서 미칠 지경인데. 해피바이러스가 막 번져 나가고 있는 거 안 보이세요? 조심하세요. 여러분도 곧 감염되실 테니까. 그럼 빼도 박도 못하고 행복하게 사랑하며 살게 된답니다.」

—2017년 사랑에 중독되어 행복한 나날을 보내고 있는
이연의 마지막 인터뷰 중.